早見和真

イノセント・デイズ

無罪之日

イノセント・デイズ

早見和真
Kazumasa Hayami

作者給臺灣讀者的話

這是與同樣為尖端出版的《雖然店長少根筋》完全不同的小說。
也是我在摸索自己最適合的類型、文風和題材後完成的作品。
我認為在現在這個階段，屬於我的代表作正是這本《無罪之日》。
我會在日本祈求，希望也能傳達給台灣的讀者。

——早見和真

目錄

這天早上，季節的變更非常明顯。

東京拘留所，南監舍的單人室。巡視廊另一側的霧玻璃外是一片安詳的藍色。從百葉窗簾透進來的陽光十分和煦，往常的蟬鳴聲已經變成了地上鳴蟲的叫聲。

田中幸乃跪坐在榻榻米上，發出輕輕的嘆息。

她將素描本攤在桌上，想像著外面的景色，卻不知為何無法像平時一樣集中精神，一點靈感都沒有。

被送來這座現代化的拘留所那一天，她第一個想到的就是「房間的窗戶不是鐵窗呢」。充滿新房子味道的房間裡看不出有人待過的痕跡。因為女性死刑犯的數量本來就不多，所以連「死亡」的味道都聞不到。

她本來很期待能像連續劇裡看到那樣，隔著鐵欄杆望向天空。當她發現看不見外面的景色時，才理解單獨關押代表什麼。

獄警很快就幫她送來了素描本。她看著霧玻璃，想像著當季的花草。自從宣判之後，她在六年之間持續寫著日記，並在圖畫紙上畫出當季的天空。

話雖如此，但她今天完全不想動筆，總覺得心中靜不下來。

她不經意地環視兩坪大的房間。

書櫃下層放著一個信封。支持者透過律師寄來的信已經超過三百封，她全都看過了，但她的心情並沒有動搖，決定更是。

不過，其中有一人讓她的心中出現了變化。那是如同用直尺畫線般公式化的字句，以及平凡枯燥的褐色信封。那封一再寫到「絕對」的信，確實動搖了幸乃的心。

躺在那裡的信是他在春初寄來的。

信中提到橫濱山手町的櫻花已經盛開，令她不由得感到懷念，同時讓她感到強烈的徬徨。那是她第一次、也是最後一次回信。

幸乃一邊回想起和煦春陽從霧玻璃照進來的那天，一邊咬緊嘴唇。

此時走廊傳來好幾人的腳步聲。此時電子鐘顯示的時間是「九點七分」。當她察覺其中摻雜著陌生的腳步聲時，不禁緊張得繃緊全身。

腳步聲在她的門外停住。

「一二〇四號，出來吧。」

女獄警雖然語氣堅毅，但眼睛卻發紅而溼潤。這是唯一有機會與幸乃交談的獄警，幸乃對年齡相仿的她湧出了愧疚感，只能逃避似地轉開視線。

她看到桌上的月曆。

九月十五日，星期四……這個日期沒有讓她特別感覺到命運到來。已經太久了，她活得太久的生命總算要拉下終幕了。

六年來，她一直在等這一天。

她正想把讀完的信紙放回信封，裡面卻掉出淺粉紅色的紙片。

她撿起來，舉到眼前。本來以為是紙片，才發現那是抹上薄蠟的櫻花花瓣。

春天的香味搔著她的鼻尖，她不認為這是錯覺。待在拘留所的六年間，無論她怎麼回想都沒辦法想起這種味道——是外面的味道。
她再次望向霧玻璃，終於想起了鮮明的景色。
那是不同的季節，不同的地點，在僅隔十公尺的外界，油菜花圍繞著盛開的櫻花樹在風中搖曳。
幸乃努力讓變得紊亂的呼吸鎮定下來。
拜託，讓我靜靜地走吧……
她向看不到的對象懇求，一邊努力保持意識清醒。但是剛剛閱讀的信件裡的一句話，始終在她的腦海裡盤旋不去。
『無論如何我都相信妳。我需要妳。』
她彷彿可以聽見他溫柔的聲音從遠方傳來。

序章　「主文：被告……」

我的興趣是在法庭旁聽。

如果在聯誼時說出這件事，男人一定會覺得我是個陰沉的女人，對我敬而遠之。但法庭上充滿了人生的悲歡離合，因為無論是哪個案件的被告，被問的問題都一樣。

「你為什麼會在這裡？」，就只是這樣。

我十九歲的時候，第一次把大學電影社的學長帶到法院，告訴他「我有個特別的約會地點」。那天法庭裡幾乎沒人旁聽，偶然旁聽到的竊盜犯正死命地為自己的人生辯護。

法官一副懶得理的樣子，但他還是自顧自地講得非常認真。

「怎樣，很棒吧？這可是花錢去電影院也看不到的唷。」我在發愣的學長耳邊輕聲說道。

「這才是真正的演技啊。那個人絕對沒有反省，只是拚了命地想減輕罪刑。這種賭上人生的重大演出才是我最想看的。」

學長一副很受不了的樣子，後來也沒再約過我。

但我還是持續地跑法庭。

很快地，我研究出能更享受開庭審判的技巧。第一是專挑初審日或終審日，這樣比較容易掌握案情全貌，第二是盡量挑被告是女性的案件，因為她們大多懷有很深的怨恨。

有幾個審判令我印象深刻，其中一件就是嫌犯為了保險金而下毒殺人。為了能親眼目睹奪走四條無辜生命的女人，當天位於霞關（註1）的東京地方法院擠滿了人。我也報名參加了抽籤，並幸運地得到了機會。

我拿著中獎的抽選券去兌換旁聽券，然後走到習慣的後方旁聽席。當我看到坐在旁邊的男人時，突然有一種異樣感。這個穿西裝、年約三十的男人似乎沒有同伴，他戴著一副銀框眼鏡、留著遮住眼睛的長瀏海，蓋在陰影下的眼眸沉靜地望著法庭。

有一瞬間，他的樣子顯得很猥瑣，令我忍不住受到吸引。畢竟事不關己的人在這裡裝得正氣凜然才莫名其妙，大家都是在欄杆外一邊假裝心痛，一邊好奇地窺視。這世界就是一個談話性節目，我深信著這個真理。

我顧不得審判，偷偷觀察著那男人的側臉。閉庭之後，我起身跟著他走，快到地鐵車站時才叫住他。我迅速地為自己的無禮而道歉，接著積極地和他談論起審判的內

註1 霞關：日本東京都千代田區之地名，多個日本中央行政機關的總部座落於此，為日本的行政中樞。

容。他原先一臉錯愕，隨即露出苦笑說「我想事情應該沒有那麼簡單」，並軟弱地搖晃著肩膀。

那天我只和他交換了聯絡方式，後來藉著郵件和電話慢慢了解彼此，接著又做了一些年輕男女初次約會後該做的事，沒過多久，我們就在一起了。

他不像外表那麼漠然，其實很會照顧人。

不久之後我便開始找工作，他也很誠懇地給了我建議。雖然他說「我是公務員，不太了解一般企業」，但還是熱心地替我修改求職信。多虧有他幫忙，讓我在這個工作難尋的時代很快就通過了幾間公司的甄選。

「這是因為妳很有長輩緣。沒大沒小的女性其實很討長輩歡心。」

他為我感到高興，但反倒是我自己沒那麼開心，因為我到現在都不覺得有哪間公司值得讓我貢獻出自己的人生。

「嘿，當公務員是什麼感覺？」我們交往已經超過一年，但我直到現在才問他這個問題，讓他愣然地眨了眨眼。

「唔……我覺得很有意義，不過妳應該不會這麼想。我覺得妳當不了公務員。」

「為什麼？」

「因為妳完全不是公家機關會喜歡的類型，民間企業比較適合妳。何況妳也不是會為正義感而工作的那種人。」他露出調侃的笑容。

這種看不起人的言論沒有令我惱火，反而讓我對公務員這份工作有了興趣。

「喔……正義感啊……」我喃喃說道，當晚就開始上網查資料。

升大四之前的春假，我暫時收起跑法院的興趣，跑去上公務員的補習班。我將目標設定為和他一樣在東京都就職，並順利通過了五月的初試和六月下旬的複試，但我卻不像之前的求職活動那麼有把握。

在第三次考試時，我中箭落馬了。聽說面試是「幾乎百分之百都會通過」，而我最擅長的場面話卻得不到面試官的賞識。男友那句「妳完全不是公家機關會喜歡的類型」還真的說中了。

八月收到未錄取通知時，我比自己想像得更沮喪。

「妳打算怎麼辦？要重考嗎？」男友沒安慰我，反而這麼問。

「不，我會去已經錄取我的公司。反正我也不是真的那麼想當公務員。」我死要面子地說道，男友卻露出賊笑。

「是嗎？那妳就不需要這個了。」他從公事包裡拿出一本簡介，上面寫著「我們需要你的『正義感』」，還有一行「招募獄警」的字樣。

「這是我之前去拿的，想說妳可以參考看看。但我得先跟妳說清楚，這可不是輕鬆的工作喔，如果妳真的有決心……」

「還來得及報考嗎？」

「我連申請書也一起拿了，但後天就是截止日。我主動提議又潑妳冷水好像不太對，但妳現在已經沒多少時間能考慮了。」

我當然了解這份工作。我常去法院，經常看到獄警。或許我的確沒有他說的「決心」，但我能想像自己做這份工作的模樣。

「嗯，我要報名。總之先考考看吧。」

我匆匆寫好申請書，接著送到人事院（註2）事務局。懷著空前的衝勁考完筆試後，我深刻告誡自己，這次面試絕對不能再重蹈覆轍，無論是應考動機或自我介紹，我都要徹底偽裝自我，努力扮演面試官期待的應試者。

但，當我被問到最後一個問題時……

「妳覺得這份工作最需要的是什麼？」

年長的面試官問我，我因為一時衝動而說出了真實的想法。

「正義感……我想應該要這樣回答吧，但老實說，我不是很明白何謂正義感。我去法庭旁聽過很多次，每次看到那些記者和旁聽人就覺得很懷疑，我不認為那種死硬的正義感能讓社會變得更好。」

現場瀰漫著尷尬的氣氛，我知道自己沒有說出對方想聽的答案。我在結束前又補了一句，「雖然我瘦瘦小小的，但我對體力很有自信」，並露出微笑。

到了十一月中旬，在秋天將盡時，我終於收到錄取通知。那一晚我興奮到幾乎睡不著。

註2　人事院：日本國家公務員的最高人事機關。

「要不要去旁聽很久沒看的審判？現在的妳或許會有不一樣的想法。」我以為男友早就睡了，但他背對著我如此說道。我在黑暗中點頭，爬下了床，上網搜尋開庭資訊，看到報章媒體大肆報導的縱火案。

我還清楚記得「田中幸乃」這個名字。

某天補習結束，我和男友約在附近的居酒屋小酌。我漫不經心地望著映像管電視，當時正在播傍晚的新聞節目。主播用堅定如親眼目睹的語氣描述縱火犯的容貌、成長背景，以及心中的自卑感和強烈的嫉妒……

映像管電視上放出的照片是一名擁有不幸臉孔的女人，而坐我旁邊的情侶開始竊竊私語。

「她看起來就像那種人。」男人用一副無趣的語氣說道，女人也跟著附和。

「為什麼她可以這樣傷害別人呢？我們學校裡也很多這種人。」

我還記得自己當時很想加入他們的討論，但最後我還是忍住了。有很多關於這件案子的狗血報導，就算我不想看也會看到。

現在，這件案子即將公審，地點在橫濱地方法院。

確定男友的呼吸變得平緩規律後，我打開了筆記型電腦，為了準備旁聽而調查案件詳情。網路上有無數資料可以查閱，而我不加思索地全抄了下來。

被我用來記錄案情的筆記，一下子就寫滿了字。

◆

櫻花正準備綻放的三月三十日凌晨一點左右，ＪＲ橫濱線中山站附近的木造公寓冒出火苗，消防隊救援未果，不久後搬出了三具燒死的屍體。

以悽慘模樣從二樓轉角房間被搬出來的，是二十六歲的井上美香，與其一歲大的雙胞胎女兒彩音和蓮音。其丈夫敬介當時在老人安養院當夜班看護，因此逃過一劫，但太太美香腹中還懷有八個月大的胎兒。除此之外，公寓還有四位房客因吸進濃煙等原因受到了輕重傷。

井上家的門前發現了煤油痕跡，裝煤油的空罐也在附近的河邊被找到了，警方立刻下了縱火案的判斷並展開調查。案發當天傍晚，警方聯絡到二十四歲的田中幸乃前來協助調查。

幸乃在家服用了大量安眠藥企圖自殺，由於警察找上門才讓她保住了一命，她醒來後迅速認罪，最終遭到逮捕。幸乃是敬介的前女友，兩人交往過一年半左右，在案發的兩年前兩人已經分手，是由敬介提出的。

當時敬介已與美香在一起了，若幸乃知道這件事，鐵定會勃然大怒。但敬介只是一個勁地說「我想分手」，而幸乃堅絕反對，不斷說著「我不能接受」。

幸乃始終得不到明確的理由，所以越來越激動，最後甚至說出「如果你是要保護其他女人，我一定不會放過她。我會毀了一切，然後跟著自殺。」兩人就這樣吵了兩個多月。

幸乃因為很怕被拋棄，行為越來越失常，敬介則在那段期間開始看護工作，而幸乃經常在他的工作時間打電話來。敬介也因長期睡眠不足和噁心反胃，精神越來越緊繃。

就在這個時候，他得知美香懷孕了。

他告訴自己必須保護家人，卻決定用擺爛的方式和幸乃斷絕關係。他先是換了手機號碼，連老家電話號碼都換了，並離開住習慣的川崎，請朋友幫忙在橫濱市綠區的住宅區，為他和美香找房子。

為了不讓幸乃發現，他甚至還在凌晨小心翼翼地搬家。沒有事先知會原來的房東，甚至也沒有立刻告訴母親，敬介也沒立刻更改戶籍。不過他和幸乃斷了聯繫，兩人的關係也沒有完全斷絕，因為敬介向幸乃借了將近一百五十萬日圓。

幸乃沒有向他催討債務，但基於借錢的恩情和對她的內疚感，敬介不想連債務都繼續擺爛，因此從搬家當月開始，敬介每月會匯三萬日圓到幸乃的戶頭。

看護的薪水大約十七萬日圓，敬介除了養家之外還要還債，生活過得很拮据，但還不至於完全撐不下去。隔年，井上家多了一對雙胞胎女兒。生活雖然清苦，但一家子還是過得很幸福。

持續還債一年半左右，敬介犯了一個錯誤。

他先前匯款都是利用網路銀行，這次卻是在住家附近的ATM。僅僅過了兩天，敬介和家人一起去車站前的超市，就被躲在銀行旁的幸乃發現。兩人都看見了對方，但她當天沒與他接觸，而是逕自離開。

之後幸乃動不動就會出現在敬介一家面前，這讓敬介就連在家都覺得被人盯著。而彷彿要加深他的擔憂，井上家甚至開始會接到無聲的騷擾電話。

敬介再也受不了幸乃的執著，在案發的兩個月前終於向美香說出了一切。美香罵了敬介一頓，堅持他得立刻還清債務，最終籌出這筆錢的，是美香的父親。

掛號郵件的賠償上限是五十萬日圓，因此美香把將近一百萬圓的餘額分成兩批寄給幸乃，同時還附上一封信：

致　田中幸乃小姐：

近日氣候寒冷，您過得可好？

冒昧寄信給您，一定讓您很訝異吧。我是井上敬介的妻子，名叫美香。日前聽我先生說，他曾經和您交往過，還向您借過錢。聽到先生借了這麼多錢，甚至至今仍繼續還債，令我非常震驚，也讓我意識到自己沒有善盡支持丈夫的責任。

真的很抱歉拖欠了這麼久，雖然用郵寄的有失禮儀，但我還是決定寄還餘款，請您別見怪。抱歉給您添了麻煩，由衷期盼您今後過得平安幸福。

井上美香敬上

這封信並沒有制止幸乃的騷擾行為，無聲電話反而變得更頻繁了。

夫妻倆商量過後，決定去最近的警察局報案。警方動作比想像得更快，立刻就向無聲電話發出了「警告」，但這種警告並沒有強制力。沒過多久，幸乃的陰影又出現在他們的生活中。

縱火案事發當晚，敬介在休息時聽見手機響起，此時已經過了凌晨一點。他看到來電顯示是美香的名字就想吐，因為他直覺認為一定又和幸乃有關。

敬介茫然地按下通話鍵，聽到的卻是前所未聞的巨大噪音。他拚命地呼喚美香的名字，那幾秒鐘讓他感到無比漫長。

「喂，老公……是那個女人……那個女人在外面。」

聽到那細若游絲的聲音，他的眼前頓時變得一片空白。

那是敬介最後一次聽到美香的聲音。

◆

調查內容很簡單，只有公寓四周的目擊者證詞，以及美香的最後一通電話。

警方在幸乃住處搜走了一本筆記，裡面提及她因強盜罪與傷害罪被送進兒童福利機構的往事，足以做為她犯案的佐證。

但最惹人注意的，是她房間裡的幾十本日記簿，裡頭寫滿了她對敬介及其家人的恨意，諸如「不能接受」、「真想殺死」、「無法原諒」等等，其間更頻繁地寫著，「好想死」。

幸乃被敬介甩掉之後，每天都會寫日記，但日記內容卻在案發前幾週用這句話作結：

「差不多該向自己道別了，今天也要跟這本日記道別。謝謝你喜歡像我這樣毫無價值的女人。再見了，敬介。」

幸乃遭到逮捕前，報紙用極大篇幅報導了縱火殺人案的重點，但就在她被逮捕之後，各家媒體競相報導了幸乃的成長背景和外貌。尤其是週刊雜誌之類的媒體，特別喜歡拿幸乃的臉做文章。

幸乃在案發三週前做過大規模的整形手術，有些雜誌甚至斬釘截鐵地指稱，她是為了「掩飾罪行」。

幸乃是私生女，母親生下她時，是個年僅十七歲的女公關。

她受過繼父虐待，國中時代加入了不良少年的團體，更因強盜及傷害罪而被送進兒童福利機構。

離開機構後，幸乃重新做人，看似走上了正路，結果又因被最愛的人拋棄而變回猛獸……

有人認為，她符合刻板印象的成長背景和被拋棄的事實，能為她爭取到酌量減刑，但大部分的人都覺得，根據死刑判決範本的「永山判例（註3）」來看，她恐怕很難逃過極刑。

夏天時有兩家電視臺爭相報導此案，也是這樣的輿論形成的原因之一。不過另一點，則是因為住在案發現場附近的白髮老婆婆的證詞。

她詳細描述了幸乃在事發當晚於附近徘徊的情況，然後握緊胸前的墜子，氣勢洶洶地罵道「竟然連孩子都不放過，簡直不是人，一定要判處死刑！神是不會原諒她的！」

再來則是敬介家的房東草部猛。草部先生在本地擔任民生委員多年，案發一週前，他也在附近的公園制止了一群少年的爭執，深受周邊居民的信賴。

草部先生和死者美香關係很好，還把他們家的雙胞胎女兒當成自己孫女一樣疼愛。他知道這家人被幸乃騷擾，包括案發當晚。當他每次看到幸乃都會主動找她說話，還曾經瞞著美香把幸乃請到自己家好幾次，試著跟她講道理。

起初，他只是對幸乃跟蹤別人的行為感到氣憤，但後來卻發現幸乃的孤獨空虛超越了他的想像的程度，而逐漸對她產生了好奇，並在不知不覺間興起想保護她的念頭。

註3　永山判例：又稱「永山基準」，一九八三年七月八日，日本最高法院對一九六八年發生之永山則夫隨機殺人案作出判決。雖然當事人犯案時年僅十九歲且身世背景特殊，加上被捕後悔意強烈，但仍因犯行重大而被判處死刑。此判決日後也成為日本刑事判決對於死刑量刑的標準。

草部先生也是吸進濃煙而被送進醫院的受害者之一，但他出院之後不久，接受了某電視臺的單獨採訪，述說自己複雜的心情。

——請問您早就知道田中嫌犯這個人嗎？

「案發前的那陣子，我大概每三天就會見到她一次。她的眼神一直都很空虛，但那天晚上看起來特別憔悴。」

——可以請您描述一下當晚的情況嗎？

「晚上大概八、九點的時候，她拿著一個大袋子在公寓附近徘徊。我真的很後悔當時沒有拉住她，我甚至覺得她會犯案都是我害的。」

——您的意思是？

「我不太會解釋，但我沒辦法跟著大家一起罵她。我這樣說，或許很對不起死去的美香他們，但我在案發之後經常夢見田中幸乃的臉，而且是她動手術之前，那張對大人察言觀色的女孩的臉。當然，無論如何，她做出這種殘酷的罪行都是無法被原諒的。」

在幸乃被逮捕的半年後，被時事談話性節目稱作「整形灰姑娘縱火殺人案」的案件依然受到極大的關注。尤其是受害者家屬，每當媒體報導他們說出「一定要讓她判死刑」的發言，往往能得到輿論的支持。除此之外，本案的公審在另一個面向也極受大眾矚目。

諸如於裁判員審判（註4）制度實施後，第一次求處死刑的「上野按摩師殺人案」、第一次判處死刑的「川崎分屍殺人案」，還有檢方求處死刑，但第一次被市民裁決無罪的「神戶連續強盜殺人案」。每次只要出現跟裁判員審判制度與死刑有關的「第一次」，媒體都會大肆報導。畢竟裁判員審判制度才剛開始實施不久，每個案件幾乎都是首次出現的狀況，成為話題也是理所當然。

可想而知，這樁縱火殺人案和被告田中幸乃再度引發這種現象，讓媒體記者又興奮了起來。這可是裁判員審判制度實施後，第一次對「女性」被告求處死刑，是老百姓第一次想制裁一個自私燒死母女三人的女人，這條新聞絕對具有衝擊性。

縱火案公審的第一天，談話性節目的主持人闡述了幸乃的成長背景，並用這句話結尾：

「我們都會成為歷史的見證者。」

雖然我很厭惡主持人那副自鳴得意的嘴臉，但也不禁有些激動。

一審將在案發過了兩季的十一月下旬舉行，為長達五天的集中審理。我蹺掉大學的課，連續四天跑去申請旁聽，但都沒被抽中。判決當天，我還是跟先前一樣出門了。

註4 裁判員審判制度：日本的市民陪審制度，於二〇〇九年正式實施。

橫濱官廳街（註5）的銀杏葉在秋風中灑下金黃色。這天雖是平日，卻有很多人拿著素描本，塗畫著各自的色彩。

我從車站走向法院的途中，有個陌生男人對我說：「這位小姐，妳也要去旁聽嗎？」

面前擺著畫布、低低戴著貝雷帽的男人，露出慈祥爺爺般的微笑。

「我經常在這裡作畫，不過今天人特別多呢。有什麼特別引人注目的案件嗎？」

「是縱火案，就是綠區的母女三人被燒死的那件事。」

「喔，那個案子啊，我好像也在雜誌看到過，說是什麼『灰姑娘』的，一個整形過的女人。她的表情真可怕，簡直不像活人。」他嘴上雖然這麼說，卻看起來很愉快地晃著肩膀，「喔……原來就是那個人，真可怕。一定會判死刑的，開庭審判根本是浪費稅金，那種人渣就該早點殺掉才對啊。」

從至今媒體報導的內容來看，這男人說得一點都沒錯，但我理智上可以理解，「殺掉」這麼強烈的措詞卻讓我有些遲疑。

「就是啊，或許真的是這樣吧。」我想不到更適合的回答了。

男人滿意地縮起脖子，視線拉回畫布上。

「為什麼人要殺人呢？真是瘋了，這世界明明這麼美麗。」

註5 官廳街：為日本政府機構集中的區域。

聽到他這麼說，我忍不住從他身後偷瞄畫布。小小的畫框裡，確實是一幅用暖色調畫成的美麗世界。

法院前方擠滿了人，有媒體雇用的打工主婦、熟門熟路的旁聽迷、脅下夾著素描本的法院畫家，各式各樣的人都規規矩矩地排隊。

電視上提供關鍵目擊證詞的白髮老婆婆也在其中，她幾天前才以檢方證人的身分站上證人臺，身邊還跟著一位看上去很不搭軋的金髮少年，大概是她的親人吧。

老婆婆滿臉通紅地在少年的耳邊說悄悄話，像是在教訓他。

等了三十分鐘左右，中選號碼被張貼出來，扣除相關人士和一部分的記者，還剩下五十二個座位。為了這寥寥無幾的座位，有將近一千人聚集在這裡。擁擠的隊伍一點一點地動著，我也擠進鬧哄哄的人群中確認號碼。

最後我看見我的號碼出現在白板上。

我本來很沒信心，中選之後卻覺得這是必然的結果，還真奇怪。

我把抽選券拿去兌換紫色的「公審旁聽券」，然後走進橫濱地方法院。法庭外有更多名人，都是主播、記者和新聞節目主持人之類的，氣氛甚至比法院外更加緊張。

下午三點二十分開始入庭，記者們爭先恐後地跑了進去，我也跟著加快腳步，占到了我習慣坐的右後方座位，其他旁聽人也陸續進來，座位漸漸被坐滿了。沒過多久，三位穿著法袍的法官也走進法庭，從他們看似輕鬆的表情，很難猜出最終的判決結果。

法官後方的牆壁外，傳來低沉的腳步聲，那是包含候補成員在內的八名裁判員，總共三男五女。裁判員不是法官，而是普通市民，我看出了他們臉上的情緒，忍不住倒吸一口氣。

左邊的門緩緩開啟，田中幸乃跟著一位女職員走進法庭，庭內頓時譁然。

「肅靜！請大家安靜！」其中一位法官努力制止，但吵鬧聲完全沒有收斂。

我也幾乎忍不住發出驚呼，因為她的樣貌和我從媒體報導看到的照片差很多。

她像一個長年務農的老人一樣駝著背，皮膚蒼白得很不自然，眼珠不停地游移，表情非常空虛。但臉孔倒是十分秀麗，或許是拜整形手術所賜。

幸乃一就座，她的身影就完全溶入恢復安靜的法庭。

雖然她是主角，場內所有人都在睜大雙眼盯著她的一舉一動，我卻感覺她好像會在眨眼的某個瞬間就消失不見。我想起了她的日記裡，寫到她一直受到周遭人們的漠視，「希望被別人需要」這句話，如同她前半生的關鍵字，一再出現在她的日記裡。

「起立！」一聲令下，所有人都站起來。

法官一就座，就將幸乃叫到證人臺前。他從能俯瞰整個法庭的位置望向幸乃，輕輕閉眼片刻後，結論很快就出現了。

「在向妳宣讀判決書之前，我想先說判決的理由。」

有些記者立刻臉色大變並衝了出去。刑事審判的慣例是，先宣讀判決書的主文，但若是判處死刑則不在此限，有人說這是源於被告聽到判決後會心神大亂，沒辦法好好地聽判決理由。

我目不轉睛地盯著幸乃。雖然從她空虛的神情看不出任何想法，但我就是無法轉開目光。而法官的聲音在法庭中飄搖，像是在深海底游泳的魚。

沒做好心理準備的十七歲母親……

遭到繼父嚴重家暴……

國中時代犯下強盜罪及傷害罪……

法官的措詞由溫柔逐漸轉為嚴肅，那句「即使考慮到被告可憫之處」就像分水嶺一樣，接下來的詞彙都非常嚴厲。

無辜的前任交往對象……

因其事先預謀且有強烈殺人意圖……

毫無悔意……

證據極為可信……

當我第一次聽到死刑判決時就很疑惑了，判決理由到底是為了誰而寫的？是為了讓被告在宣告死刑時更能接受嗎？還是為了讓憤慨的死者家屬和市民覺得輕鬆一點？

朗讀持續了十分鐘以上。

法官念完判決理由後，氣氛依然緊張，他輕輕點頭，這段沉默沉重得令我簡直無法負荷。

「主文：被告……」法庭內突然響起了更響亮的聲音，「被告判處死刑！」

說時遲那時快，將近二十位記者同時起立，椅子發出碰撞聲。他們進來的那扇門外也不斷傳出叫聲：「死刑！死刑！死刑！」、「白痴，不對啦」、「整形灰姑娘被判死刑了！」

法官刻意地咳了兩聲：「希望被告保持心情平穩……」

最後以這句話作結束時，法庭內的氣氛已經比較緩和了。有幾個旁聽人很快就起身離開，而我卻沒有動作。我不像平時那樣亢奮，也不記得平時的自己為什麼會覺得審判有趣。這時我心裡只覺得詭異。這和我之前看過的審判有著根本上的差異，但我卻找不出原因。

在短暫的寂靜之後，一個軟弱的聲音敲擊著我的耳膜。

「對、對、對不起……」有幾個人聽到聲音，慢慢地轉頭過去。

「我、我活在世上，真是對、對、對不起。」

法官轉頭不看說出這句話的幸乃，而好幾位裁判員則是抬手擦眼。一位檢察官按摩著自己的肩膀，辯護律師無力地互相點頭示意，審判即將閉幕。

但此時卻發生了更奇怪的事。

雙手再次被銬上的幸乃，彷彿被什麼吸引，轉頭望向旁聽席。我急忙找尋幸乃注視的對象。有個戴著大大口罩的年輕男人低著頭，旁邊是提供目擊證詞的老婆婆和金髮少年，後方則有個拿著被害者照片，像是死者家屬的女人睜大了眼睛。

我不知道幸乃看的是誰，但是她那雙像是懷疑一切的眼眸，在這個瞬間充滿了人性。

像是證明我的看法一般，幸乃露出笑容。

有些旁聽人無意看見了她的笑容，驚駭地倒吸一口氣。一陣竊竊私語後，法庭響起了比先前更加充滿惡意的叫喊，有如同慘叫般的聲音，痛罵幸乃的女人聲音，以及員警試圖制止的怒吼。

幸乃拋下這片喧囂，靜靜地離開了法庭。我看著她的背影，死命地想她為什麼會在這裡……但我不認為我能從審判中得知原因。

離開法院以後，我不理會其他的旁聽人和成群的電視攝影機，抬頭仰望銀杏樹。我突然想通了在審判中一直覺得詭異的原因，和我即將當獄警無關，也和被告是女性無關，甚至和裁判員審判制度或死刑都無關——幸乃完全不為自己的人生辯護，她沒有任何抗爭的舉動，而這和我先前看過的所有審判都不同。

我茫然地回頭看著法院，心中想起居酒屋的陌生男人說的那句話。

「她看起來就像那種人。」

我聽到這句話時明明沒有感覺，如今卻湧出強烈的反感。我的心中充滿不安，懷疑自己是不是搞錯了什麼重要的事。她空虛的眼神在我的腦海中掠過。

那真的是「惡魔」裝出來的樣子嗎？我剛剛看的，到底是誰的審判？

審判已經結束了，我卻無法停止思索田中幸乃先前的人生和今後的生活。

第一部　案發前夜

第一章　「沒做好心理準備的十七歲母親……」

他得知田中幸乃被判死刑的消息是在審判的隔天，在寂靜的診療室裡。

「那個，醫生，我先回去了喔。」

丹下建生的眼前終於出現了色彩。抬頭一看，工作多年的助產士正站在他面前。

「呃，喔喔。辛苦了。明天也要麻煩妳了。」

「哎呀，真是的，醫生怎麼在發呆呢？要關好門窗喔。」丹下朝著無奈微笑的她點點頭，又將視線拉回報紙上。

他的眼睛眨也不眨，雖然已經意識到視野變得模糊，他還是緊盯著「田中幸乃」幾個字。那是初春以來不斷上報的縱火殺人案被告，因為報紙和電視經常提起這個案件，丹下還有個跟她年紀一般大的孫子，所以感觸更深。

不過，他一直沒發現她是誰，直到得知她被判了死刑，他才想起那段回憶。他隱約記得的那個名字下方附註著二十四歲，照片上的臉孔也逐漸和曾來過診所的少女逐漸重疊。

報導中除了田中幸乃的判決結果，還描述了受害者一家四口的幸福生活，以及獨自存活的丈夫多麼辛酸。田中幸乃是殘忍縱火案的嫌犯，確實像個「惡魔」，但報導裡仍有些地方令他無法認同，尤其是法官判決要旨中的某一部分。

幸乃的母親生下幸乃的時候是十七歲沒錯，她當時也正在橫濱當女公關，但若說她因此而缺乏做為母親的「心理準備」，答案絕對是「不」。

只有她和丹下知道的那天早上，味道又出現在他的鼻腔中。

丹下靜靜地閉上眼睛，心中浮現的並不是光首次來到診所的那一天，而是在半個世紀前，他剛剛當上婦產科醫生的事。

◆

丹下不記得自己有過想當醫生的願望。

他身為四個孩子中的長子，依照家人要求讀了醫學院，之後也順利通過國家考試。距離京濱急行線日出町站四分鐘路程，位於橫濱市中區小巷裡的「丹下婦產科診所」，是他父親創立的。

昭和三十四年，丹下在二十四歲時回到老家。以他豐富的學識來看，父親的醫術相當高明，但他和父親始終在一件事上無法達到共識，那就是父親堅持不做墮胎手術。

當時不做墮胎手術的婦產科醫生不在少數，二次大戰後不久便實施的「優生保護法」，讓人工流產行為勉強得到法律上的認可，但還是給人一種違反社會秩序的印象。考慮到診所風評和社會觀感，他並非不能理解父親的心情，但他仍覺得父親只是想當個討好大眾的醫生。

「至少先聽聽看人家的理由嘛。」某天晚上，丹下看到父親又像平時一樣把女人趕走，忍不住把話說得重了些。

父親立刻反駁道：「婦產科醫生的使命是盡可能地協助新生命誕生，而不是阻止他們誕生。」

「為女性解除痛苦也是婦產科醫生的使命啊。」

「如果你真的想做，就等你當家之後再說吧。但我並不認同。」

父親本來打算結束對話，卻又抬頭補上一句，「哎呀，我可沒有做這種事的勇氣。」

後來每次發生類似的事，他就會跟父親吵起來，並在心中默默說著「等我繼承了診所之後……」。在這番對話的兩年後，父親因腦溢血而突然離世，那是昭和三十八年的秋天，丹下二十八歲。

父親過世後，丹下改變了診所的作風。由於時代潮流和診所位於小巷子裡的緣故，繼承醫院一年後，來做墮胎手術的女人變多了。

丹下對任何患者都一視同仁，無論是幫難產的寶寶接生，或是幫躺在診療臺上啜泣的女性插入點滴針頭，他的心情都是一樣的。不對患者投射過多情感，是他保持心情平穩的方式，就連親自幫自己的獨生子廣志接生時，他也依然不改其態。

診所經營得很順利。他取消了平日的休診時間，只要有人要求，就是星期日他也會開門營業，結果上門看診的女人多到讓他幾乎忙不過來。

繼承數年之後，他也依照父親的夙願改建了診所。

當全新的牆壁上被人寫上「嬰靈之館」時，丹下的信念也沒有動搖。他始終認為身為醫生，理當幫助獨自煩惱的患者。

「醫生，真的很感謝你。我絕對不會讓這種事再發生了。」每次看到女性紅著眼睛咬著嘴脣的模樣，丹下就覺得自己彷彿證明了什麼。

在兒子廣志升上小學五年級的時候，他心中掀起了波濤。廣志有些同學會開玩笑地嘲諷他「你的爸爸是殺人犯！」，而當閒話和漠視終於擴散到全班，妻子小百合發現了廣志的異狀。

因為小百合的詢問，廣志當晚在餐桌上說出了自己的遭遇。從結果來看，這等於是在批評父親。廣志心虛地瞄著丹下的眼睛，一臉愧疚地低下頭。

他這副神情令丹下很不高興。

「連你也覺得我的工作很丟人嗎？」不知為何，丹下突然想起了已死的父親。

廣志愕然地抬起頭，卻又立刻低下去，無力地搖頭。但丹下的怒火依然沒有消退。

「你的生活一無所缺，甚至過得比一般人優渥，你還有什麼不滿意的？你以為我是用什麼心情……我為了你們是多麼地……」他連話都說不好了。

我到底想說什麼？我到底是在對誰發脾氣？廣志顫抖著肩膀，小聲地囁嚅著「對不起」。

那一晚，廣志在床上邊哭邊說「我也是想過要當醫生的」。不是「想要當」，而是「想過要當」，他是這麼對小百合說的。

父子倆本來就不常說話，在那之後他和廣志說話的機會就更少了。學校的霸凌雖然很快就停止，但不久後廣志進入了叛逆期，升上國中以後，他甚至連看都不看丹下，也不肯拿家裡給的零用錢。上了高中以後，廣志沒跟家人說一聲就跑去打工，要讀哪一間大學也是他自己決定的。

他沒有選擇醫學院，丹下也不期待就是了。他應屆考上了京大法學院，還自己租了房子。

廣志搬出去的那天，丹下意外地感到了空虛。

後來小百合被驗出膽管癌，所幸發現得早，手術也很順利，但是她在那陣子罹患了自律神經失調症，一天比一天更憂鬱。廣志經常打電話回來安慰小百合，說「下次放假一定會回家」，但小百合只會在接到聯絡那幾天比較有精神，沒過多久她的臉上又會失去活力，彷彿被黑暗吞噬。

升大四前的三月，新學期即將到來的時候，廣志沒先說一聲就回了家。

「我最近會把京都的房子退租，在這附近租一個房間。我的學分全都修完了，沒問題的。」

廣志沒有告訴丹下的是，其實他在學時已經通過了司法考試，明年春天開始實習兩年後，就會在橫濱市內找一間法律事務所。而更令丹下驚訝的是，廣志把行李從家裡搬到附近山手町的公寓當晚，就帶回來一位陌生女子。

「我們要結婚了。」

小百合面帶笑容，似乎早就知道這件事，甚至早就見過那名女子。

「初次見面，我是小西香奈子。」香奈子很有禮貌地鞠躬，用京都口音報上姓名。她措辭合宜，感覺很擅長應對進退，但臉上還帶有一股稚氣。

「我今年二十三歲，正在就讀法律系，我和廣志是從大二開始交往的。」

丹下聽她說話時，視線一直盯著某處。他慢慢把視線移回香奈子臉上時，廣志搶先開口，「當然要生下來。」

丹下覺得廣志的語氣應該沒有挑釁的意思。他一邊咀嚼著這句話，一邊又望向香奈子的腹部。

大概四個月了吧。為什麼要這麼急呢？他有些疑惑，但也沒有多問，只回了「這樣啊」。

當時丹下暗自打著如意算盤，他期待小百合能因此振作，因為寶貝獨生子回來了，甚至還有了他們盼望的孫子，現在可不是賴在床上的時候。她身為母親，身為奶奶，一定要好好努力。

事實上，小百合從那天以來就整個人煥然一新。直到她過世的那半年間，是丹下家最平靜的時期。若說他還有什麼不滿足的話，那就是來不及讓小百合見到孫子出生。

這是他唯一的遺憾。

看到廣志面對母親遺體強忍住淚水，丹下才明白兒子為何急著搬回家。他知道小百合活不久了，為了陪母親度過最後一段時間，他才願意和討厭的父親見面。

證據就是做完頭七的法事之後，廣志就不再用正眼看他了。但香奈子試圖要修復他們父子倆的關係。

「我想要讓公公第一個看到孩子。」

夫妻兩人決定分娩時要去距離家裡二十分鐘車程的大學醫院，但也希望丹下到時能在場，「選擇其他醫院，對您真的很抱歉。」

丹下很感謝香奈子的邀請，但他並不打算去，因為他知道廣志並不希望這樣。不過他不認為後來的事是香奈子故意設計的。預產日過去了，大家都開始緊張。到了九月十四日的深夜，丹下聽到家門外傳來煞車聲，臉色蒼白的廣志衝進他的臥室。

「香奈子已經破水了，沒辦法撐到醫院。抱歉，老爸……」

「她在哪裡？」

「車上。」

「快送進診療室。」

丹下用水潑臉，拍打臉頰。在亮起日光燈的診療室裡，香奈子滿頭大汗地呻吟。她是初產，不需要太過擔心，但子宮頸開口已經超過十公分。他們立刻將香奈子移到分娩臺，讓她憋氣用力。換上白衣的廣志則緊抓著香奈子的手。

進入深夜的診療室不到十分鐘，就傳來了響亮的男嬰哭聲。

丹下仔細地擦拭嬰兒的身體後，交給他們夫妻倆，然後在洗臉臺前看著鏡中的自己。背後傳來的哭聲令他十分激動。他拍打臉頰，試著讓心情平靜下來，慢慢回頭望去，圍在嬰兒旁邊的年輕夫妻都興奮地紅了臉。

「你看，老爸。」丹下依言走向快哭出來的廣志，他第一個念頭是，「啊啊，眼睛真像小百合。」

「我還是想請爸爸幫孩子取名。」香奈子抱著嬰兒輕聲說道。

丹下曾隨口提起姓名學是他少數的興趣之一，那時香奈子摸著肚子，一臉戲謔地說「那麼孩子就讓爺爺來取名吧」。

丹下也覺得那只是玩笑話，但此時抱著嬰兒的香奈子並沒有笑。她轉頭看著廣志，廣志也無力地點頭。丹下不禁脫口說出他懷著微渺希望而事先想好的名字。

「Sho。怎麼樣？」

「Sho？是哪個字？」

「飛翔的翔。代表他會翱翔於世界，怎麼樣？是不是太時髦了？」其實他不光考慮了筆畫，而是回顧自己一生都活在狹窄的世界裡，因而在孫子的名字中寄託了自己的心願。

香奈子看著面紅耳赤的丹下，笑著說：「不會啦，這是個好名字。丹下翔，我是媽媽喔。」

廣志也很不好意思地說：「什麼嘛，你明明早就想好了。」

「讓爺爺抱喔。」香奈子把翔交給丹下，翔發現自己離開母親的懷抱立刻哇哇大哭。丹下不願否定自己長久以來的信念，他對這份工作的自豪和熱情當然也沒有改變。雖然他在心中這麼說，眼眶卻開始發熱。無論接生多少嬰兒、葬送多少胎兒都面不改色的他，如今卻熱淚盈眶。

把翔抱在懷裡的時候，丹下清楚地感覺到自己的心中有什麼正在動搖。

後來丹下再也沒辦法做墮胎手術了。

風聲想必又像他繼承父親診所時一樣傳了出去，來要求墮胎的女性漸漸變少，但還是有些女性一無所知地來詢問。

田中光第一次來診所，是在翔的一歲生日派對的隔天。那是個儘管才九月就已經很冷，路上飄著薄霧的早晨。

「我應該懷孕了，請你幫我打掉。」少女面無表情地這麼說。

丹下默默地幫她照了超音波，裡面確實有個豆子大小的生命。

「妳的伴侶呢？今天沒跟妳一起來嗎？」丹下一邊寫病歷表一邊平淡地問道，光沒有回答，只是露出一個不置可否的表情。

他讓年輕護士暫時離開，留下他和光獨處。看保險證可以知道她十七歲，但看起來並不像高中生。光穿著廉價的迷你裙套裝，身上還帶著酒味和香水味，大概是剛下班吧。

在一陣寂靜之後，光擠出喃喃細語，「我沒有監護人，也沒有伴侶，所以不能生下來。」

她像在說服自己似地點點頭，然後用更堅持的語氣說：「我活了十七年，從不覺得活著是一件好事。連一次都沒想過。」

丹下靜待她說下去。

光注視著他，自嘲般地扭頭，接著斷斷續續地說起自己的經歷。

她從懂事以來就遭受繼父性侵，母親美智子對她的求救信號視若無睹。她還有神經系統的宿疾，因此情緒激動起來就會失去意識，但母親並沒有對她伸出援手，繼父也不曾停止對她的虐待。

家裡一直處於繼父的暴力掌管之下，母親只顧得了討好他，但只有她和母親在的時候，母親卻總是抱著她說「我愛妳」。他們離婚之後，光被分給了繼父，而母親就此默默消失，不曾再出現在光的面前。

繼父再婚後，光遭受的虐待不減反增，情節也越來越嚴重。

繼母帶來了一個和光同齡的兒子，他在狹小的家裡很快就發現了異狀。十歲時，弟弟把光和繼父之間的事告訴了朋友，這件事在群馬小鎮上很快就鬧得沸沸揚揚，和她關係很好的小學朋友們都開始冷眼看待她。

上了國中之後，漠視轉變成激烈的霸凌。光第一次試圖割腕是在十四歲，但當時附近發生了嚴重火災，還延燒到她家。她本來正想尋死，發現火災時卻拿著刀驚慌逃竄，這滑稽的情景讓她哭著笑了出來，她便混在看熱鬧的人群中，望著自己家的火被撲滅。

不久之後，光得知了第一次降臨在自己人生中的好運——繼父因為大白天就醉倒在客廳，沒有成功逃出來，被燒死在火海中了。

光雖然失去住所和依靠，卻得到了長久以來渴望的東西，那就是不受任何人束縛的自由，還有以人的身分活下去的權利。她隔天就溜出避難所，打算靠著雙腳走到東京。

她對一切感到憤恨，繼父竟然那麼簡單就死了，而她還為了那畜生哭泣。她更恨自己這種行為。

「是個很常見的故事吧。」光微微一笑，繼續說下去。

她在上野被皮條客搭訕，當起了酒店公關，後來又漂泊到橫濱，在曙町的酒店工作時認識一個黑衣男人，兩人成了情侶。同居之後，男人卻開始向她施暴，在得知她懷孕後，便從她的面前消失了。

丹下不知道該作何感想。他聽到這種事當然覺得難過，同時又感覺好像八卦雜誌一樣虛假。就像光自己說的一樣，這是個很常見的故事，但她的語氣懇切得不像是一般十七歲女孩。

「醫生，我一開始是很高興的。看到驗孕棒有反應時，我知道可能又會被那個人打，但我還是很高興，但我沒有信心能養育這個孩子。」

還好現在沒有其他患者。丹下靜靜地握筆寫字，「如果妳真的想打掉，已經沒有太多時間了。請妳盡快去這間醫院。」

光訝異地看著丹下遞出的紙條，歪頭問道：「醫生，你不能幫我做嗎？」

「很抱歉，我已經不做這種手術了。」

「可是……」

「對不起。」

光似乎還想說些什麼，但她沒有繼續懇求，只是小聲地說了句「是嗎」，禮貌地向他道謝。

臨走之前，她在門前轉過身來，「我還是打掉比較好吧？」

丹下忍不住別開了臉。如果是以前的他，一定會毫不猶豫地說「妳自己決定吧」。這樣回答並沒有錯，他也相信只有她能為自己的人生負責，但他說出的是另一句話。

他想到跑回來探望小百合的廣志。

「我唯一確定的是，只要孩子感受到深厚的愛意就絕對不會走錯路，即使愛他的只有一個人。妳能一直愛著那孩子嗎？妳有這種心理準備嗎？我認為最重要的不是有沒有信心，而是有沒有做好心理準備。」

很多母親會把人生的挫敗歸咎於孩子，丹下也深刻體會過即使深愛孩子，也不見得能傳達給他，但他還是不得不這麼說。

光驚訝地歪著頭，然後露出微笑，「我自己就是一個不被疼愛的孩子，所以我比誰都清楚他最想要的東西。」
「最想要的東西？」
「是的，只要我還活著，就會不斷地說『我需要你』。我絕對不會假裝沒看見，也絕對不會轉開目光，我或許沒有足夠的責任感，但是我的心理準備絕不會比別人少。」
「這樣已經像個母親了。」
「我連名字都取好了。從十歲開始被虐待之後。」
「名字？」
「是的，女孩的名字。說也奇怪，我只能想到女孩。不知為何，我覺得我要保護的一定是女孩。」
丹下默默地點頭，光注視著他，輕輕吁了一口氣，然後就靜靜地離開了。
丹下以為事情已經結束了。
他相信光會去他介紹的醫院將孩子打掉，繼續若無其事地從事夜晚的工作，再也不會出現在他的面前。但是過了三個月，十二月的某天，在診所工作將近十年的資深護士敲了診療室的門。
「醫生，您認識田中光這個人嗎？我找不到她的病歷。」
「喔喔，我記得她。沒關係，請她進來吧。」
歪著頭疑惑的護士將光請進房間。她穿著牛仔褲，打扮比第一次來找他那天還普通，但最先吸引丹下目光的，是她隆起的腹部。丹下頓時怒火中燒，正要開口質問，卻又忍不住吸了一口氣，因為光的表情開朗得像變了個人。

「我後來一直思考您說的話，一直在想自己是不是已經做好心理準備了。我決定要把孩子生下來。」光非常認真地說出這句話。

「妳要生下來？」

「我就要結婚了。雖然我是這麼糟糕的人，還是有人肯要我。」

「結婚？」

「是的。沒問題的，我把一切都告訴他了，但我並不是想要依靠他。我一定會保護這孩子的，所以想請醫生為我診斷。」

才過了三個月，光就成熟了許多。這段時間發生了什麼事？妳要和誰結婚？你們怎麼會談到結婚？丹下有很多事想問她，但是看到光有如脫胎換骨的模樣，他沒辦法繼續深究。

從那天之後，光定期會來診所報到。

丹下也見過一位像是她丈夫的男人在診所外等候，更令他驚訝的是，那男人用嬰兒車推著一個還很小的孩子，那肯定不是他和光生的孩子。

丹下之前想像她的丈夫是個染金髮的年輕小夥子，沒想到他是個看上去比光大一輪的年長男性，穿著好像很昂貴的外套，對孩子露出溫柔的笑容。他給人一種安心感，讓丹下覺得光跟這個人在一起一定沒問題。

「他喝酒有時會喝得很凶，但他已經在努力戒酒了。」

看到光如此積極樂觀，丹下也不再擔心了。只是把姓氏從「田中」改成「野田」，光就有了這麼大的改變。不知不覺間，兩人都非常期待著四月預產日的到來。

那一天比預期還早了一個月。

「我是野田。醫生，深夜打擾您真是抱歉，那個，我太太的情況……」

那時丹下獨自一人在家正準備睡覺，電話的另一端傳來男人驚慌的聲音。他一邊回想著那男人推著嬰兒車的畫面，一邊在電話中詢問孕婦有沒有出血。

丹下安撫他，光雖然是早產，但不會有大礙。

光很快就被帶到診所來了，她不像嘴唇發白的丈夫，顯得非常平靜。

「要提前出生了呢，這孩子真可憐。」光露出愧疚的微笑，自己則換上分娩服。

生孩子花了七個小時，這對纖弱的光必定是很大的負擔。

昭和六十一年三月二十六日，早上六點二十分，在早晨的柔和陽光和鳥啼聲的圍繞下，一個兩千四百八十公克的小女嬰誕生了。

「看，和媽媽很像呢。」丹下率直地說出感想，光卻一臉認真地反駁。

「不行，絕對不行。我眼神這麼凶惡，長得像我就太可憐了。」

但在過度反應的下一秒鐘，光的眼睛溼潤了。她小心翼翼地把嬰兒抱在胸前，哭得越來越大聲，嬰兒似乎被她影響也跟著哭了，獲准進入診療室的丈夫撫摸著光的背部。

她好不容易停止哽咽，將臉頰貼在嬰兒的手上，祈禱似地說道：「Yukino，謝謝妳誕生在這世上。」

「Yukino？」丹下問道，光做出拿筆寫字的動作。

「是的。幸福的幸，乃是的乃，我要叫這孩子幸乃。我希望她能過得幸福，希望我能給她幸福，儘管這可能是個愚蠢的願望。」

「不，沒這回事。嗯，真是個好名字。」

丹下大大地點頭，一邊把她說的名字寫在便條紙上。

野田幸乃。

看起來挺不錯的，姓名的整體筆畫透露了勤奮與開朗，可以成為一個心胸寬大的人。丹下不禁自嘲這麻煩的興趣，放心之餘正準備撕掉便條紙，卻又突然停止動作。他睜大眼睛，寫下另一個名字。

田中幸乃。

這次則得到截然不同的結果。總筆畫十九畫的名字，代表病痛和糾紛，象徵人際關係的人格（註6）十二畫代表孤獨和憂慮。丹下恍惚地看著這個名字，好一陣子才回過神來，接著用力搖頭。

註6　人格：天格是姓的筆畫總數，地格是名的筆畫總數，人格則是姓的最後一字加名的第一字的筆畫總數。

不，不會的。姓名學只是求個安慰，母親的愛和心理準備才是關鍵。話說回來，自己又何必查她的母姓呢？胡鬧也要有個分寸。

像是要甩開擔憂，丹下望向窗外。

櫻花的花瓣在空中飛舞，彷彿祝福著這寶貴生命的誕生。這是個美麗的春天早晨。

丹下靜靜地撕掉便條紙，丟進垃圾桶。

◆

在那之後過了二十多年。

丹下反覆閱讀田中幸乃被判死刑的報導，一直思索著無解的問題。他上身前傾，再次凝視著報導中的女人和死者一家人的照片，那是因他改變心意而誕生的孩子，與死去的三條性命。

如果他當時答應光的懇求，幫她做了墮胎手術，這母女三人如今就能繼續過著幸福的生活吧？他想像一個年輕母親對孩子高舉手臂的畫面——在命運的操控下，光一邊吼叫一邊處罰弱小的幸乃。

「我絕對會保護這個孩子。」

他很想相信光說出這句話時的決心，因為那同時在肯定他身為婦產科醫生的信念。但那一天她說著「是個很常見的故事吧」的沙啞聲音，以及那屢見不鮮的暴力想像，始終在他的腦海裡盤旋不去。

第二章　「遭到繼父嚴重家暴……」

田中幸乃被判死刑的隔天，倉田陽子正在三浦半島的高地。

西邊是能俯瞰整個相模灣的寬廣墓園，陽子牽著獨生子蓮斗的手，望著許久沒來探望的父親墓碑。

「哇～這裡好漂亮捏～媽媽，大海閃閃發亮的捏～」剛滿五歲的蓮斗顧不得掃墓，對下方的海洋深感著迷。

蓮斗升上幼稚園中班以後，說話方式就變得怪怪的，陽子還以為這是幼稚園裡流行的腔調，後來發現會這樣說話的只有蓮斗。

「是啊，閃閃發亮的呢。」

「下次我們在夏天的時候來吧。」

「嗯，到時候妹妹也會一起來喔。」陽子摸了摸肚子，蓮斗也瞇起眼睛模仿她的動作。他們期盼的女孩，再三個月就要出生了。

她仔細地擦洗過墓碑，供上鮮花，蓮斗也雙手合十，嘴裡念著「南無南無」。陽子看見蓮斗這副模樣忍不住笑出來，說道「我們回家吧」。

他一臉疑惑地歪著頭說：「爺爺在這裡嗎？」

柔和的聲音敲打著耳膜，陽子回答：「是啊，不是住在大井町的爺爺，而是媽媽的爸爸。」

蓮斗的表情依然困惑，「媽媽沒有兄弟姊妹嗎？」

「有啊，媽媽有一個妹妹。」

「她在哪裡啊？」

「她已經死了，在媽媽九歲的時候。」

這孩子出人意料地十分敏銳。蓮斗盯著陽子的臉，像是在觀察什麼，片刻之後放棄地嘆了一口氣。

「這樣啊。那媽媽的妹妹也在這裡面囉？」蓮斗輕輕地摸著墓碑。

陽子昨天沒流出的淚水頓時上湧，她努力忍住，抬頭看著天空，腦海中突然想起父親說過的話。那天爸爸責罵她「妳不是姊姊嗎」的聲音清晰可聞。

陽子把視線拉回蓮斗的身上，再慢慢望向包包，裡頭放著她帶來準備丟在海裡的東西。

她一臉不安地看著，妹妹田中幸乃送她的髒汙泰迪熊。

◆

陽子很愛母親野田光，也很信賴溫柔的父親，對妹妹幸乃的愛護更是超過他們兩人。位於橫濱市山手町的野田家沐浴在燦爛的陽光中，客廳總是充滿一家四口的笑聲。

比陽子小一歲的幸乃身材瘦小，從小就體弱多病，四歲時還因為染上肺炎而在鬼門關前走了一回。她的老毛病是只要情緒一激動就會昏厥，所以一有什麼期待的事，身體狀況就會立刻變差。

陽子要升上小四、幸乃要升上小三前的三月二十六日，是幸乃的八歲生日，這天她們和同樣住在山手町的兩個男孩約好，要去看幾年才有一次的流星雨。不過幸乃可能是太期待了，她在晚上的派對吃了很多她最愛的馬鈴薯燉肉，當媽媽端出自己做的蛋糕時，過於興奮的她就像睡著一樣倒了下去。

「哎呀，又來了。去年生日也是這樣呢。」父親溫柔地抱起幸乃，表情充滿憐憫，語氣卻很輕鬆。以前幸乃昏倒，他甚至會嚇到臉色蒼白。

陽子也不驚慌，因為幸乃太常昏倒，擁有相同毛病的媽媽說不用擔心，所以她漸漸也不為所動了。幸乃通常會在幾分鐘或幾十分鐘後醒來，最久也不會超過一個小時。

這天大概過了三十分鐘，幸乃躺在自己的床上眨了眨眼睛，彷彿在確認自己的位置，最後瞪著天花板上的小窗埋怨地說：「哎呀，我又發作了，真討厭。姊姊已經去過了嗎？」

「不，我沒去。我不能丟下妳啊。」

「對不起，姊姊。如果人家的病好了，就可以跟大家一起看星星了。」

陽子曾經聽媽媽提過這種病的名稱，但那個詞彙太艱澀，她記不起來，只是媽媽緊抱昏迷的幸乃說著「對不起，都是媽媽害的」的表情，她至今都還牢牢記得。

「當然啊，阿翔和阿慎都希望妳能恢復健康喔。」

「真的嗎？人家好喜歡他們，能加入『山丘探險隊』真是開心。」

「是啊，他們兩人都在等著妳喔。」陽子點頭說。

幸乃說的「山丘探險隊」是陽子和同年級的丹下翔組成的隊伍。組隊的契機是翔主動邀約，「我在隧道旁的小山丘建造了祕密基地，陽子也帶幸乃來玩吧。」

「要去基地前得爬一段很陡的山路，陽子應該沒問題，問題是幸乃，不過有我們幫忙一定可以的。」

翔就像卡通的主角一樣討厭以大欺小，總是會幫助弱小的孩子。也會說出「我不知道該像爺爺一樣當醫生，還是該像爸爸一樣當律師」這種成熟大人般的發言，而他的成績確實好到不像是玩笑話，家境也很富裕。

稍微打開的窗縫吹進輕柔的風，陽子在床上摸著幸乃的頭，心想必須通知翔她們不去了。幸乃則用老成的態度說：「沒關係，姊姊自己去吧。」這大概只是客套。

「不行啦，這樣妳太可憐了。」

「不，姊姊去看吧，回來再告訴人家看到了什麼星星。」

幸乃的表情雖然溫和，語氣卻很堅定。她平時優柔寡斷，但是只要話說出口就不容妥協，她身體虛弱，意志卻一點都不弱。陽子試著說服自己，她不是因為很想在晚上跟翔一起玩，而是因為妹妹的要求。

「那我真的去了喔。」陽子再次確認，幸乃露出滿臉的笑容。

「姊姊，我們要一起活到一百歲，一起看很多星星喔。」

路上都是要去看流星雨的人，所以陽子一個人走夜路也不怕。大概走了十分鐘左右，她到了隧道。在黑暗中和兩人會合後，陽子掩飾不住喜悅，很開心地和翔說話，所以她好一陣子才聽到那句話。

「咦?幸乃呢?」提出問題的，是走在他們幾步之後的佐佐木慎一。

慎一比陽子和翔小一屆，和幸乃同年級。他戴著厚厚的眼鏡，額頭蓋著長長的瀏海，身材矮小，非常瘦弱，個性一點都不活潑，卻有著不輸給翔的強烈正義感，尤其是跟幸乃有關的事，他都會很明確地表達意見。

幸乃走路很慢，所以老是被朋友丟下，但是「山丘探險隊」都會配合她的速度，主要是因為慎一說過，「我們至少要等幸乃。」

「啊，對了，今天幸乃不來。」陽子慌張地轉頭，她感覺慎一好像看穿了她的欣喜。

「為什麼？」

「還是昏倒，她在派對上又發作了。」

「幸乃沒事吧？」

「沒事啦，我出門的時候她已經恢復了，還叫我回去要告訴她看到什麼星星。」陽子盡量用開朗的語氣解釋，翔也笑著說「這樣啊，真可惜。我和阿慎還準備了禮物呢。」

但慎一依舊一副悶悶不樂的樣子。

爬山爬了十分鐘左右，他們到達了祕密基地。四周圍繞著高大的櫻花樹，擋住了市區的霓虹燈。雖然知道一抬頭就能看到滿天的星星，但還是需要勇氣。慎一的表情非常灰暗，他覺得這樣背叛了幸乃。

眾人默默地踢著地面，經過一段凝重的沉默後，慎一說：「我還是覺得幸乃很可憐。」

他像是不想讓陽子他們有機會插嘴，堅定地繼續說：「『山丘探險隊』是我們四人組成的，少了一個人就沒有意義了。」

沉默片刻，翔露出燦爛的笑容，「就是啊，那今天就先解散吧，星星等幸乃好起來之後再看。」

結果三個人都沒看到夜空。他們走下了辛苦爬上去的山坡，回到鋪柏油路的縣道。兩人說著「陽子畢竟是個女生」，便陪著她一起走到家門前。

「那我們回去了，要幫我們跟幸乃問好喔。」翔大大地揮著手，慎一拉住他說：「喂，阿翔，禮物。」

「喔，對耶，我都忘了。這個拿去。」翔從背包裡拿出禮物。

陽子接過來時，瞄了二樓的房間一眼，「你們要不要進去親自拿給她？」

她一邊說，一邊把包裹還給翔。

「這樣不太好吧？阿姨發現的話一定會生氣的。」翔搖頭說道，但陽子沒有放棄。

「沒事的，我出門也沒被發現，偷溜進去就好了。」
「是啊，直接拿給幸乃吧。」
先做出決定的是慎一，翔看看拍著他背後的慎一微笑著說：「你們這些壞孩子。」
三人互相使著眼色走上樓梯，躡手躡腳地打開房門，果不其然，幸乃正躺在床上看著天花板的小窗。妹妹在蒼白夜光的照耀下，看起來比平時更柔弱。
陽子輕輕摀住幸乃驚訝的嘴巴，貼在她耳邊說：「大家都說想跟妳一起看星星，所以我們四個一起看天空吧。」
陽子和幸乃躺在床上，翔和慎一則躺在地板上，四人一起看著天窗。沒有一個人開口說話。幸乃雖然有很多話想問，還是跟著安靜地看著夜空。這個情況不知道維持了多久。
她怕發出聲音，一動也不動地躺著，這時有一顆光點從窗外掠過。
「啊！剛才那個，你們看到了嗎？」翔低聲問道。
還好他們看的不是廣大的夜空，而是一個小小的窗子。
「嗯，看到了。」慎一回答道。
「人家也看到了。」幸乃也興奮地說道。
大概過了五分鐘，窗外又陸續有流星劃過。大家都知道去陽臺上可以看到更多星星，但沒有一個人開口提議。大家一定都想看到相同的景色，至少陽子自己是這樣想的。

翔睜著明亮的眼睛仰望著夜空，沒有針對特定對象，喃喃說道：「只要有人覺得難過，大家都要去幫助他，這是山丘探險隊的約定。」

大家都知道他說的是幸乃，但幸乃本人第一個附和說：「嗯，就這麼做，人家會保護大家的。」

慎一也說：「我也是，我也會保護大家。」

陽子焦急地想自己也該說些什麼，一邊又出神地望著翔的側臉。此時房間突然亮起，彷彿出現一道閃光，大家在夜色中的模糊輪廓突然變得清晰。

陽子不知道發生了什麼事，她急忙抬頭看著窗子，只看到一條如尾巴般的餘光。

「好棒……好棒喔，好棒喔！喂，你們看見了嗎？」幸乃越來越大聲地問道。

慎一和翔都著迷地點頭說。

「嗯，看到了。」

「我也看到了，剛才那個好厲害。」

只有陽子一人沒看到，不只如此，她也還沒說出探險隊的誓言，「那、那個，大家……」

陽子正要開口時，房間又亮了起來。但這次不是先前那種夢幻的光芒，而是天花板的日光燈。

「喂，你們在做什麼啊？」陽子的心中發出小小的聲響。

媽媽正站在門外。她有著纖細的身軀，有點捲曲的淺褐色頭髮，白得驚人的肌膚，還有令陽子羨慕不已的細長眼睛。媽媽的表情雖然嚴肅，看起來卻像在微笑，她似乎不是真的生氣，而證據就是她手上的托盤放了四個馬克杯、四個盤子，還有一個蛋糕。

媽媽叫翔和慎一先打電話回家，看著他們走出去以後，她默默地倒好紅茶，切好蛋糕。那是幸乃還沒吃到的生日蛋糕。陽子看著杯中冒出的熱氣時，那兩人回來了。

「好棒！看起來好好吃！」翔興奮地叫道，媽媽則是用責備的目光盯著他。

「哎呀對不起啦，阿姨。都是我說希望能四個人一起看星星。」其實並不是翔提議的，但他卻代表大家道歉。

「你媽媽怎麼說？」

「她說二十分鐘以後會來接我。」

「阿慎呢？」

「我家人也說很快會過來。」

「那你們就一邊吃蛋糕一邊等吧，你們就算偷偷摸摸還是被發現了，既然要躲就躲好一點嘛。」

媽媽終於露出溫柔的笑容，大家都鬆了一口氣，同時說道「我要開動了！」，開心地吃起蛋糕。

「喔喔，好吃！這是什麼啊？是阿姨自己做的嗎？」翔眼睛發亮地問道。

媽媽一臉自豪地反問：「好吃吧？」

大家在一起的時候總是這樣，媽媽和翔相處得毫無隔閡。

「超好吃的！陽子的媽媽真好，長得漂亮又很年輕。阿姨到底幾歲啊？」

「二十五。」

「哇塞！真的很年輕耶！名字呢？」

「光，要寫成片假名。野田光。」

翔眨了眨眼，慢慢望向慎一，然後又看看陽子。翔什麼都沒說，但陽子知道他在想什麼，因為陽子也對這件事很不滿。

光和幸乃都是很可愛的名字，為什麼只有自己被俗氣地取名「陽子」呢？每次她不高興地這樣問，媽媽就會無助地望向爸爸，爸爸也會撇過頭，然後像是突然想起似的，裝傻說道：「怎麼啦？這名字不是很好嗎？是爸爸取的喔。」

爸爸根本不懂，而且她就是對「是爸爸取的」這件事感到不滿。

不只是名字，幸乃身上的每一點都看得出是遺傳自媽媽，而陽子則比較像爸爸，包括看起來很健康的深色皮膚和寬闊的肩膀，她甚至埋怨自己從來不會感冒的強健體魄。

而最令陽子不滿的就是媽媽的口頭禪，陽子聽過好幾次媽媽和幸乃兩人獨處時的對話。

「幸乃，媽媽讓妳受苦了，對不起啊，請妳原諒媽媽。」

「有嗎？人家不覺得苦啊。」

「這樣啊，謝謝妳。這都是因為幸乃跟媽媽很像。」幸乃會趁機撒嬌，媽媽也會溫柔摸著她的頭髮，她們兩人彷彿獨享著祕密。

每次目睹這種場面時，陽子的心中都會掀起波瀾。

「喂，阿翔，禮物。」聽到慎一細微的聲音，陽子才回過神來。

翔吐著舌頭說「啊，我又忘了」，打開背包拿出扁扁的包裹交給幸乃。

「好開心喔，我可以打開看嗎？」看到兩個男孩點頭，幸乃才拆開包裝紙，裡面是三十色的粉蠟筆。

「幸乃喜歡畫畫對吧？這是阿慎挑的喔。」聽到翔這麼說，慎一靦腆地搔搔鼻子。

幸乃開心的時候習慣皺眉頭，媽媽則摸了摸幸乃的頭，這是媽媽的習慣。

「對了，媽媽也準備了禮物。等一下喔。」媽媽走出房間，大概一分鐘就回來了。她的手上拎著紙袋，在眾人的注視下，她從裡面拿出一隻粉紅泰迪熊。有次全家去橫濱的百貨公司購物，陽子和幸乃一看到那泰迪熊就吵著要買。

「咦？人家已經拿過禮物了。」幸乃猶豫地喃喃說道，而媽媽露出輕鬆的笑容。

「那是爸爸送的禮物，這個是媽媽送的，因為幸乃一直都很努力才有喔，不要告訴爸爸。」

陽子的心底湧出一些情緒。她知道今天是幸乃的生日，但是看到自己一直很想要的布偶，她就抑制不了那種心情。媽媽似乎察覺到這一點，說出了出乎陽子意料的話。

「還有，這個是陽子的。妳也不要告訴爸爸喔。」媽媽又從袋中拿出另一隻布偶，是和幸乃那隻一模一樣的粉紅泰迪熊。

看到這個驚喜，幸乃比陽子更開心，她歡呼著說：「太好了，姊姊！和人家的一樣！」

此時爸爸拿著吉他從一樓走上來，陽子和幸乃急忙把泰迪熊塞到床下。

「什麼嘛，怎麼可以丟下爸爸一個人呢？」爸爸開玩笑地說道。

翔戲謔地說：「叔叔喝夠了嗎？今天就不講輩分了，再來一杯吧。」

他一邊做出倒酒的動作，爸爸也配合地回答：「喔？阿翔也要一起喝嗎？」

媽媽則不悅地喊著，「老公！」

大家都笑了起來。雖然是在開玩笑，但陽子很清楚媽媽的心情。爸爸的酒品很差，所以在陽子她們懂事之後已經戒酒了，陽子曾在他們兩人緬懷過去時聽到這些事。

爸爸覺得無趣地癟著嘴，一副不甘願地抱起吉他。

「那在你們的媽媽來接你們之前就先唱歌吧。」

翔帶頭望著天窗，大家一起唱著「向星星許願」之時，陽子想起了她羨慕幸乃名字的另一個理由。陽子很喜歡「幸福」這個詞彙。她有可愛的妹妹、漂亮的媽媽、溫柔的爸爸，還有要好的朋友們，隨時都有人在保護她，很幸福。

「十一月還會有流星雨，到時大家再一起去看吧。」慎一喃喃說道，眼睛還盯著幸乃。

但想必只有陽子注意到這件事。

四年級的第一學期結束，暑假開始，班上有些孩子開始上補習班，但是探險隊的成員沒有一個去補習的。準備考私立中學的翔也笑著說：「還早咧，我現在要好好享受小學生活。」

暑假時野田一家照例出門旅行，在三浦半島掃墓兼旅遊時，發生了一件小事。陽子和幸乃都帶了泰迪熊，但在離開旅館時，泰迪熊只剩一隻。

陽子認定是幸乃弄丟了泰迪熊，因為前一晚爸爸帶幸乃去附近的便利商店時，她珍惜地抱著泰迪熊，但陽子不記得她有把泰迪熊帶回來。

聽到陽子這麼說，幸乃睜大眼睛反駁，「這是人家的！左手有汙漬的是人家的！」

「胡說八道，我把葡萄汁滴在上面時妳明明也看到了。還給我！」

「不要，絕對不要！不可以拿走人家重要的東西，姊姊是大笨蛋！」

幸乃表現出的堅決是陽子前所未見的，她不禁有些膽怯，但她也不能輕易放棄媽媽送的寶貝布偶。兩人正在搶奪布偶時，爸爸出面制止，他不加思索地說：「喂，陽子，妳不是姊姊嗎？只不過是一隻布偶，妳就讓給妹妹吧。」

爸爸用銳利的目光看著陽子。她很不甘心，也很難過，正想向媽媽求助，卻看到媽媽用譴責的眼神盯著幸乃。陽子頓時覺得「啊，又來了」，又是這種組合。爸爸和自己，媽媽和幸乃。為什麼老是被這樣劃分呢？

她的視線慢慢移回幸乃身上，頓時嚇得臉色發白。幸乃正在努力地調整呼吸。陽子知道這是她昏倒的前兆，所以什麼話都說不出來。直到暑假結束，姊妹倆都沒有和好。

新學期開始之後，陽子發覺自己身邊的氣氛有些細微的轉變，原本跟她很要好的同學都在躲著她。幸乃似乎也發現了同樣的情況。某天放學的路上，兩人剛好走在一起，幸乃突然問了讓陽子大感意外的問題，「姊姊，什麼是『拖油瓶』？什麼是『女公關』？」

聽到妹妹突然冒出這些詞彙，陽子有些錯愕。她也不知道這些字眼的確切意思，卻能感覺到其中帶有汙辱的意味。

「妳是從哪裡聽來的？」

「不知道。總覺得大家都在笑人家，說人家是拖油瓶。」

「不管是誰說的，妳都不用理他們。覺得不舒服就去跟阿慎說。」

「喔喔，這樣啊。好，就這麼辦。」幸乃嘴上這麼回答，但表情還是一樣黯淡。

而在回家途中發生了更讓她們兩人擔憂的事。經常在公園閒聊的幾位婦女，一看見陽子她們就轉開視線。有時媽媽也會加入她們，那些都是跟媽媽聊過天的人，其中一位還是慎一的媽媽，她們認識，遇到時都會打招呼。

幸乃不安地握住姊姊的手，「可以嗎？」

幸乃握了之後才問道，陽子默默地點頭，幸乃立刻露出笑容，彷彿已經忘了先前的事。

「那隻泰迪熊還是給姊姊好了。」

「給我是什麼意思？妳承認那是我的泰迪熊了嗎？」
「不，不是這樣。」
「那我不要。如果妳不承認那是我的，我絕對不會收下。」
「可是……人家想要與姊姊和好。」
幸乃戰戰兢兢地仰望著陽子，然後鼓起勇氣說道：「那一起玩吧？我們可以一起和泰迪熊玩。」
陽子低頭望去，幸乃的額頭都是汗水。她像是死都不肯放手，努力追上陽子的步伐。陽子感到一陣心痛。
「嗯，好吧，那就這樣吧。可是妳別忘了，那是我的泰迪熊喔。」
「哎呀，姊姊真是嘴硬呢。」
看著笑容滿面的幸乃，陽子強烈地想著，自己一定要保護這孩子。她感受到那些婦女從背後投來的目光，再次默默地發誓。
那天以後，朝她們投來的冰冷目光越來越多，而且幸乃的處境似乎比陽子更糟糕。在隔了很久又牽起手的那天之後，幸乃沒有多說什麼，但她常常一放學回家就躺在床上。
陽子不知該找誰商量。不，其實她知道，只是沒有勇氣說出口。媽媽也明顯變得怪怪的，陽子不得不懷疑，這和她們在新學期開始後發現的轉變有關，所以心情更低

幸乃立刻就要下樓，陽子急忙制止她，然後從窗戶窺視外面的情況。一個矮小的女人快步走出屋外，陽子很難把她和幸乃說的「可怕的阿姨」連結在一起，因為她穿著夏季外套的背影看起來很年輕，好像不到三十歲。

那女人在街燈前停下腳步，轉頭望來，陽子趕緊躲到窗簾後。就算距離遙遠，在明亮街燈之下還是看得出她的妝很濃，她的穿著打扮看似年輕，但絕對超過三十歲了。

那女人不知為何露出微笑，轉身走掉了。陽子突然有一種異樣感，這異樣感立刻化為確切的東西貫穿她的全身。她曾經看過這種拖著左腳的走路方式。

在暑假結束前，陽子看到這個女人在公園和慎一說話。她注意到那人的淺粉紅色無袖上衣和迷你裙，一副故作年輕的打扮，但也只是這樣。那女人看到陽子走向公園卻變了臉色，像是逃跑般地匆匆離開。

慎一只說「沒有啦，她是來問路的」，之後翔也來了，他們開心地聊起其他話題，讓陽子沒辦法繼續問下去。她早已忘了這件事，只記得那個人的走路姿勢很奇怪。

陽子牽著幸乃的手下了樓，發現媽媽在黑暗的房間裡低聲哭泣。陽子愕然地注視著她，幸乃卻直接跑過去。

「媽媽，妳在哭嗎？不要哭，沒事的，人家會保護妳的。」

陽子看著幸乃溫柔地摸著媽媽的背，突然覺得媽媽好像要被搶走了，她也急忙走過去，一起摸著媽媽的背。媽媽驚訝地看著兩人，然後把她們一起抱在懷裡。

「對不起，我是妳們兩人的媽媽，我絕對不會離開的。」

陽子不明白媽媽這句話的意思，但媽媽似乎不打算讓她發問，搖了搖頭，擦乾眼淚。

「哎呀，真是對不起妳們。媽媽得煮飯了。妳們想吃什麼？」

「馬鈴薯燉肉！」幸乃立刻笑著說道，陽子反駁說：「別要求那麼麻煩的東西，簡單一點就好了。」

「可是人家喜歡馬鈴薯燉肉。」

「好，媽媽就煮馬鈴薯燉肉。先等一下喔。」

大約一個小時後，爸爸回來了，四人睽違已久地一起圍坐在餐桌旁。

爸爸看到這麼晚才吃飯有點訝異，但媽媽拚命使眼色，要她們什麼都別說。陽子之外的三人都聊著無關緊要的話題，說說笑笑的。連媽媽也笑得瞇起眼睛，才剛哭過的事就像假的一樣。

他們很久沒有一家人一起吃飯了，餐桌上比平時更熱鬧，但陽子只覺得這是為了避免沉默而硬裝出來的熱鬧，不由得有些反感。

媽媽沒有解釋過那個中年女性來到家裡的事。

陽子正準備再去問問慎一，結果就發生了那件意外，就在那女人來訪的幾週後。

因為媽媽也有突然暈倒的老毛病，所以爸爸一直不讓她開車，而媽媽最終因開車而發生了車禍。

在一個下大雨的傍晚，在微冷的家裡接到爸爸打來的電話，陽子敏感地察覺到她珍惜的世界已經崩塌了。她們搭著計程車經過車禍現場，趕到附近的醫院，發現裡面靜悄悄的。

此時此刻，她完全感受不到媽媽正在和死神搏鬥的熱力。

爸爸看到陽子她們，只是軟弱地點點頭。爸爸因為死狀悽慘的理由不讓她們看媽媽的遺體，而之後的事陽子都沒印象了，那到底是現實，還是夢境？當時幸乃是什麼表情，自己是什麼心情，她完全想不起來。

但之後的事情倒是鮮明地刻劃在她的記憶裡，其中的一件就是守夜的那晚，曾經疏遠媽媽的那些鄰居婦女，也和其他人一起流著眼淚。爸爸含著淚禮貌地向她們致謝，幸乃也在一旁嚶嚶哭泣，只有陽子一個人沒哭。

她動著嘴唇，無聲地向那些裝模作樣，拿手帕拭淚的婦女說「都是妳們害的」。冰冷的空氣凍得她嘴唇乾燥，裂了好幾條口子。

爸爸堅強地處理了雜務，和警察、醫院、葬儀業者等人溝通。看到爸爸還是那麼可靠，讓陽子比較安心了。

但事實上，爸爸的心已經碎了。

做完頭七法事的那晚，客人全都離開了——不知為何，客人全是爸爸那邊的親戚和職場熟人。在車禍事故之後，這是第一次只有他們三人一起吃飯。

在媽媽缺席的餐桌上，爸爸第一次在姊妹倆面前喝到爛醉，這也是陽子第一次看到爸爸喝酒。他連守夜的晚上也不曾主動喝酒，只有被人倒酒的時候才會喝。原本禁酒的爸爸，此時喝起酒來就像在喝水，陽子不知該如何是好，因為能勸阻爸爸的媽媽已經不在了。

陽子本想拉著幸乃回到二樓，爸爸卻不允許。

「別逃跑，陽子，我們不是一家人嗎？」粗鄙的笑聲響起，劃破了緊張的氣氛。

「喂，陽子，媽媽生的病叫什麼啊？」爸爸自言自語似地繼續說道。

「對不起，老子應該逼她吊銷駕照的。都是老子的錯，全都是老子害的。」

她第一次聽到爸爸自稱「老子」。爸爸說完這些類似懺悔的話，就突然連珠炮似地痛罵著媽媽，之後又後悔不已地號哭。此時的爸爸脆弱、敏感、不可靠，非常軟弱。駝著背的他變得像個需要保護的孩子。

陽子的心中油然生出「我想原諒爸爸」的奇妙情感，同時也湧出了代替母職的決心。而爸爸彷彿也察覺到這一點，語氣變得像是撒嬌。

「喂，陽子，妳能原諒我嗎？」「陽子最喜歡媽媽做的漢堡排吧。」「媽媽常說陽子很惹人疼愛喔。」「還說有陽子這個女兒太好了。」「她說陽子……」「陽子……」

不知為何爸爸一直說著和陽子有關的事。陽子轉頭一看，發現幸乃臉色蒼白，視線的焦點不知落在何處。她向幸乃問道：「沒事吧？」，幸乃只是歪著頭，什麼都沒說。

「好了，妳上樓吧，不然又要開始不舒服了。」

幸乃沒有理會她，反而慢慢走向爸爸。

癱坐在地上的爸爸抬頭，不安地看著眼前的幸乃。兩人互相注視一陣子，爸爸按捺不住似地轉開視線，深深吐出一口氣，「別這樣，別用那種冰冷的眼神看著老子。」

但陽子覺得說出這句話的爸爸表情更加冰冷。

幸乃沒有離開，而是蹲下去，直視著坐在地上的爸爸，熟悉的溫柔聲音在屋內響起。

「爸爸，不要哭，人家也不會再哭了。人家會原諒，人家原諒爸爸，所以請爸爸不要再哭了。」幸乃把手放在垂頭喪氣的爸爸肩上，而爸爸的身體沒有停止搖晃。

幸乃不放棄地想要摟住爸爸的背，爸爸卻厭煩地推開她的手，然後慢慢握住拳頭。事情發生得很突然，陽子根本來不及阻止，沉重的聲音就震動了四方的牆壁。

她好一陣子才回過神來，看到幸乃按著左眼，默默地縮成一團。爸爸一口氣喝光杯中的酒，睥睨著倒在地上的幸乃，「老子不需要妳，老子需要的是光。」

話語慢慢滲入耳中，陽子不明白爸爸的意思，她只知道這種話絕對不能讓幸乃聽到。她跪在地上，把幸乃抱在懷中。幸乃曚曨地睜開眼睛，說著「對、對不起，對不起」，然後慢慢抬頭看著陽子。

「姊姊也是，對不起。」

說完這句話，臉色蒼白的幸乃就像睡著一樣昏了過去。

陽子想起了放在佛龕上的媽媽照片。只有幸乃遺傳了媽媽的老毛病。她覺得懷中的小小身軀彷彿變得更輕了。

陽子以前問過幸乃，在這種時候有什麼感覺，幸乃開心地笑著說：「有溫暖的空氣圍繞著身體，非常舒服。眼前一片空白，好像到了天堂。」

陽子抱著幸乃，瞪著粗鄙笑著的爸爸。翔說過的「探險隊的約定」在她的腦海掠過。

沒問題，我會保護妳的——

陽子對幸乃的愛護並不假，但爸爸那句「不需要妳」彷彿壓過這個念頭，掌控了她的心。

在那一夜之後，爸爸的眼神一直很空虛。陽子每次看到爸爸脆弱的模樣，就很想念翔和慎一。所以那天傍晚，因為眼睛瘀青未退，請假沒上學的幸乃突然說出「我想去找他們兩人」時，陽子非常興奮。

「妳的身體沒事了吧？」聽到陽子的詢問，幸乃用力點頭。

她又問了一次「真的嗎？」，幸乃再次點頭，她見了就立刻拉起幸乃的手。但她配合幸乃的步伐走路時，感到了罕見的不耐。

這是她在媽媽葬禮之後第一次見到翔和慎一，陽子在祕密基地看到他們兩人就開心地笑了，但是兩個男孩的反應卻完全不同。慎一冷冷地看著幸乃，突然問道：「是誰打了妳？」

他從來不曾這麼凶地說話。幸乃求助似地望來，陽子忍不住退縮。她直覺認為自己應該保護的是爸爸，「不是啦，只是摔下樓梯。」

她說出了連續劇臺詞一般的理由。

「少騙人。」慎一嘲笑似地垂下目光。

「我才沒有騙人。」

「一定是騙人的！是被叔叔打的吧！大家都這麼說，沒有人不知道這件事！」慎一突然大吼，陽子下意識地一巴掌揮過去。

「等一下，大家是指誰？他們說了什麼？不要胡說八道！」

慎一摀著臉低下頭，卻從長長的瀏海之下銳利地瞪著陽子。那挑釁的神情讓陽子全身變得更熱，她再次高舉手臂，幸乃急忙抓住她。

「真的啦！姊姊說的都是真的！所以大家不要吵架啦！」

幸乃哭倒在地，慎一也跟著紅了眼，默默在一旁看著的翔也吸起鼻子，這次還是只有陽子一個人沒哭，就像守夜時一樣。為什麼只有自己的感覺這麼疏離呢？

「阿翔，告訴我，到底發生了什麼事？別人說了我們什麼？」陽子執著地問道，翔只是搖頭。

「總之妳先忍耐一陣子，謠言很快就會消失了。就算是為了幸乃，妳一定要堅強起來。」

「可是……」

「沒事的，很快就會過去了。」翔斬釘截鐵地這麼說。

但陽子還是一樣每天悶悶不樂，她很希望能發生什麼事來改變現狀，又很害怕即將發生的事。她的心中總有一種預感，覺得事情不會這麼簡單地結束。

在祕密基地見到翔和慎一幾天後接到那通電話，陽子雖然反感，卻又有些安心。

『我叫田中美智子。』

陽子對這個名字沒印象，但她立刻猜到，這人就是在公園和慎一交談、又來過家裡把媽媽弄哭的女人。

「田中美智子。」陽子跟著念了一次，彷彿要把這名字烙在心中。

女人平淡地說，『妳是陽子吧？妳好。爸爸在家嗎？』

她回答不在之後，那女人就爽快地放棄了。話筒的另一端沉默了片刻，才刻意地補上一句，『最近的事請節哀順變。』

沒有人跟陽子這樣說過，但她認為媽媽會發生車禍就是為了去見這個女人，她也懷疑散播謠言的就是這個女人。聽到她一副事不關己的「節哀順變」，陽子的預感變成了確信，她確信有事情要發生了。

果不其然，那女人沒過多久又來她家拜訪。

爸爸似乎認識這女人，一看見她就露出害怕的表情，但還是把她請進屋內。陽子瞞著躺在二樓的幸乃跑到客廳外，把耳朵貼在門上偷聽，只聽到那個女人帶著鼻音的說話聲，內容很像她這幾天無意聽到的閒話。

虐待的事——

也可以打官司——

只要付養育費——

謠言就會——

陽子很快就聽不下去了，她逃命似地回到二樓，默默抱緊躺在床上的幸乃，但沒過多久就傳來了粗暴的敲門聲。陽子和嚇得跳起來的幸乃一起望向門口，那女人臉頰通紅地站在門外，她看也不看陽子，筆直走向幸乃。

「喔喔，幸乃。」話聲剛落，她就誇張地大哭，但陽子覺得她只是在自我陶醉，不禁感到厭惡。

幸乃像在確認什麼似地眨眨眼，突然開始撫摸那女人的背。她的反應一定是出自本能吧。那女人的身材和媽媽很像，像到幾乎會認錯人。

女人驚訝地抬起頭。

「幸乃，對不起，我需要妳。現在我能依靠的只有妳了，所以我需要妳。」那女人露出泛黃的牙齒，說出了和爸爸相反的發言。

她毫不客氣地侵入了這家人的弱點，陽子簡直不忍直視。

她不知道爸爸和那女人做了什麼協議，總之過了一晚，幸乃就被那女人帶走了。

陽子執著地問爸爸理由，爸爸只回答「時間到了」，這根本敷衍不了她。

爸爸正想伸手拿酒瓶，陽子卻不讓他如意，搶先拿走酒瓶摔在廚房的水槽裡。陽子看著粉碎的玻璃，說出了那一夜的事。她不得不說出爸爸那一晚對幸乃施暴的事。

爸爸睜大眼睛，彷彿對此事一無所知，過了一會兒就搖著頭，不停地說「我知道了，我已經知道了」。然後他用軟弱的眼神看著陽子，肩膀起伏喘著氣。雖然陽子一直逼問他，其實她大概也猜得出來。

爸爸如潰堤一般說出了真相。

陽子的生母在她出生之後就過世了，而爸爸在橫濱的餐飲店認識了光，爸爸願意承擔一切，而媽媽接受了爸爸。那女人是幸乃的外婆。陽子和光不是真正的母女，和幸乃也不是真正的姊妹……

「但我們是真心相愛，我當然也很愛幸乃。這是真的，相信我。」

垂著頭的爸爸應該不是在說謊。他們以前確實過得很幸福，陽子從來沒懷疑過他們不是一家人。可是，正因為如此才讓陽子無法原諒。就算沒有血緣關係，他們還是一家人，還是母女，還是姊妹。

現在會這樣並不是車禍害的，是爸爸喝醉之後打人，才毀掉了她珍惜的一切。她不只失去了媽媽，連最愛的妹妹都因為爸爸而失去了。爸爸垮著肩膀，哭得像個孩子一樣。陽子使出渾身力氣不停毆打著那彷彿變得無比瘦弱的身體。

幸乃一定也從那個女人的口中聽到了這件事吧？如果真是如此，那孩子今後要怎麼辦呢？

陽子拚命回想幸乃的笑臉，可是怎麼想都想不起來。

隔天，陽子把翔叫到公園。

阿翔一定有辦法。只有阿翔是可靠的。陽子懷著期盼，將一切和盤托出，翔卻好像無動於衷。他漫不經心地踢著地面，一臉困擾地抓著頭說：「我們沒辦法做什麼，這是大人決定的事。」

「什麼嘛。你不是說過如果有人難過大家都要幫助他嗎？」

「可是我們只是小孩，有很多事情做不到。」

陽子沒有繼續說話，她看見了幸乃被那女人牽著手走上坡道。她們明明朝這方向走來，幸乃卻假裝沒看見她，繼續默默走著。陽子告別了翔，拚命地追向幸乃。進了家門以後，爸爸和那女人正在玄關說話。她不理會那句「暫時先到群馬……」，直接跑到二樓的房間，幸乃正面無表情地收著行李。

事情發生得太突然，陽子一時之間反應不過來，她只是默默地從背後抱緊了幸乃。幸乃的表情依然沒變，只說了這麼一句，「這個給姊姊。」

她遞出了那隻左手有著汙漬的粉紅泰迪熊。這一幕幕都是構成她人生轉折的重要場面，卻只是淡淡地從眼前掠過。大約花了三十分鐘，幸乃收拾完了。她臨走時，陽子有很多話想說，卻什麼都說不出來。

幸乃瞥了桌上的媽媽照片一眼，先開口說：「我是不是會死於和媽媽一樣的病呢？」

「胡說什麼啊？怎麼可能嘛。」

「妳怎麼能肯定？」
「有這種病或許是一件好事。」
「才不會。」
「會的。」
「哪裡好？」
「譬如說……」陽子努力地堅持下去，「說不定反而能救妳一命。」
但是陽子說到這裡就停住了，她自己也沒有信心。不可能有這種事吧。幸乃不以為然地發出嗤笑。爸爸在玄關等著，他低著頭說「真的很對不起」，幸乃輕輕搖頭。
她被那女人牽著走出家門時，翔和慎一都站在外面。
幸乃看了他們一眼，什麼都沒說就走了。
那女人以自己的步伐走著，幸乃像是被她拖著，死命地跟上。
拜託妳配合那孩子的步伐……陽子在心中默默叫道，正要擠出顫抖的聲音，旁邊卻傳出了男孩的大吼，「我們是朋友！我永遠都是妳的朋友！」
她不知道說出這話的是翔還是慎一，在走下坡道前，幸乃回頭望來。翔和慎一放心地揮手，只有陽子驚愕地吸了一口氣。她第一次看到妹妹出現這種表情。像是在害怕著什麼的表情，不敢相信別人的空虛眼神。
陽子過去認識的幸乃，已經徹底失去了某些重要的東西。
「那孩子……是誰……？」她輕聲說出這句話。

那件事發生在十一月，獅子座出現流星雨的日子。

妹妹消失在坡道另一端時，從媽媽發生車禍以來都沒哭過的陽子終於流下眼淚。

◆

倉田陽子一天都不曾忘記過妹妹，但她每天忙得暈頭轉向，童年時期的回憶漸漸蒙上了霧氣，仍在某處生活的幸乃也逐漸失去了真實性。

所以陽子第一次在新聞裡看到這件事的時候，很離奇地一點都沒有受到震撼。

她當然立刻想起了過去的事，她並沒有被報導嚇到不知所措，但也不打算主動做些什麼。這樣說或許太冷漠，總之這件事很快就被其他那些荒唐無稽的事件淹沒了。

只是，報導之中有兩件事讓陽子感覺很不舒服，那就是媒體擅自認定溫柔的媽媽是對孩子不負責任的女公關，還把三年前過世的爸爸說成酗酒又家暴的繼父。

爸爸在那一天之後真的徹底戒了酒，從此一滴酒都沒再沾過。雖然陽子不會因為這樣就原諒他那一晚的暴行，但爸爸直到生命的最後一刻，一定也在承受自己的罪過。

爸爸只有打過幸乃那一次，陽子比誰都更清楚。而媒體卻極力宣傳「繼父持續不斷的虐待」。她只能認為是某人一時興起而四處宣傳的，如果真是這樣會是誰？即使事隔多年，她仍清楚記得那群鄰居婦女的輕蔑表情。

一陣寒冷的海風吹來。陽子忍不住握緊了手，蓮斗皺著臉抱怨：「好痛喔，媽媽。」

「咦？喔喔，對不起唷，蓮斗。」

陽子一邊說，一邊再度望向包包，然後拿出了有十幾年歷史的泰迪熊。

布偶的左手依然殘留著汗漬，陽子像在找藉口似地喃喃說著，「爺爺一個人在這裡會很寂寞的」，一邊把布偶放在鮮花的旁邊。

要一起活到一百歲喔。

曾天真爛漫說過這句話的妹妹人生就快要結束了。

陽子雖為此事感到無法言喻的恐懼，卻沒再像那天一樣流下眼淚。

第三章　「國中時代犯下強盜罪及傷害罪……」

得知田中幸乃的死刑判決那一天，小曾根理子感覺自己卸下了沉重的十字架。

那是四年前的秋天。

在傍晚的新聞看到判決報導時，她的心中似乎萌生出某種情感，但一直想不起來那究竟是怎樣的感情。

「有請小曾根老師，各位同學請掌聲歡迎。」

在副校長的邀請下，理子從舞臺邊緣的座位站起，此時她看見舞臺後方那誇張的橫布條——〈小曾根理子老師演講會　『立志活在當下』〉

理子清了清喉嚨，面向坐滿體育館的近八百位學生。

「駒山高中的同學們初次見面，我是小曾根理子。大多數人應該會覺得我要說的事很無聊，你們如果想睡就請便。但是今天在這裡，或許有人能因此改變人生，所以希望你們至少不要打鼾，免得妨礙那些人聽講。」

啊啊，每一個人的臉都看得很清楚呢。每次站在臺上，她還是會很新鮮地感到驚訝。

有人光明正大地睡覺，有人盯著手機，有人和朋友打鬧，也有人一臉認真地聽講。雖然他們可以用「學生」一詞概括，但每個人都有各自的樣貌，不可能有人是沒個性的。

她花了六十分鐘所傳達的事只有一件，那就是希望大家能立志活在當下。當下該做的決定，讓自己在臨死前不會感到後悔。理子努力地傳達出這件事。

每次演講時，理子都感受不到學生的反應，但她知道這只是表面上的情況。事後校方回饋學生的感想給她，她都會從中發現令人驚訝的熱情。

理子在預定的時間內結束了演講，副校長等鼓掌停止後，向大家問道：「現在是回答問題的時間，有同學想要發問嗎？」

接下來的情況都一樣，多半只是把學生會長那群人拚命想出來的問題丟出來而已，用回答問題的方式就能耗光剩下的時間。今天的情況也差不多，只有一個地方不同。當副校長正準備做結尾時，有個女學生舉起了手。

「小、小曾根老師，還有一個……還有一個問題想要請教您。」

看到那位從黑制服的學生之中站起來的少女，理子「啊」了一聲。她意識到自己全身的肌肉都繃緊了。女孩有著幾近病態的蒼白膚色，像老人一樣的駝背，高䠷的身材，飄移不定的視線。看起來不像是會主動舉手發言的女孩，努力地陳述自身的經歷。

「我，我有一個可能無法挽救的重大遺憾，我不知道現在是不是還能挽回。聽到老師的演講，我、我真的很害怕。」

接著女孩彷彿下定決心，抬起頭來，「小、小曾根老師是不是也有過這種經驗呢？」

女孩用細若蚊鳴的聲音說出這句話時，理子突然覺得解開了一個謎。她的雙腿突然顫抖起來。自己死命盯著電視的可鄙臉孔頓時浮現在她的腦海。

是啊，不可能忘記的。那天看到新聞報出田中幸乃的死刑判決時，她第一個冒出的感覺就是「這樣我就安全了」。

「我、我，那個……」

理子說到一半就說不下去了。整座體育館鴉雀無聲。彷彿要對抗那些訝異的目光，女孩抬眼凝視著她。不久前的畏縮態度就像假的一樣，女孩那雙烏黑的眼睛似乎看透了理子的心。

◆

「嘿，理子，妳知道少年法嗎？」

小曾根理子正在看的文庫本被一條黑影遮住了，她抬頭一看，同班的山本皐月面帶笑容站在前方。

「喔喔，皐月，歡迎歡迎。」理子反射性地陪笑臉。

皐月望向理子手上的書，受不了地嘆了口氣，「又在看書？妳這次在看什麼啊？」

午休時間，橫濱市立扇原中學的天臺難得沒有其他學生。皐月沒有再談自己提起的「少年法」，很自然地換了話題。

理子很高興皋月會來找她說話，但她依舊緊張到全身僵硬。彷彿要排解她的緊張，柔和的五月微風吹在臉上。皋月柔順的頭髮飄起，洗髮精的香味搔著理子的鼻尖。

「《簡愛》？這是什麼？好看嗎？」皋月一把搶過理子手上的書。

「嗯，很好看喔，偏向少女風格就是了。」

「喔……故事是怎樣的？」

「就是『灰姑娘故事』啦。一個不幸的女孩闖出了一片天地，最後和喜歡的人結婚。不過她不是靠著別人的拯救，重點是她自己的努力。這個版本翻譯得特別好，我都不知道看過幾次了。」

皋月想要了解她的興趣令她很開心，讓理子忍不住說得很快。

「喔？那我要不要也來讀讀看呢？」皋月玩著比誰都烏黑濃密的頭髮，歪著頭說。

理子看著她美麗的側臉，還是覺得不敢相信。為什麼皋月會來接近我呢？她明明總是開心地被眾人簇擁著，沒有任何不滿的神情。我又給不了她什麼。

「咦，惠子和良江今天去哪啦？」

理子裝得像是現在才注意到這件事。那兩人從小學時代就是皋月的朋友，理子和她們三人從國一就是同班同學了，但她當時跟這群人沒有任何交集，直到國二才加入她們的小圈圈。

「不知道耶～她們沒跟我在一起～為什麼這樣問啊～」皋月說話時經常拖長語尾。

「沒什麼，只是覺得有點奇怪啦～」理子也跟著拖長了語尾，同時感到放心。

皐月跟她在一起時的態度，和還有其他人在時截然不同，簡單地說，只有兩個人在的時候她都很溫柔，和大家在一起時脾氣比較大。理子當然比較喜歡前者，她認為真正的皐月是個溫柔體貼的人。

理子雀躍地和皐月聊天，內容多半跟時尚有關。和皐月熟起來之前，她不但不化妝，連穿著都是交給媽媽打點，如今她每個月都要看時尚雜誌。是皐月為她帶來了新世界，也讓她發現了新的自己。

「對了，我的生日快到了，到時我會舉辦派對，妳也要來喔。」

皐月沒有再拖長語尾，這種時候她若不是特別認真，就是感到不愉快。

「喔？這樣啊。恭喜妳。其實我早就在想妳的生日是五月的哪一天了。」

「妳怎麼知道我五月生日？」

「因為妳叫皐月嘛。」[7]

「喔喔，是這樣啊。」皐月一臉無趣地轉開目光。

理子知道皐月不喜歡自己的名字，她曾經一臉認真地說想要一個比較現代的名字。當時理子和皐月還不太熟，而且旁邊還有別人在，所以她什麼都沒說。不過她一直想對皐月說一句話。

註7　皐月的意思是五月。

「我很喜歡皋月這個名字，很可愛，既夢幻又優雅。我的名字理子才爛咧，還是姓小曾根，老是被人家叫成『小樹根』耶。」

皋月忍不住噗哧一聲笑出來。這樣一點小事，卻足以讓理子開心到全身發抖。她一直是個愛哭鬼，在班上也毫不顯眼，但只要她跟皋月在一起就會變得堅強。理子再次體會到這點。

她整個午休時間都獨占了皋月。

上課十分鐘前的鐘聲響起時，背後才傳來「啊，終於找到了！」的聲音。

她和皋月一起回頭，看見惠子和良江跑過來。

「喔，理子也在啊？」良江氣喘吁吁地說道，態度顯然很沒誠意。

這兩人直到現在都還沒接納理子，她們只是順著皋月罷了。

「嗯，我們剛才碰巧在這裡遇到。」理子也藏起心情，故作自然地說道。

「我才要問妳們去哪裡了，害我找了好久。」皋月用開玩笑的態度鼓起臉頰抱怨。

多了兩個人以後，聊的依然是無關緊要的話題。當穿著體育服的國三生走到操場時，氣氛頓時改變。理子看到了自己暗戀的遠山光博。

「哎呀，那是遠山學長吧？」這句話把她拉回了現實世界。

惠子一臉壞心地笑著，良江也露齒而笑。

「哈哈，真厲害，他的瀏海今天也做了造型耶。」

「還染了頭髮。國三才突然改變形象不覺得丟臉嗎？」

「是沒錯啦，不過那個學長好像很有女人緣呢，我經常聽到他的花邊新聞。」

「喔？是這樣嗎？真是看不出來。」

這只是普通人的看法，和我沒有關係。理子正在說服自己時，有兩道調侃的目光同時朝她望來。先開口的是良江。

「我說啊，理子的眼光還真差呢。」

「就是嘛，還不是普通的差，太誇張了。」

聽到惠子的回答，皐月拍手大笑，理子也跟著擠出笑容，雖然她一點都不高興。她明明拜託過皐月絕對不可以告訴別人的。

「唉，真不想上課～要不要蹺掉啊？」

聽到皐月的抱怨，眾人紛紛站起來。此時理子突然看到視野一角有個熟悉的身影。那人的瀏海長得令人煩悶，俗氣眼鏡下的眼睛不安地看著這邊，臉色蒼白到不自然，身高卻比這裡的所有人都高。

「嘖，又是那傢伙。不要盯著我們！」惠子吼道，彷彿要幫皐月發言。

不過那女孩沒有退縮，像是要表示這跟惠子無關，眼睛只盯著理子一個人。理子小心不讓其他人發現，微微地搖頭，隔壁班的田中幸乃點點頭，像是明白了她的意思。

她的手裡拿著一本文庫本，那是幾天前理子借給她的艾蜜莉・勃朗特的《咆哮山莊》。

這天管樂社的練習拖到很晚，開始收拾時太陽已經下山了。周遭遮蓋著濃濃的黑影，上空的雲層反射著鬧區的霓虹燈。

理子匆匆趕往相約的公園，已經超過約定的時間一個多小時，她心想對方一定早就走了，所以聽到背後傳來一句「理子」令她非常訝異。

「咦！幸、幸乃？」她忍不住發出驚叫。

「啊，對不起，我嚇到妳了吧？我不是故意的。」幸乃不是在埋怨，而是囁嚅地道歉。

理子剛剛還在想，若是幸乃還在一定要向她道歉，如今卻忘得一乾二淨，忍不住發脾氣。

「別嚇我啦！妳應該可以用其他方法叫我吧！」

「對、對不起，真的很對不起，理子。」

「我不理妳了啦！」

理子說完之後扭頭就走，幸乃卻沒有跟過來的跡象。她在幾公尺外厭煩地轉頭，看到幸乃踢著地面搖晃著身子。

「好了，快點過來。我們走吧，幸乃！」

理子招招手，幸乃立刻露出燦爛的笑容。理子又冒出了一貫的感想：啊啊，真可愛。

幸乃安心地開口說：「午休的時候對不起，理子，我一不小心就叫了妳。我剛看完

《咆哮山莊》的上集，所以很想找妳聊聊。」

「讀得很順吧？」

「嗯，很順。我本來以為會更艱澀。」

「是吧？我就說這個版本翻譯得很好嘛。」

「嗯，我也去圖書館找了其他版本來看，一點都看不下去。」

幸乃說的話總是能勾動理子的心。依照平時的情況，她們應該會開始沒完沒了地聊起小說，但理子今天卻提不起勁。她們明明分享了《咆哮山莊》這麼美妙的故事，她卻沒辦法專心聊這個話題。

她知道原因是什麼。因為幸乃剛剛說的那句「我一不小心就叫了妳」一直卡在她的心頭。理子忍不住感到內疚，因為她平時一再告誡幸乃「在學校裡絕對不要跟我說話」。

理子和幸乃熟起來的時間點，跟皋月主動找她說話的時間差不多，都是剛升上國二的時候。一開始她並不喜歡幸乃，說得更直接點，她不認為學校裡會有人喜歡幸乃。大家對幸乃的觀感都是陰沉、樸素、誰都不想接近的怪女孩。

但最後仍是理子主動找她攀談。

「啊，是《簡愛》。」

某天午休時間，她因為偶爾想要遠離皋月那夥人，一個人跑到天臺上。理子突然找幸乃說話，讓她驚慌地把正在看的文庫本藏起來。
「那本書很好看吧！我也很喜歡。對了，那是哪個版本？」
「哪個版本……」幸乃的聲音在顫抖。
理子還記得當時的自己感到很新鮮，心想「原來她的聲音是這樣的」。
看到幸乃遮遮掩掩的樣子，理子不耐煩地一把搶過來。書上貼著圖書館的標籤，那是理子最不擅長應付、遣詞用字特別古典的出版社。
「喂，妳在這裡等一下。我很快就回來，要等我喔！」
理子丟下一臉錯愕的幸乃，跑回教室。置物櫃放了她最喜歡的譯本，她想要拿給幸乃看。那天她只是把書硬塞給幸乃，過了一週左右，幸乃放學後在學校大門前等著理子。
「那、那個，不好意思，小、小曾根同學。」那聲音細微得彷彿會被風吹散。
理子回頭望去，幸乃避開她的視線點頭打招呼。理子讓一臉詫異的管樂社朋友們先走，而幸乃從書包裡拿出理子借她的書，說「您、您的書很好看」。
理子愣了一下，隨即笑出來，「幹麼這麼客氣，我們明明一樣大。」
理子說完拍了拍幸乃的肩膀，她們在那天之後迅速地拉近了距離，幸乃不知從何時開始，不再用敬語跟她說話，原本稱呼她「小曾根同學」如今也變成了「理子」。對理子來說，和幸乃在一起就像她與皋月她們一起玩一樣，都是校園生活的重要調劑。
但是她們兩人的關係卻突然蒙上了陰影。

「那傢伙怪怪的，鐵定有問題。」

一樣是在天臺上，大家一起吃便當時，皐月慢慢說出了這句話，理子一時之間還不明白她在說什麼。

「嗯，的確有點怪。」

「那傢伙老是跑來這裡耶。」良江和惠子不約而同地點頭。

皐月一臉無趣地看了她們兩人，將冰冷的視線轉回原本的方向。坐在那裡的是幸乃。

「聽說那傢伙住在寶町，但她不是從以前就住在那裡。寶西小學畢業的人都說不認識她，這怎麼可能嘛，她一定是最近才搬來的。」皐月連珠炮似地說道。

理子她們讀的扇原中學，學生主要來自三所小學，若要簡單劃分，理子畢業的萬永小學有很多有錢人，皐月她們畢業的峰內小學幾乎都是中產階級，而勞工階級聚集的寶町則是寶西小學的學區。

「那種看不出心思的醜女若生起氣來不知道會做出什麼事。」

「嗯嗯，就是說啊。」

「最好不要跟那種人扯上關係。理子也這麼覺得吧？」惠子和良江輕蔑地笑著。

理子對那句「醜女」有點生氣，所以沒有立刻點頭。謠傳被選為今年「扇中校花」的皐月就不說了，但若是和惠子她們相比，幸乃還比較可愛。

理子第一次有了想反駁她們的念頭，但是皐月搶先開口說話。

「沒問題吧，理子？怎麼不回答？」她的語氣像是在說笑，眼中卻沒有笑意。

理子把原本想說的話吞了下去，乖乖地回答「是的」。

隔天，理子把幸乃叫到空無一人的天臺，鞠躬道：「對不起，幸乃。做這種要求真是抱歉，但妳以後在學校裡別再跟我說話了。」

面對垂著眼簾的理子，幸乃並沒有問理由，她只是溫柔地笑著，視線飄向港口的方向。

沒辦法在學校跟幸乃說話之後，理子越來越覺得幸乃很惹人憐愛。她們很快就交換了聯絡方式，理子每晚都會跟幸乃講電話，放學後還會悄悄相約聊喜歡的小說。幸乃曾經去她家玩，跟她媽媽也相處得很愉快。

理子某次發現了自己心中有某種想法：只有她知道幸乃的可愛之處。

這令她有一種莫名的優越感。

給予的人，接受給予的人。保護者，被保護者。雖然她和皐月的定位完全相反，但幸乃也是個讓理子變得堅強的重要朋友。

「真的可以去妳家嗎？都這麼晚了。」

幸乃就是為此才在公園等了那麼久，但是到了理子家的門口，她還是不安地游移著眼神。

理子推著柔弱的幸乃，還故意要她按門鈴。媽媽開門時臉色很不高興，大概是正在生氣吧，但她一看見幸乃就溫和地笑了。

餐桌上擺著各種顏色的料理。理子還沒想到「看起來好好吃」之前，腦海先浮現了萬國旗。

「感覺就像迪士尼的小小世界呢。」

幸乃沒有回應理子的玩笑話，而是嚥了一口口水。

「馬鈴薯燉肉。」

「啊？」

「有馬鈴薯燉肉。」

的確，昨晚吃剩的馬鈴薯燉肉彷彿很心虛似的，被放在桌子的邊緣。

「什麼啊，馬鈴薯燉肉哪有什麼稀奇的？」理子不解地張著嘴，幸乃終於笑了。

趁著爸爸出差不在家，以前計畫的晚餐聚會終於得以實行。幸乃用餐時一個勁地吃著馬鈴薯燉肉，媽媽笑得瞇起眼睛說「妳真的很愛吃馬鈴薯燉肉呢」，其他料理都還有剩，只有馬鈴薯燉肉一下子就被掃光了。

媽媽平時很少喝酒，今天卻很快開始喝起第二罐啤酒。

她愉快地說道：「幸乃，妳有兄弟姊妹嗎？」

哎呀，又來了。理子覺得很厭煩。之前請皐月來家裡玩時，媽媽也一直問個不停。像是住在哪裡啦，每個月有多少零用錢啦，父母是做什麼的啦，有沒有男朋友啦……

幸乃不像皐月那樣明顯擺出不高興的表情，而是平淡地回答：「沒有，我是獨生女。」

「這樣啊，歡迎妳隨時來我們家玩喔，理子也是獨生女，讓我很擔心呢。」

「好了啦，媽媽。」理子不好意思地插嘴說道。

「我是說真的啊。有幸乃在，我就放心多了。」

媽媽不理會理子的埋怨，再次望向幸乃。

「幸乃啊，如果這孩子打算做壞事，妳一定要阻止她喔。要說『妳媽媽會很難過喔』、『有人會很難過喔』，對她凶一點沒關係。」

媽媽大概是醉了吧。相較於笑個不行的媽媽，理子卻是滿心鬱悶，因為她從媽媽的話語之中可以看見皐月的身影。皐月難得來玩時，不斷問她問題的媽媽從頭到尾都沒有露出好臉色，而幸乃就完全不同了，她無論是個性、禮貌、措辭都很討媽媽的歡心。

但是媽媽還不知道那件事。如果她知道幸乃住在寶町，還說得出一樣的話嗎？

媽媽從來不解釋原因，只是一再告誡她「絕對不要靠近」那個地方。如果她知道，還說得出「歡迎來玩」嗎？

「拜託妳了，幸乃。」媽媽不斷說著這句話，還賣人情似地鞠躬。

幸乃含糊地露出笑容。理子看著她的側臉，不禁想起了那天的嗆鼻味道。

理子又開始覺得，或許媽媽已經發現什麼了。如果媽媽知道心愛的女兒因為覺得有趣而跑到那個地方，會說些什麼呢？

寶町是個被周遭隔絕的地方。理子似乎可以看出清楚的界線，顯示「從這裡開始就是寶町」。不甚寬廣的街區裡到處都是有著「○○莊」之類名稱的廉價公寓，位置越深入，房租就越便宜。理子看到最便宜的價格是「附電視，八百圓」。

到處都是自動販賣機，關著鐵門的小酒店和商店，寫著陌生外文的招牌，還有位於市鎮中央、構造詭異的「寶町綜合勞動福祉會館」。

看得出來這裡曾經很熱鬧，但現在已經沒有半點活力。

話雖如此，路上到處都是人，明明有很多人，卻又沒有活力。路上看到的全是老年男人，他們一群一群地聚在一起，其中還有人在喝酒，但大多數人只是一動也不動地坐在路肩。他們混濁的目光朝這裡望來，理子完全不理解他們在做什麼。

今天不巧是個不符合季節的大熱天。理子感到額頭流下汗水，還聞到一股難以形容的臭酸味道。

「果然很臭吧？我是已經習慣了啦。」

幸乃一臉內疚地說道，理子立刻揮手說「一點都不會」。

幸乃露出了然於心的表情繼續說：「其實現在已經比較好了，大家都說以前更臭呢。」

「嘿……」理子像是要打斷幸乃，貼在她的耳邊悄聲問道。

「這裡是怎麼回事？怎麼會這樣？」理子慢慢地把臉轉開。

橫濱的主幹道就在不遠處，從這裡用走的就能到港未來、中華街、橫濱體育館、元町、山手之丘，但寶町一點都不像離觀光區這麼近的街區。

幸乃望著理子好一陣子，然後輕輕嘆了口氣。她繼續走著，一邊說「我也不清楚」。

幸乃說，寶町被稱為「宿舍街」，每天早上五點都有業者帶著徵人啟事來到這裡，工人也一大早就會跑來應徵。

幸乃說，由於橫濱的地理位置，來徵人的多半是和港口有關的勞力工作，能找到工作的當然都是年紀輕、體力好的人，再加上經濟長期不景氣的影響，所以老人大多都找不到工作。

「我想這裡的人應該都一樣吧，他們大概是今天早上沒有應徵到工作，所以一整天都沒事做。很可憐吧？」

幸乃看著躺在路邊的老人，說到最後時稍微加重了語氣。還有仲介專門來找年老體衰的工人，他們從企業的報酬中抽成，狠狠地剝削那些找不到工作的人。即使如此，老人們還是可以因此得到工作，至少當天的三餐有了著落。

幸乃說這個地方就是這樣，彷彿是親眼所見。

「而且啊……」

幸乃憂鬱地嘆了一口氣，突然停下腳步。在住商混合公寓的一樓，有間還沒開始營業的小酒館，胡亂拼湊的遮陽棚上有著新寫的「美智子」字樣，理子覺得那些字寫得歪七扭八。

「我外婆都是做這種人的生意。很好笑吧？我是因為那些老爺爺的關照才有辦法上學。」

幸乃直接走進小酒館。明明還沒開始營業，卻有個女人在吧檯喝酒，坐在一旁的男人用支離破碎的日語說個不停。

「我回來了，美智子小姐。」

幸乃轉過頭來，若無其事地對理子說：「這是我外婆，我們住在一起。」

理子不確定什麼更令她吃驚，是這惡劣的環境？還是看到幸乃直呼外婆的名字？抑或是那女人打扮得年輕嫵媚，完全無法跟「外婆」一詞聯想在一起？

女人朝她們看了一眼，不感興趣地把視線轉回男人身上。那男人倒是一直死盯著她們。理子稍微鞠躬行禮後就跑上了樓梯，身後傳來一句「真是個礙事的孩子」，但她連頭也沒回。

衝進房間以後，理子覺得喉嚨很渴，卻沒有喝幸乃端來的麥茶。因為太噁心了。杯子上殘留的水滴和稍微破損的杯緣透露出這裡的生活，她實在不想把嘴貼在上面。

從房間的窗子可以看到寶町的小巷。

太陽下山後，掛在店家門前的燈泡亮了起來，人潮不知從哪裡湧了出來。現在有下班的人潮，所以有些店此時才拉起鐵門。有人用外語高聲叫賣，其中還包括小孩子，理子突然發現，這裡原來是夜生活的街道。就像是失去的活力又重新恢復了，人們的步伐變得更加有力。

我以後應該不會再來這裡了。理子一邊看著入夜的街道一邊想著。不過，這和幸乃的事沒有關係，貼滿老舊標籤的書櫃裡幾乎沒擺任何書。

那我就來送她書吧，總有一天我會和幸乃一起裝滿這個書櫃。

理子對著擔心她很無聊的幸乃點點頭，突然發現書櫃深處藏著沒見過的盒子。

此時的理子還不知道那是什麼東西。

當晚，理子一個人在看書。

現在是五月，是連假結束後的第一個星期五。吹了好幾天的春季狂風終於平息，橫濱的天空掛滿星星。等了一整天的電話在樓下響起，沒過多久就傳來敲門聲。現在時間接近晚上九點。

「理子，電話。」媽媽用兩個詞彙簡潔地喊道。

一看到媽媽的表情，她就知道是誰打來的。她跑到一樓，拿起隨意放在桌上的話筒，剛說了一聲「喂？」就聽見皐月生氣的聲音。

『喂什麼啦！妳太慢了吧！』皐月的語氣從來沒有這麼凶狠過。不只是語氣，連她的態度也很奇怪。

『妳不是說如果我辦生日派對妳一定會來嗎？怎麼回事嘛～理子～沒想到妳是這麼

無情的人，真是太讓人傷心了～』但又隨即變成撒嬌的聲音。

理子並不是忘記了，而是皋月從那天以來都沒再提過派對的事，所以她也沒有主動詢問。

「我立刻就去。」掛斷電話後，理子回到房間，從衣櫃裡拿出粉紅色雪紡洋裝，那是皋月在連假中跟她一起去逛元町時幫她挑的。她在洋裝外加上一件牛仔外套，猶豫片刻之後才決定化妝，她不太想讓媽媽看到。

經過客廳時，她簡短地說：「我出去一下，很快就回來。」

媽媽露出厭煩的表情，受不了地嘆一口氣，說著「等一下，我送妳去」。

媽媽在車上一直沒有開口。

「今天是皋月的生日，我不小心忘記了，還被她罵了一頓。」理子也覺得自己說的話很沒說服力。

她懷著不乾不脆的心情，沒多久就到了皋月家。那是一棟很常見的紅磚樓房。皋月的父母已經離婚了，聽說她和當護士的媽媽住在一起。

「對不起，媽媽，我很快就會回家。」理子坦率地道歉，媽媽則是一臉勉強地點頭。

「要回家時打個電話，我會再來接妳。」

理子搭電梯上樓，在門口按了電鈴，門內傳來皋月的聲音說「門沒鎖！」，她把禮物藏到背後。她很快就看出皋月他們在哪個房間，其他房間都不像有人在。

她先做一次深呼吸，敲敲房門，緩緩拉開門扉，立刻被香菸的煙熏到眼睛。房間裡到處都丟著空酒瓶，邪惡的笑容包圍了理子，除了三位朋友之外，還有兩位扇中的學長。

「那是什麼？」皐月開心地抬了抬下巴，理子藏著的禮物露出來了。

「喔，這是禮物。不知道妳會不會喜歡。」

她準備的禮物是十本莎士比亞作品。

這些書對她微薄的零用錢來說是很大的負擔，但她一直記得皐月說過的那句「有什麼好看的書就告訴我」。她不確定能不能在這種場面讓皐月開心，可以的話真想在兩人獨處、皐月變得比較溫柔的時候再交給她。

果不其然，皐月一打開包裝紙就興致索然地「喔」了一聲。

「這是什麼啊？妳是認真的嗎？」惠子把其中一本丟到床上，低級地笑著。

「不過理子今天很可愛呢～這件洋裝很適合妳喔～」良江懶洋洋地換了話題。

「就是說啊，這可是我挑的呢。這樣打扮連男生也會喜歡吧？」皐月自豪地瞇起眼睛。

朋友們很自然地叫理子喝酒，她沒辦法拒絕，只能笑著喝下。這是她從出生以來第一次喝啤酒，味道很嗆，沒過多久她就聽到血液在體內流動的聲音，腦袋隱隱作痛，而更讓她難受的是強烈的孤獨感。

她不明白大家在笑什麼，也不理解他們在說什麼，唯一知道的是自己跟這個場合格格不入，理子一直想到媽媽悲傷地垂下眉梢的表情。

她一直在找機會偷跑，所以皐月說出那句「沒事吧？妳的臉色很難看耶」，她覺得這是千載難逢的好機會。

「那個，對不起，各位，我覺得不太舒服……」理子的話還沒說完，外面就傳來開門聲。

「喔，來了來了！」惠子露出下流的笑容，緊接著後方的房門無聲地打開了。

「你來了呀！大帥哥！」皐月的怪叫和其他人的大笑引得理子不禁回頭望去。

「你們很煩耶。」那人故作生氣地咂著舌。

理子早就有這種預感了，所以看到那人出現也沒有特別驚訝。用冷淡的眼神低頭看著理子的，就是她暗戀許久的遠山學長。

眾人開始大喝特喝，遠山也跟著大家喝下一罐又一罐的啤酒。不知道過了多久，房間的燈光已經變成了間接照明，散發出一種成人的氣氛。

良江和一位學長開始不顧旁人目光親熱起來，理子終於明白自己為什麼會感到孤獨。對這些人來說，這只是「很普通」的事，卻和她的價值觀截然不同，她也是因此，才會一直想起媽媽的表情。

「那個……我去一下洗手間。」理子小聲地說道，走出房間。

在黑暗中待久了，洗手間的日光燈感覺好刺眼、好突兀。

她坐在溫熱的馬桶墊上，一邊上廁所，一邊低下頭。皐月的眼神，還有良江等人嘲笑的表情都湧上心頭，但她甩甩頭，心想待會一定要溜回家。就算會被抱怨、被討厭，她都非得回家不可。
理子抬起沉重的頭，正要拿衛生紙時，門鎖無聲地轉動了。
她發出「咦」的一聲就說不出話了，眼睛睜得老大。門緩緩打開，後面出現的是遠山，手上拿著十圓硬幣，他大概是用那個開鎖的。
理子頓時充滿恐懼，遠山那句「啊，抱歉」根本毫無意義。
理子反射性地站起來，急著想要穿上內褲，闖進洗手間的遠山卻用力抓住她的手。「不要，好痛！」遠山強吻了理子，像是要堵住企圖反抗的她的嘴。因為用力過猛，她的後腦狠狠撞在牆上，痛得眼冒金星，她想著現在絕對不能昏倒，所以死命地撐住。可是她的力氣差遠山太多，很快就被制伏了。
遠山用左手摀住她的嘴，右手摸向她還沒擦拭的下體。
遠山在她耳邊說道：「真不錯，小曾根，現在的妳比在學校裡漂亮多了，衣服和化妝都更漂亮。」
淚水潸然落下，理子彷彿是第一次聽到遠山的聲音。
她漸漸失去抵抗的力量。遠山裝模作樣地放鬆了手，然後溫柔地摟著她的肩膀，像是護著她似地走出洗手間。理子抬頭一看，皐月站在陰暗的走廊上，她自豪的長髮一如往常，瀏海卻剪得像日本娃娃一樣平。
那是什麼時候剪的？她在此之前都沒注意到。
站在一旁的男生把臉埋在皐月的頭髮裡，嗅著她的味道。理子頓時覺得自己得救了。雖然皐月的表情冰冷得前所未見，理子不知為何還是感到安心。

「笑吧，理子。別哭。」皐月訓話般的聲音傳來，理子聽話地露出微笑。

一向都是這樣，只有皐月能為她指引道路，皐月說的鐵定沒錯，她只要跟皐月在一起就會變得堅強。

「今天是妳的重要日子喔。能跟喜歡的人上床，妳真是太幸運了。」

皐月收起柔和的笑容，然後轉向遠山，把一樣東西交給他。理子看到倒吸了一口氣。那跟幸乃藏在書櫃裡的盒子一模一樣，理子現在已經知道那是什麼了。

「你要對她溫柔一點，如果你只顧著自己爽，我絕對不會放過你。如果你傷害了她，我一定會不擇手段地讓你知道後果。」

把臉埋在皐月頭髮中的男生轉頭望來，像是在說「叫我嗎？」，讓遠山被逼得只能點頭。皐月瞇起眼睛，指向對面的房門。

「你們可以用這個房間。第一次在媽媽的床上做，可能少了點氣氛，但她也不會很快回來。」理子被遠山抱到床上，寶貴的洋裝在不知不覺間被脫掉了。

遠山遵守了皐月的警告，很溫柔地抱住了赤裸的理子。他的表情很認真，所以看起來有些呆。

皐月說的話在她的腦海裡打轉。

笑吧，笑吧……理子對自己說著，別哭，別哭，別哭……這又不是被強暴，就像皐月說的一樣，我是在跟喜歡的人上床，沒有理由排斥，我確實很幸運。

理子朝著遠山微笑，他的喉嚨發出咕嚕聲，可憐兮兮地垂著眉毛。枕邊放著保險套的盒子，這是理子在睡著之前看到的最後一個畫面。

混合燈光從霧玻璃外面照進來。

理子醒來時，遠山已經不在了，對面的房間也聽不到喧鬧聲。稍微打開的窗戶飄進了春夜的味道。腦袋還是昏沉沉的，理子假裝不在意下體的疼痛，正想起身時，有人輕輕摸了她的臉頰。

媽媽……？她本來這樣想，但立刻驚覺不對，一股洗髮精的香味竄入鼻腔。

「嘿，理子，妳知道少年法嗎？」皋月的手從她的臉頰滑到脖子，一邊說道。

理子懷疑自己還在作夢，一定是這樣，地點是學校的天臺。春天的柔和海風吹來，皋月提起法律的話題，理子覺得有些無聊，不太想理會。她一定是夢見了那天的事。

理子拚命地想要甩開這一切，但下體的疼痛、具有真實感的混合燈光、遠方傳來的警笛聲還是頑固地纏著她，感覺不像是在夢中。

皋月那異常平淡的聲音卻瞬間淹沒了這一切。

「妳還記得幾年前在某所國中發生的殘忍案件嗎？一個孩子砍掉了另一個孩子的頭。都是那件事害這個國家修改了法律，以前十五歲以下的人，無論犯了什麼罪都不會被處罰，現在卻改到十三歲以下。學長還笑我們說『你們可真倒楣』。其實這也沒什麼大不了的，因為……」

皋月喘了一口氣，毫不遲疑地繼續說著。

「我今天滿十四歲了。所以理子啊，如果我犯了什麼罪，妳要幫我頂著喔。不用擔心，妳一定不會被逮捕的。」摸著她下巴的冰冷手指依依不捨地抽走了。

下一秒鐘，房間的日光燈隨著清脆的開關聲而亮起。

「剛才妳媽媽打電話來說她要來接妳。我跟她說妳已經累得睡著了。」

理子頓時被拉回現實之中，「媽媽？」

她呆呆地說道，皋月用力抱緊了她。

「妳只要當我的朋友就不會有事，相信我。」皋月訓話似地說著，而理子回答「謝謝」。

理子陶醉在只有皋月能帶給她的全能形象中，真心誠意地說出這句話。

經過那一夜，理子越來越常跟皋月那夥人泡在一起。她在學校都跟她們三人同進同出，放學後她們若是邀約，她甚至會丟下社團活動跟她們出去玩。

她開始摺起裙腰，把制服裙穿成迷你裙，也學著皋月換了更有女人味的髮型，上課時不再戴眼鏡，而是換成隱形眼鏡。碰到遠山的時候，理子也會主動找他說話。

理子最大的改變就是更常笑了。

只要跟皋月她們在一起，她什麼都不怕。理子當然不會和她們在一起就跟著做壞事，她反而比較像監視者，能讓她們稍微收斂一點。但無論怎麼說，她在黑暗中聽到皋月說的那句「在妳還是十三歲時……」，讓她在明亮的陽光下變得軟弱無力，如同幻影一般。

除了積極投入新環境之外，理子也割捨了很多東西。遠離社團和補習班的朋友並不會讓她多難過，但她就是無法捨棄書本，反而還更需要故事的力量。

理子從小就能隨心所欲地買書，每當看完了一本書，她把感想告訴媽媽，媽媽就會再帶她去書店買下一本。如今媽媽已經不會再陪她去了，但小曾根家至今仍然保留著這個習慣。

理子毫無節制地購買新書：《哈姆雷特》、《馬克白》、《罪與罰》、《卡拉馬助夫兄弟們》、《白鯨記》、《老人與海》、《安娜卡列尼娜》、《飄》……其中有些書她早就有了，但只要是不同的譯本，她就會很乾脆地買下。

有些字句她只是一眼掃過，看不懂的地方也不少，但她還是一個勁地讀下去。要說有什麼理由讓她必須看得這麼快，那就是幸乃。

理子每次看完一本書，隔天就會拿給幸乃。幸乃每次都露出遲疑的表情，但理子只要把書硬塞給她，她也會以不輸給理子的速度看完。就像她需要故事一樣，她也同樣需要幸乃。

跟皋月她們在一起玩確實很快樂，可是不知怎地，理子跟她們相處越久就越需要幸乃。

令人鬱悶的梅雨季過去了，夢寐以求的暑假在補習之間很快就結束了。新學期開始，好久不見的皋月對理子這麼說：「嘿，理子，妳的生日快到了吧？妳要辦生日派對嗎？」

她說這句話應該不是別有用心。明明沒什麼好怕的，理子的雙腳卻顫抖了起來。

「我們家大概不會辦吧。」

「為什麼啊？」

「我媽媽不喜歡。對不起喔，皋月，妳生日明明有邀請我。」

其實媽媽很想辦派對，理子之前也一直打算邀請皋月，但她不知為何卻說了謊。

「喔～這樣啊～也罷，畢竟妳媽媽不喜歡嘛。但我至少要幫妳準備禮物。」

看到皋月輕鬆自若地接受了，理子稍微垂下眼簾。她強迫自己忘記的那一晚的記憶又跑了出來。

啊啊，原來是這樣。理子終於理解了，原來自己一直在等待。

她一直在等十三歲結束的那一天。

在生日快到的那個星期，理子不斷地說謊。

聽到良江說「現在還來得及開始準備派對嘛」，她就露出無奈的表情說「可是我媽媽一定不會答應的」。

皋月說「那要再來我家辦嗎？」，她很自然地說了另一個謊，「對不起，那天我得跟家人一起吃飯，雖然我一點都不想參加。」

理子只對一個人說了真話。她把一切都告訴了幸乃，還邀請幸乃來家裡參加派對。

「嘿，幸乃，妳明天要不要來我家吃飯？家人要幫我慶祝生日。」

生日的前一天，在她們經常相約的公園裡，幸乃興奮地說「嗯！」。

理子像是要制止她似的，加重了語氣，「可是妳得保證不會把明天的事告訴任何人。還有，妳來我家的時候不能被任何人發現。拜託妳，幸乃，妳能答應我嗎？」

「嗯，謝謝妳，理子。我答應妳。」

隔天晚上六點，太陽還沒下山時，家裡的門鈴響了兩聲。理子一開門，就看到戴著壓低的鴨舌帽和圓框墨鏡的幸乃。

「咦？妳這是在喬裝嗎？」

「嗯，這樣比較安全。」幸乃一臉正經地回答。

這女孩總是這麼認真，竟然為了我的任性要求這麼努力。理子雖然這麼想，還是忍不住笑到流淚。

之後爸爸也回來了，這一晚有四個人一起圍坐在餐桌旁。

「都是妳突然說要辦派對，害我沒辦法好好地準備。」媽媽不滿地抱怨。

今天早上理子告訴媽媽，要邀請幸乃來吃飯時點了兩樣東西，一個是她自己喜歡的藍莓果醬起司蛋糕，另一個則是馬鈴薯燉肉。

幸乃那晚吃個不停，也笑個不停。如果她平時也都這麼開朗，一定會交到更多朋友。理子因為能獨享幸乃的笑容而感到高興，但也有些好奇，幸乃至今從未對她透露過自己背負著怎樣的陰影。

為什麼她是跟外婆住在一起？為什麼她的爸爸媽媽不在？為什麼她住在寶町？她之前在群馬過著怎樣的生活？理子曾經這樣問過幸乃，但每次都得不到答案。

「有很多原因啦。」聽到她敷衍的回答之後，理子也不好再繼續追問。

飯後，媽媽關上了客廳的燈，端出插上蠟燭的蛋糕，接著爸爸抱起吉他，彈起和弦。搖曳的燭光在幸乃的臉上投射出憂鬱的黑影。她不知為何，不安地盯著爸爸的吉他。理子直覺不應該繼續待在這裡。

「真是的，爸爸，很丟臉耶，別彈了啦。我要把蛋糕拿到樓上吃。幸乃，走吧。」

幸乃乖乖地聽從了理子的提議。

兩人關在房間裡，沉默地吃著蛋糕。開始喝紅茶時，幸乃的心情似乎比較平靜了，她像是突然想起似的，說了句「對了」，然後垂下眉梢。

幸乃把手伸進包包，拿出印有「佐木舊書店」字樣的包裹。綁得歪歪扭扭的粉紅緞帶反而更加凸顯包裝的簡陋。

「對不起，我沒有太多零用錢，買不起新書。我很努力地找了妳會喜歡的東西。應該還要換張包裝紙。」幸乃辯解似地說道。

但這種事根本不重要，理子開心得很。幸乃送書給她，她怎麼可能不開心呢？

「我可以打開嗎？」理子戲謔地問道，拆開了包裝紙。看到手中的五本書，她訝異地叫道：「咦？《史奴比》？」

幸乃的表情依舊緊張。

「其實整套是十本。對不起，我過陣子會再補上。」

「這個無所謂啦。但為什麼是《史奴比》？」

「我覺得妳好像什麼書都看過了，所以特地去請教書店的老奶奶。那個老奶奶有點凶，但是很了解書。」

「妳問了什麼？」

「我說我有個朋友想當翻譯家，問她有沒有適合這位朋友的書，老奶奶就拿了這本。」

理子愕然地張著嘴，她的確想要做翻譯，但她從未告訴過任何人，連媽媽都不知道。

「老奶奶說，這本書是一位叫作谷川俊太郎的詩人翻譯的，這個人會翻譯美國漫畫是很有趣的事。」

「為什麼？」理子問道。

幸乃不解地歪頭，理子探出上身繼續問道：「為什麼？妳怎麼會知道我想當翻譯家？」

幸乃膽怯地縮起脖子。

「當然知道，沒有哪個國中生像妳這麼重視翻譯，而且妳上英文課都特別認真，所以我早就覺得妳一定打算當個很棒的翻譯家。」

「等一下，妳怎麼可以擅自猜到我的夢想，這樣太奸詐了啦，竟然看穿了我最不想讓人知道的事。那妳也要告訴我妳的夢想。」

「唔……可是我沒有夢想耶。」

「看吧，就說妳很奸詐嘛。這樣太奸詐了啦。」

「真的啦，我沒辦法想像將來會怎樣，一想到將來我就害怕。」幸乃的語氣比平時更軟弱，但表情卻非常嚴肅。

「我差不多該回去了，待太晚實在不好意思。」幸乃說完就要起身，但理子拉住了她。

「那個，幸乃，抱歉，可以給我二十分鐘嗎？我有一件很想做的事。」

「很想做的事？」

「我想幫妳梳妝打扮。雖然我的技術不太好，但還是想請妳讓我試試看。」

「咦？呃，那個，可是……」

幸乃難得一副不情願的樣子，理子還是硬要她坐下。理子不習慣幫別人化妝，但還是幫她擦上了淡淡的腮紅和口紅，花了十五分鐘左右就有了滿意的成果。

接下來理子去衣櫃找尋適合幸乃的衣服。幸乃一抓到機會就看鏡子，理子拍打她的手制止她，然後下定決心拿出那件衣服。

那是她從皋月生日那夜之後，再也沒穿過的粉紅色洋裝。

這件洋裝穿在理子的身上長度及膝，被高䠷的幸乃一穿就變成了迷你裙，凸顯出她的長腿，比原先想像的更好看。幸乃垂低視線，理子按著她的肩膀輕聲說「很漂亮喔」。

幸乃抬起頭來，一下子就紅了臉。

「妳看，真的很可愛吧，我就知道。不過妳的上身要挺直一點，這樣會更漂亮。還要挑其他毛病的話，就是眼睛吧，妳的內雙眼皮很不明顯。」

說到眼睛的時候，幸乃露出憂鬱的表情，但是聽到理子開玩笑地說「反正長大以後一起去整形就好了」，她又立刻展露笑容。

理子的視線又移到鏡子上。鏡子隔著幸乃映出了她的臉。

啊啊，對了，我今天滿十四歲了，終於躲過了……

她沒來由地這麼想著，眼前的景象突然扭曲。

「咦……？」她發出驚呼時，眼淚就流了下來。

幸乃看到理子突然哭了非常驚訝，但她隨即露出溫柔的笑容，像在安撫孩子似地說：「沒事的，嗯，想哭就哭吧。」

聽到她這句話，理子更控制不住情緒。幸乃緊緊地抱住她。

不知道過了多久，理子好不容易平靜下來，然後開始敘述那一晚的事，她毫無保留地說出了自己的愚蠢、散漫、輕浮、鬆懈。她覺得就算幸乃聽到這些事也不會批評她。

幸乃一直握著她的手，化了妝的幸乃看起來很成熟，刻意挺直上身之後就更漂亮了，讓理子覺得自己彷彿多了個姊姊。

理子繼續說道：「我需要妳，因為我跟妳在一起時不需要逞強，因為妳會接受我。我真的很需要妳。」

理子做了這個結論時，幸乃不知為何睜大了眼睛。她一臉訝異地放開手，用力地搖頭，然後開口說道：「我……」

幸乃說到一半就停下來，眼睛凝望著虛空，彷彿在詢問一個看不見的人。我可以說嗎？不能說嗎？她是我的敵人？還是夥伴？理子聽見了她心裡的疑問。

片刻之後，幸乃說出了一位少女和母親的故事。和理子不同，幸乃很流暢地說出自己的故事，不時露出自嘲的微笑，或是懊悔地皺起臉孔。

「其實我和媽媽有相同的老毛病，現在我情緒太激動還是會昏倒。我沒辦法想像未來的事也是因為這樣吧，我不覺得自己能長命百歲。」

她彷彿沒看見理子的震驚，繼續說道：「在群馬的生活很不順遂，這也是應該的，因為那是我們捨棄過一次的地方，別人看我們的目光都很冷淡。所以美智子小姐請人幫忙找房子，之後就搬來了寶町。我不想回橫濱，一直跟她反對還是沒用，所以就在升國中的時候搬回來了。」

「大概就是這樣，我的故事說完了。」幸乃最後戲謔地對理子露出笑容。

理子不知道該說些什麼，她當然覺得難過，但又哭不出來。她在說自己的事情時那麼容易就哭了，現在卻連一滴淚都流不出來。

「那妳的姊姊和爸爸現在還住在山手嗎？」這是理子第一個想到的問題。

幸乃歪著腦袋，沒有回答，理子探出上身繼續說道：「說不定他們還在這裡呢。乾脆去看看吧，我們去妳以前住過的地方看看。」

幸乃一聽就露出非常不悅的表情，但理子沒有退縮。值得一試。在她充滿絕望的故事中，這必定是唯一的希望之光。

「妳千萬不要多管閒事喔，理子。」幸乃一臉厭煩地叮嚀。

「我知道啦。」

「妳真的知道嗎？如果妳做了什麼，我絕對不原諒妳喔。」

「說什麼不原諒嘛……」

「我會跟妳絕交。」幸乃的語氣非常堅決，但理子還是打算偷偷去山手看看。

無論會有什麼結果，她都不會改變心意。但理子沒有想到，現實比她想像得更嚴苛。

最後理子並沒有去山手，「多管閒事」的人反而是幸乃。

隔天的午休時間，理子一樣在學校天臺上和那三人一起吃便當。皋月等人和平時一樣言不及義地聊天，理子彷彿把昨晚的事全忘光了，吹著平靜的微風。

一條黑影出現在四人之間，第一個發現的是皋月。

「幹麼？妳有什麼事？」皋月的聲音有些顫抖，惠子和良江也抬頭望去。

理子一發現來者是幸乃，立刻就猜到了一切。

「山本同學。」幸乃叫了皋月的姓氏，除了皋月以外的所有人都驚訝得縮起身子。

幸乃果斷地說：「能不能請妳向小曾根同學道歉？」

眾人都一臉錯愕，幸乃毅然地搖著頭。

「妳生日那天發生的事，深深傷害了小曾根同學。妳頭腦這麼聰明，應該不會不知道。」

所以請妳向她道歉。幸乃又說了一次，然後朝皋月深深鞠躬。

理子閉著眼睛聽完了這段話，她咬緊嘴唇，等待有人來打破這片寂靜。

扛下這個任務的是皋月。她突然尖聲笑道：「喔？有趣，妳真有趣耶，田中幸乃。好啦，我會道歉的。理子，對不起，我完全沒注意到，我都不知道妳受到了傷害，真的很對不起。」

皋月把啞口無言的理子拋在一邊，又望向幸乃。

「妳別一直站在那裡，坐下來吧。妳帶了便當嗎？跟大家一起吃吧，妳們兩人不需要老是偷偷摸摸的。」

聽到這句話，理子不知該作何反應。原來皋月早就知道她和幸乃的關係了，那皋月為什麼一直假裝不知道呢？

幸乃往理子看了一眼，皋月注意到了，就笑著對她說：「沒關係，坐下吧。」

「可是……」

「我都說沒關係了。」

皋月用不容分辨的語氣說道。

幸乃畏畏縮縮地坐下後，皋月繼續跟她說話，表情比平時看起來更開心，彷彿這裡只有她們兩人。

在這件事之後，理子周遭的環境改變了。皋月如今好像把幸乃看得比她更重要。幸乃一定擁有引起別人「占有慾」的能力，皋月大概也發現了吧。第一次看到她們兩人在天臺時，理子開玩笑地說「哎呀，別把我排除在外嘛～」，其實她心裡非常焦慮，覺得自己好像同時失去了兩個重要的人。

十月初，空氣總算摻進了秋意，這天幸乃因感冒而請假，午休時間她們一群人在天臺聊的話題是最近很流行的遊戲機。皋月抱怨自己最愛的遊戲機有點問題，玩起來很不盡興。

「其實換個新的就好了，但我也不知道哪裡有賣。」

聽著皋月自言自語似地抱怨，理子不加思索地回答說：「那我去幫妳買吧。」

「幫我買？妳要去哪裡買？」皋月敏感地變了眼神。

那種遊戲機一直缺貨，幾乎快要演變成社會問題，理子也不知道該去哪裡買，但說出的話已經收不回來了，「我知道一些門路，應該買得到吧。」

皐月的表情變得很開心，而惠子她們雖然一臉無趣，還是附和著皐月。理子還不忘賣人情地說了一句，「交給我吧，我一定會幫妳想辦法的。」

在那之後，理子跑遍了橫濱找遊戲機，但她即使一大清早跑去聽說有現貨的家電量販店，打遍所有玩具店的電話，還是沒找到。

最後買到遊戲機的是理子的爸爸，他是在秋葉原的獨立雜貨店用將近十倍的價格買到的。理子開心不已，爸爸則是揉著肩膀疲憊地說「饒了我吧」，這時距離她答應那件事情，已經過了三週以上。

皐月拿到重新包裝得漂漂亮亮的遊戲機時，尖叫著跳了起來。看到良江和惠子不屑的表情，理子得到了前所未有的優越感，也因此理子越來越得意忘形。

「啊，皐月，不用給我錢了。」她甚至說出自己想都沒想過的話。

「妳想嘛，我送妳的生日禮物實在太寒酸了，這樣一來我多少可以挽回一些顏面。」

討好的話語不斷從口中湧出，讓皐月聽得心曠神怡。

「謝謝妳，理子，我真的好開心喔。」光是聽到皐月叫自己的名字，理子就覺得心裡好充實。

理子和皐月的關係又親密起來了，皐月經常主動向理子撒嬌，理子也會盡力滿足她。只要聽到皐月有想要的東西，她都會想盡辦法買到，若是光靠零用錢還買不起，她就會毫不猶豫地向父母求助。

不知不覺間，幸乃又被她們的小圈圈排除在外了。

理子和皐月越來越親密，皐月還會在放學後單獨邀理子去她家，共享兩人的時光。皐月會送她首飾、衣服、化妝品，而且都不忘叮嚀「不要跟她們說喔」。

理子當然很高興，同時也覺得自己必須對皐月有所回報。

皐月要求的東西越來越昂貴，快到聖誕節的時候，理子也越來越無力負擔。能賣的東西她全賣了，包括書本和遊戲，甚至是皐月送她的衣服和首飾。她也偷過媽媽的錢包，雖然一時之間沒被發現，但媽媽有一天突然很擔心地問她，「妳是不是在學校裡被欺負了？」

媽媽沒有問她是不是偷了錢，而是問她「是不是被欺負」。

理子忍不住噗哧一笑，但媽媽的表情還是一樣嚴肅。

「妳光是笑，我怎麼會知道？老實地告訴媽媽吧。」

「拜託，我怎麼可能被欺負嘛。再說有誰會欺負我啊？皐月她們嗎？」

「很難說。」

「真是的，媽媽，妳別鬧了。不可能的，絕對不會有那種事啦。」

理子是認真的，她才不可能被欺負，而且媽媽真的太愛操心，每當看到理子染髮、化妝，媽媽都會露出狐疑的表情，然後憂心忡忡地問她「是不是有什麼煩惱？」。瞎猜也要有個限度吧。理子不知道跟她說過多少次「時代已經不同了」。

「可是妳最近真的有點奇怪。我很少看到妳在看書，妳真的買了嗎？」

「買了啊。」

「是真的吧？媽媽會相信妳的。」
「真煩耶。隨便妳相不相信，反正我每天都過得很普通啦。」
理子望向桌上的鏡子，鏡中映出了改頭換面的自己，被皐月挖掘出來的新的自己。
沒錯，我每天都很開心。
理子再次對媽媽點頭，不斷地在心中這麼說道。

媽媽的擔憂可以不管，但這下子就不能請她幫忙買包包送給皐月當聖誕禮物了。皐月在皇后廣場看到那個包包時眼睛都發亮了，上面貼的標價超過五萬圓。

無計可施的理子向爸爸討了圖書禮物卡，打算直接拿去變賣。在聖誕夜的晚餐時，爸爸以一副施恩的態度說「這樣妳就可以再看很多書了」，結果拿出來的圖書卡面額只有五千圓，去年她收到的聖誕禮物是價值三萬圓的粗呢大衣，所以她以為今年的禮物也是差不多的價錢，沒想到失算了。

那天晚上，理子輾轉難眠，一閉上眼睛就會想到自己被趕出小圈圈的情況。她和皐月說好的期限是今年之內，而她也誇下海口答應會在寒假前給她，可是她現在能想到的方法只有據實以告。

到了星期一，理子本來打算等到中午再說，卻臨時決定在第二堂課下課後就開始行動。

皐月每次下課時間都會和惠子她們一起，去平時沒人過去的B棟四樓女廁。

她先做了深呼吸，走進廁所，立刻聽到那三人的聲音。她不確定哪句話是誰說的，但是內容聽得一清二楚。

「真的嗎？這樣太過分了啦。」「那是她自己提出的喔。」「真好耶，有這麼方便的朋友。」「我才不會讓給妳！」「幸乃也不錯吧。」「但是幸乃太窮了。」「的確是。」「那妳今天可以拿到什麼？」「啊？Coach 的包包？」「為什麼？」「什麼為什麼？」「那又不符合妳的品味。」「喔，我是要拿去賣，聽說這個牌子很能保值。」「妳要賣掉？」「當然，我又不喜歡。」「妳很壞耶。」「直接跟她拿錢不是比較快嗎？」「這樣她就太可憐了。」「為什麼？」「因為她喜歡送我禮物啊，我可沒有恐嚇她喔。」「哇塞，妳真的很壞耶。」「哈哈，的確很壞。」

……

我得快點離開。我得快點離開，我得快點離開……理子的心中只有這個想法，身體卻動彈不得。那三人在L字構造的廁所底端，站在掃具櫃前。

「啊！」惠子第一個發現了理子，良江隨即臉色發青。相較於這兩人的心虛，皋月卻仍是一副不以為意的態度。她的表情沒有絲毫改變，彷彿從一開始就知道理子在那邊。

皋月主動走向理子，一邊說道：「妳把包包帶來了嗎？」

理子大大地搖頭。她死命忍住不讓眼淚流下。

「我沒辦法，皋月，我已經沒錢了。尤其是聽了剛才那些話，我更不可能給妳了。」

即使如此，皐月還是不為所動，她對理子嗤之以鼻，把手伸進斜掛在肩上的書包裡，拿出一本厚厚的雜誌，平淡地說道：「想要賣掉妳的禮物真是不好意思，畢竟那是我不會用的東西。理子，其實我真正想要的是這個，我不會叫妳立刻給我，我可以等到寒假結束。那就拜託妳了唷，理子，我們是好朋友吧？」

理子看到雜誌時，僅剩的力氣也消失了。

皐月翻開的那一頁刊登了理子也聽過的知名廠牌包包，而皐月指著的包包標價是「十八萬八千圓」。不過令她虛脫的不是價格，刊登著名牌包特輯的那一頁夾了一張照片，赤裸的理子被遠山壓在身上，臉上掛著笑容。那副任人為所欲為的表情令她覺得連照片本身都很汙穢。

「拜託妳了唷，理子。」聽到皐月再次強調，理子用力咬緊嘴唇。

到了這個地步，她根本沒辦法回嘴，只能卑躬屈膝地回答：「嗯。」

我需要這個人。沒有幸乃我就沒辦法變得溫柔，沒有皐月我就沒辦法變得堅強。

理子的淚水自顧自地流出，她連不甘心的力氣都沒了，只能獨自在廁所裡哭泣。

寒假中，理子大半時間都跟幸乃在一起。

白天幸乃會來找她，兩人在房間裡一起用功讀書，累了就出去散步，回來又繼續讀書。幸乃幾乎每天都會留下來吃晚餐，媽媽也希望她留下，有幸乃陪著理子，媽媽就覺得很放心。

事實上，理子只有跟幸乃在一起的時候才能忘記皐月的事。

但無論她再怎麼逃避現實，也只能逃避到年底。過年以後，理子一天比一天更擔憂，她絕對買不起那個包包，也不知道該怎麼跟皐月說。新學期開始後，她會不會遭到嚴重的霸凌？心中的不安幾乎要爆發開來。

一月三日的晚上，理子又和幸乃在一起讀書。

幸乃和平時沒什麼兩樣，不過光是沒有煩惱這點，就讓理子覺得她的表情很清澈。

「我好像知道妳的夢想了。」理子看著變得冷清的書櫃，一邊說道。

「我的夢想？」幸乃皺著眉頭疑惑地問道，理子點點頭，說出了一直放在心裡的事。

「嗯，我覺得妳可以把畫畫當成職業。妳不是一直很喜歡畫畫嗎？」

理子和幸乃曾寫過交換日記，幸乃寫日記時一定會加上插圖，她畫的不是國中生風格的可愛圖畫，而是更寫實、更專業的畫風。

最讓理子驚豔的是一幅布滿星星的橫濱天空，幸乃畫了一棵矗立在風中的巨大櫻花樹，粉紅色的花瓣漫天飛舞。

「嘿，幸乃，很棒吧？妳能想像那樣的未來嗎？」

幸乃用嚴厲的目光看著理子，但理子還是繼續說：「這樣我們就能一起工作，永遠在一起了。是那套《史奴比》讓我想到的。我翻譯文字，妳來繪製插畫，我們還能旅遊世界各地找尋好書，一起把書帶回日本，用我的翻譯和妳的插畫把書介紹給大家。」

說著，理子就掉下眼淚，幸乃哭得更慘。說到這種充滿夢想的話題，就會把人拉回現實。

理子考慮要把心底的煩惱告訴溫柔微笑的幸乃，她不期待幸乃幫忙解決問題，只是想要說給她聽。不過，她在最後關頭還是打消了念頭，因為她覺得自己跟上次一樣，既愚蠢又軟弱，甚至很輕浮。如果連幸乃都看不起她，她就真的走投無路了。

理子迴避著幸乃的目光，立刻換了話題。

「好久沒逛街購物了，明天一起去逛逛吧？偶爾也要放鬆一下才行。」

「咦？反了吧？不是應該重新振作，下定決心好好用功嗎？」

「偶爾放鬆一下有什麼關係嘛，這是約會唷。」

「哎呀，理子真是的。」幸乃說完就開懷地笑了。

希望明天是晴天。理子漫不經心地想著，一邊拉開窗簾。

冬天的天空雖然不像幸乃畫得那樣美，還是有幾顆星星在閃爍。

隔天，幸乃在中午以前來了。她身上穿著理子送的粉紅色洋裝，再加上粗呢大衣，圍著一條紅色的長圍巾。她一定沒發現自己的背挺得比平時更直。

理子先把她帶到房間幫她化了妝，又把自己打扮得非常時髦。在路上看到她們的人一定無法想像她們在學校裡是什麼模樣。理子也是穿粉紅色洋裝和大衣，像情侶裝一樣，雖然有些害羞，但開心的情緒遠勝過害羞。

她猶豫了一下，又再圍上紅色圍巾。

兩人一起逛了很多地方，雖然不打算購物，還是在幾間店試穿了可愛的衣服。理子只要發現適合幸乃的衣服就會要她試穿看看。

她在一間舶來品專賣店等幸乃換衣服時，店員大姊姊隨口跟她聊道：「好可愛喔，妳們是姊妹嗎？一樣的打扮很適合妳們，圍巾也是。」

穿著黑色長褲套裝的幸乃開門走出更衣室，不好意思地問「會很奇怪嗎？」，理子第一次看到幸乃打扮得這麼成熟，不禁露出微笑，但大姊姊的反應截然不同。

「嗯，很怪，非常怪，一點都不可愛。再過幾年妳就算不想穿也得穿，所以現在應該穿得可愛一點。」

理子和幸乃互看一眼，一起大笑，心情愉快地走出店外，天空已經映出夕陽的色彩，街上亮起各式各樣的霓虹燈，和微亮的天空搭在一起非常美麗。

「我有點想去坐那個。」幸乃今天第一次主動提出要求，她指的方向是橫濱 Cosmo World 的摩天輪。

「嗯，我們去坐吧！」理子牽著幸乃的手跑向摩天輪。

還好客人不多，五分鐘後她們就手牽著手坐進車廂。

「我是第一次坐耶，雖然小時候常常看到。」幸乃總會若無其事地說出令人吃驚的話。

「幸乃，妳不是在橫濱出生的嗎？怎麼可能沒坐過摩天輪？」

「嗯，我的確是在橫濱長大的，我還會唱橫濱市歌呢。我們日本是一座島嶼～在朝陽照耀的海上～」

幸乃像是要證明自己是橫濱市民似地唱起歌來，但表情似乎不怎麼開心。

橫濱的街道盡收兩人眼底，不只是亮著璀璨霓虹燈的港未來，還包括法院所在的官廳街、位於野毛的動物園、伊勢佐木町和曙町的紅燈區，甚至是幸乃住的寶町。

這片曾經是海洋的土地上，無數的光影混合在一起。

幸乃愣愣地看著某個方向，理子不用問也知道她在看哪裡，那就是幸乃以前住過的山手之丘。幸乃和她相牽的手微微地冒汗。

「我肚子餓了。」理子握緊幸乃的手，如此說道。

幸乃回過神來，紅著臉說：「嗯，我們吃點東西再回家吧。」

兩人下了摩天輪之後就沒再牽手，但還是並肩走著。她們漫無目的地穿過櫻木町的高架道路，往野毛走去。此時理子看到了熟悉的店名。

「咦，那間店在這裡啊？」理子望著老舊的招牌說道。

幸乃曾在這間「佐木舊書店」買過《史奴比》給她當生日禮物。

理子抬頭看著幸乃的臉，後者訝異地望著店門前，自言自語地說：「阿慎？」

仔細一看，有個跟她們差不多年紀的男孩從店裡走出來。他穿著過寬的水手短大衣，牛仔褲卻又太短，戴著土氣的黑框眼鏡，留著令人鬱悶的過長瀏海。

理子在學校裡沒看過這個人。

「妳認識他嗎？」

「咦？啊，沒有啦。他只是長得有點像我認識的人。」

「喔……這樣啊。是說這間佐木舊書店……」

理子換了話題，但心中還是牽掛著那個男孩。幸乃跟她提過小時候的事，其中出現了兩個男孩，其中一人就叫作「慎一」。

可是……看著那逃跑似的背影，理子下意識地搖搖頭。

幸乃提過的兩個男孩都充滿正義感，家教良好，外表長得也不錯，而這個男孩沒自信地游移著眼神，又是滿臉痘痘，未免差太多了。

幸乃似乎也不怎麼在意那個人，露出開朗的笑容說：「對了，我就是在這裡買了《史奴比》。」

「要進去看看嗎？」

「嗯，好啊。」兩人再次牽起手，走進佐木舊書店。

雖然室外冷得令人幾乎凍僵，但幸乃的手心依然微微地冒汗。

店裡的暖氣一點都沒用，簡直比外面更冷。乾燥的空氣中瀰漫著舊書特有的霉味，聽不到收音機或電視機的聲音，能聽到的只有日光燈的嗡嗡聲。

理子和幸乃同樣望著書本好一陣子，然後隨手拿起一本書脊嚴重泛黃的《簡愛》。

理子從未聽過這間出版社的名字，翻開版權頁一看，上面寫著「昭和四十二年」。

雖然這本書的老舊程度令她卻步，她還是想為了今天買來作紀念，便拿著書走向櫃檯。此時理子才發現異狀。為什麼先前都沒發現呢？店裡看不到店員的身影，雜亂又堆滿書本的店裡，只有理子和幸乃兩個人。

理子毫無意義地換了另一隻手拿書，眼睛瞄向插著鑰匙的收銀機，寬廣的視野只集中於一點。她湧出一種奇妙的感覺，彷彿這裡只有自己一個人，而和皐月約定的事又浮上心頭。

還有三天就要開學了，理子本來打算據實以告，說自己實在負擔不起，但她此時突然覺得或許還有其他方法。

今年她第一次拿到超過十萬圓的壓歲錢，眼前還有一臺褪成褐色的收銀機。無論她怎麼嘗試，都無法把皐月失望的表情從腦海中抹去。理子的心裡有個聲音不斷告訴她，總之先打開看看吧？這又不是偷竊，只不過是稍微看一下。

理子走進櫃檯，儘管口中分泌出酸苦的唾液，她也硬是吞下去，轉動插在收銀機上的鑰匙，冷清的聲音響起，抽屜立刻就打開了。她的視線被吸了過去。

理子恍惚地拿起鈔票，共有八千圓，此外還有一些硬幣。

光靠這些當然買不起包包，但她不知為何並不覺得失望，只是突然意識到自己做了不該做的事。當她正想把鈔票放回收銀機時，就聽到一個聲音說：「果然是妳幹的。聽到妳住在寶町我就有種不祥的預感，我一直都覺得妳很可疑。」

理子的右手突然被人抓住。

一隻青筋很明顯的手臂。彷彿身在夢中的恍惚，突然多了一份輪廓清晰的現實感。「轉過來！我這次絕對不會善罷干休，我知道妳做了什麼事。我要叫警察來，妳給我在這裡等著！」女人的嚴厲聲音在此停止，那隻手也放開了。

理子還沒搞清楚狀況。果然？寶町？這次？做了什麼事？她完全聽不懂對方在說什麼。

她把我當成別人了嗎？若是如此，我得趕快澄清誤會。再說我又沒打算偷錢，我已經準備把錢放回去了。對，要快點跟她說清楚才行……

理子深吸一口氣，正要鼓起勇氣轉過身去，那女人卻又說道：「唉，真是世風日下。妳受的到底是什麼教育？之前的損失也要叫妳家長全部賠給我。」

那蒼老的聲音讓理子渾身一顫，彷彿全身的細胞都在哀號。

她想起了媽媽的笑臉，那張從小到大都無條件支持著她的媽媽，的笑臉。

不行，絕對不能讓媽媽知道。理子失神地看著天花板。不只是今天的事，還包括她升上國二之後發生的所有事。她不想讓媽媽知道她被皋月任意利用的事，還有她也卑劣地任意利用幸乃的事。

她不想讓媽媽知道她卑劣的本性。

不要，不要，不要，不要，「不要，不要，不要，不要」，理子意識到自己不知不覺說出了心聲，趕緊咬住自己的手。她屏住呼吸，慢慢轉身，看到了老奶奶駝著背的背影。

非做不可。念頭一出，她立刻發出不成聲的叫喊，整個人往老奶奶撞過去。老奶奶撲倒在堆積如山的書堆，伴隨著巨大聲響和飛起的塵埃，無數書本散落在地上。

只要一被書本砸到，老奶奶就會發出「嗚」的呻吟，趴在地上的她以固定的頻率抽搐著身體。原本只有自己一個人的黑白世界慢慢恢復了色彩，理子癱軟在地，胃酸上湧，她死命地嚥下。

她突然想到「我有沒有留下證據？」

基於相同的理由，她把拿在左手的《簡愛》塞進書包。在這種時候第一個想到的，竟然是毀滅證據，她不禁對自己感到害怕。

她突然察覺到目光，抬頭一看，幸乃就站在前方。對耶，她也來了。理子終於想起來了。

不行了，我完了，這樣根本不可能逃掉。

幸乃似乎看出理子的心情，用力點頭說：「快逃，理子。妳媽媽會很難過喔，有人會很難過喔。」這讓理子更加動彈不得。

我非逃不可。既然幸乃都這麼說了，我得立刻逃走。這種強迫般的念頭和覺得自己逃不掉的喪氣感在心中交戰。最後理子還是動不了，跟那一晚一樣，她已經沒有逃跑的力氣了。

理子癱在地上，抱頭大叫。她想起了皐月的眼神，想起了媽媽悲傷的表情，接著浮上心頭的，是她曾經在黑暗中聽過的、惡魔般的耳語。

理子嘴巴半張，呆呆地抬起頭。不知為何，她突然很想笑。看到眼前那個和自己打扮相同的人，她不由自主地叫道：「幸乃。」

面對著一臉著急的朋友，理子用加重的語氣說：「妳知道少年法嗎？」

理子努力忍住笑意。

她再次低下頭，免得表情被幸乃看到，然後用極快的語速說：「妳是三月生的吧？還是十三歲吧？那就沒問題了，妳一定不會被逮捕的，不管妳做了什麼都會被原諒的。」

理子的臉上一直掛著卑鄙的笑容，到最後連聲音都透出卑劣。理子知道自己不對勁。沒錯，有問題的是我，現在還來得及，我應該快點道歉，對老奶奶道歉，對皋月道歉、對媽媽道歉，還有對幸乃道歉。

雖然腦袋這樣想，她的心和身體卻完全不聽使喚。回過神時，她已經向幸乃跪下，額頭貼在地上。

「拜託了，幸乃，我只能依靠妳了，我真的很需要妳，所以求妳幫幫我。」

店裡充斥著緊張和寂靜，經過了好像有幾分鐘那麼漫長的沉默以後，一隻白皙纖細的手放在跪地的理子肩上。

「嗯，是啊，因為有人會為妳難過嘛。而且妳一直很照顧我，還這麼需要我。」

幸乃慢慢放開按著理子肩膀的手，轉過身去。那邊有一扇半開的紙門，地板高了一層的房間裡也堆著無數書本，一臺電話放在書堆之間。

「好了，理子，快逃吧。」

「可是……」

「別說了，快點走。我要打電話叫救護車，我有點擔心老奶奶，妳快走吧。」

理子依言站起，她不久之前還覺得腿軟，現在卻踩著穩健的步伐走出店外。她最後一次回頭望去，幸乃已經不在櫃檯裡了。

某處傳出一個怯懦的聲音，「扇原中學二年C班……」

一走出店外，寒冷的空氣令她全身僵直。

剛剛走出去的男孩不知為何正在奔跑，就是幸乃剛剛叫了「阿慎」的男孩。他死命地跑著，像是逃命似的。

理子呆呆地看著男孩的背影，直到他消失在人群中，她才開始擔心他是不是看到了剛才的事。

開學前的那幾天，理子一直很害怕，她打過幾次電話，幸乃卻沒有接聽，連她的外婆都不在。她也去了幾次寶町，但那間叫「美智子」的小酒館總是一片漆黑。

開學之後，理子才發現了自己犯了多大的錯誤。

幸乃的事已經傳得沸沸揚揚了，最令理子厭煩的是，幾乎所有學生的反應都不是「她怎麼可能做出那種事」，而是「她會做出那種事很合理」。他們明明什麼都不知道，明明什麼都不懂。

一群像小混混的男同學還說了這種話：

「聽說C班的田中幸乃被抓到看守所了。」

「真的假的？不是少年觀護所嗎？」

「不是啦，是兒童福利什麼的，就是以前的觀護所。」

「不愧是過來人，你知道得真多。」

「別鬧了，我才沒經驗咧。不管被抓去哪裡，反正那傢伙都不會回來了。」

「就是啊，國中生殺人這種事實在讓人笑不出來。」

「咦？有人死了嗎？」

「沒有吧？」

「只是受傷吧？我記得是強盜傷人，雖說這樣也夠嚴重了。」

「話說回來，她是這種人嗎？」

「不知道耶，可能是走投無路了吧。」

「為什麼？」

「因為她是寶町的人嘛。」

「喔，是這樣嗎？那一定是為了錢。」

「真的讓人笑不出來耶？」

「是啊，笑不出來。」

流言越傳越誇張，漸漸令人分不清真假。

每個人都在擅自猜測，完全沒有停止的意思。理子每天看著真相漸漸被掩蓋，忍不住想摀住眼睛。但那些流言之中，還是有著如假包換的事實，其中一件就是理子誤解了「少年法」的規定。

她以為十三歲以下的人犯任何罪都不會被追究，所以她深信幸乃絕對不會被送進看守所、觀護所，或是兒童福利機構。她原本覺得只要開學，幸乃就會像沒事人一樣地出現，繼續過著普通生活。

她打了很多次電話，始終沒人接聽，就算過了幾天、幾週，幸乃還是沒來上學。流言早就停止了，大家的話題已經變成了考試或戀愛。

除了理子之外，只有一個人還會在意幸乃的事。

二年級結業式將近的某一天，理子趴在桌上時，眼前出現了一條人影。

「妳真行啊。」理子慢慢抬起頭，看到盤著雙臂的皐月。

那睥睨的眼神，壞心的笑容，讓她頓時全身緊繃。理子默默站起來，打了皐月一個耳光。教室頓時變得鴉雀無聲，清脆的聲響迴盪著。皐月臉頰發紅，但她的笑容依然沒有消失，接著她毫不猶豫地回敬了理子一巴掌。

「別得意忘形了，理子，那張照片還在我手上呢。」理子愣了一下，深深地吐一口氣。

她並不覺得痛，一切都無所謂了。相較於她犯下的錯，那張照片根本沒什麼大不了的。

仔細一看，除了惠子和良江之外，皋月的身後還跟著另外一個人，那是理子不曾交談過的隔壁班女生。她一臉不安地看著她們的交談，理子知道那人是來遞補她的位置，笑了出來。

「我才不管，妳想公開就公開吧。所以拜託妳，別再管『我們』的事了。」

理子凝視著眉頭緊皺的皋月，想起了那天的事。

她的腦海裡浮現了老奶奶的聲音，每次想起那句「我知道妳做了什麼事」，她就覺得背脊發涼。幸乃不可能做壞事，而理子是第一次去那間店，既然如此，到底是誰做的？

她對一切都感到害怕。

幸乃去哪裡了？她現在在做什麼？她真的不會說出實情嗎？她以後會怎麼樣？跑走的男孩到底看見了什麼？自己當天是抱著什麼心態說出那些殘酷的話？

理子滿腦子都是這些沒有答案的問題。她瞪著曾經當成好友的女生的眼睛，怕到開始發抖。

◆

事發之後四個月左右，在國三的春初，理子才意識到自己背了多大的十字架。

她像平時一樣，跑去寶町的小酒館「美智子」，發現已經人去樓空。

「這家人是趁夜搬走的，有些凶神惡煞的傢伙正在拚了命地找她們呢。妳最好別再來這裡了。」聽到路邊的男人這麼說時，理子在事發以來第一次哭了。

她哭個不停，嗚咽著懇求原諒，然而她除了感受到自己背負的重量以外，也暗自期望著能因此和那女孩斷絕關係。

理子把這件事當成自己重新來過的最後機會，她和山本皐月分道揚鑣，也認命地承受了後來受到的嚴重霸凌，死命地用功讀書。後來她考上最想讀的、學區之外的縣立高中，三年後又應屆考上國立大學的英文系，學士加上碩士的六年間，都拚了命地讀書。

再之後，她去考日語學校的教師，並得到專題教授的有力推薦，被東京一間新的私立大學聘為客席講師。在旁人來看，這絕對是一份有頭有臉的職業，而每當理子更上一層樓時，媽媽都會開心地流淚。

但是，理子的心中從來不曾感到滿足。

後來有位教授得知她的夢想是當翻譯家，便在她讀碩士時介紹了幾間出版社。理子聽說其中一家已經預定要聘請她，卻只感到更加內疚。

無論她做什麼、達成了什麼，她總是畏懼著那女孩的陰影，不斷地祈求能被饒恕。這祈求當然沒有傳到任何人的耳裡，只是令她更加鬱悶。她從未忘記過那一晚有多寒冷，背負的重量也隨著時間流逝越來越沉重。

因此，當田中幸乃犯下嚴重的縱火殺人案，有位不認識的電視新聞記者邀請她「以中學時代朋友的身分接受訪問」時，她想都不想就答應了。

她想要盡力保護幸乃。

採訪一開始，理子就明白了記者想要聽到的是「幫派小太妹的故事」。理子當然不能接受，她說出了幸乃的真實樣貌。

她不想讓自己的人生背負更沉重的包袱。面對著彷彿知道一切、露出可惡笑容的記者，她極力地澄清，「她不是會犯下那種殘忍罪行的人，她真的非常溫柔體貼，對朋友也很好。」

但這句話的上下文被剪掉了。

當理子看到被打上馬賽克的自己出現在新聞裡，聽到那像是吸了氦氣的愚蠢聲音，她忍不住哈哈大笑。她莫名地對這情況感到釋然。

結果她只不過是描繪出常見的罪犯形象，這種枯燥無味的意見，平凡無奇的證詞，她在新聞裡早就聽過無數次了。

背上的十字架變得更沉重，她就算想掙扎也沒有力氣了。她真想咒罵自己的無能為力。

關上電視，面向電腦，桌上放著翻譯到一半的繪本。她看著在旅遊途中找到的老舊童話故事《Funny Eleanor》，一邊搖頭否認。

不，不是這樣的，我該詛咒的不是自己的無能為力，而是卑劣到至今都不敢說出當天真相的自己。她深切地祈求能有這麼一個人，一個現在能支持幸乃的人，一個需要幸乃的人。

此時，她突然想起幸乃提過的兩個英雄。

但那模糊的記憶，一下子就被那位從舊書店門口逃離的少年陰影蓋過去了。

第四章　「無辜的前任交往對象……」

田中幸乃的身影溶入法庭時，八田聰完全抑制不住心中的懷念。隔了幾年，再次看見她的背影，覺得和以前一點都沒變。

媒體不斷提起的「整形灰姑娘」一詞已經從他的腦海中消失，她那不健康的蒼白肌膚和高䠷身材和從前一模一樣，若是再垂下視線，完全就是過去那個脆弱的少女。

一審的第四天，他好不容易得到旁聽的機會，一面屏風被搬進法庭，法官叫出最後一位證人。以檢方證人身分站上證人臺的，是一名叫做金城好美的人。她十幾歲時曾在兒童福利機構和幸乃相處過。

彷彿用了變聲器的娃娃音，在氣氛肅穆的法庭響起。

「呃……我不是很了解他們兩人之間的事，但我覺得阿敬很可憐……」

她回答檢方的問題時還算正常，但回答辯方的問題，明顯提高了聲調。

「唔，對不起，我確認一下。妳說的阿敬，指的是受害者家屬井上敬介嗎？還有，妳不清楚被告與井上先生的關係嗎？」

「關係喔，我知道他們兩人的事，我也喜歡他們，但我最近很少跟他們見面。」

「妳跟他們大概多久沒見面了？」
「呃……一年或兩年吧。」
「這是很關鍵的問題，到底是一年還是兩年？」
「這個……大概三年吧。」
看不出有任何幹勁的辯護律師無奈地嘆著氣。
每當證人開口說話，四周就會傳來忍俊不住的笑聲，現場似乎沒有一個人認真看待此事，無論是法官、檢察官、辯護律師、旁聽人，甚至是身為被告的幸乃。
「可是啊，井上先生都已經把欠的錢還清了，這樣太可憐了。他又不是那種壞到該被殺死全家的人。」證人說得越多，現場的氣氛就越冷，她到最後都沒有提供任何有用的證詞，就被要求退庭了。
聰覺得這是理所當然的，他覺得自己的存在彷彿受到了肯定。
那女人根本不了解幸乃，也不了解敬介，能說明那兩人交往分手經過的人只有他一個。
法官不理會竊竊私語的旁聽席，摘下眼鏡，面無表情地說明天下午三點半會宣布判決，今天就此閉庭。
聽第一次旁聽的審判實在太無厘頭，簡直像是一齣鬧劇。讓他這樣想的原因並不是證人輕浮的口吻，而是顯然對審判毫無興趣的幸乃，那張剛睡醒的臉。
聰坐在旁聽席閉起眼睛，幸乃的笑容在腦海中掠過。

那是什麼時候看到的呢？在黑暗的房間裡，幸乃對他露出了寂寞的微笑。聽是在四年前的夏天第一次見到她，那一天她也笑了吧？

◆

「唷，聽，這是我馬子，田中幸乃。我們從上個月開始交往，多多關照啦。」

八田聽被叫到澀谷的咖啡廳，店裡充滿了菸味。在剛剛下過幾天豪雨的七月底，他從小學就認識的朋友井上敬介把田中幸乃介紹給他。

「喔喔，我是八田，請多指教。妳幾歲啦？」

「二十歲吧？比我們小三歲。」聽明明是問那女人，回答的卻是敬介。

「這樣啊。請多指教。」聽再次冷淡地回應，也跟著點菸來抽。

他本來打算二十歲以後就要戒掉，如今已經過了三年，他還是繼續抽。

他叼著菸，瞄了幸乃一眼。她有看得見血管的白皙皮膚，留著一頭長髮和被剪齊的瀏海，一雙細長眼睛就像貓一樣，令人不禁想起古典的日本娃娃，不太像是喜歡花俏女人的敬介會交往的類型。

「我、我是田中幸乃。」她和外表給人的印象不同，聲音很低沉。幸乃一邊小聲地自我介紹，一邊迴避著聽的視線向他行禮。她沒自信地駝著背，嘴唇輕輕地顫抖。

幾乎從頭到尾都是敬介一個人在說話，所以當手機響起，他不發一語地離席接聽之後，兩人之間的氣氛就變得很緊張。

「好像要結束了呢。」聽看她似乎沒有開口的意思，只好主動說話。

「啊？」

「我說梅雨。今天早上氣象預報說的。」

「啊，喔喔。是、是這樣啊……」幸乃沒有繼續說下去，店裡播放的鄉村音樂流入耳裡。

「呃……妳叫幸乃嗎？是哪裡人？」聽喝著自己點的冰咖啡，一邊問道。

「是、是群馬那邊。」

「什麼那邊啦。」他忍不住笑出來。

「是群馬。」

「這樣啊。什麼時候來東京的？」

「我也不確定，我小時候搬家過很多次……」

「喔……這樣啊。」幸乃把頭垂得更低了。

聽從來沒有被剛認識的人這麼冷淡地對待過，他覺得自己的客套根本沒有意義，就把視線轉向窗外。這尷尬的氣氛讓他有些無所適從，所以敬介走回來笑著說「怎樣？很陰沉吧？」的時候，他有種得救的感覺。

幸乃似乎更這麼覺得，她像看到主人的小狗一樣，露出安心的表情。

「我也是好不容易才習慣的，她實在太被動了。大概是因為覺得這樣比較客氣，但反而讓人覺得很累。」聽再次打量被敬介摸著頭髮的幸乃。

用簡單一句話形容，她是個看不出過去的女人，好比說讀過女校啦，有兄弟姊妹啦，但從她身上完全看不出這些感覺。

「你最近怎樣？找到工作了吧？」敬介換了個話題，從大白天就開始喝酒。

他們一個月沒見面了，聽重考兩次之後，考上了橫濱市內的國立大學，敬介也從護理學校畢業，現在是兼職護理師，幾乎每天都在遊手好閒。短短一個月不見，感覺卻像隔了很久。

「嗯，找到了。」聽輕輕點頭。

「真的？在哪裡？」

「山縣物產。貿易公司。」

「哇喔，真厲害。我不知道那是幹什麼的，但聽起來就是很菁英的感覺。」

「是嗎？話說我之前就跟你說過找到工作了吧，你那時也是這種反應，很菁英什麼的。」

敬介笑得瞇起眼睛。

聽跟他從小學就混在一起了，國中時代的回憶也都與他共享，在聽手機裡為數不多的聯絡人之中，敬介可說是唯一的好友。話雖如此，聽卻幾乎不曾主動打電話給敬介，每次都是敬介找他出來，所以如果敬介沒找他，兩人就很少有機會見面。

敬介每次跟他斷絕聯絡都是因為交了新女友，這種情況的頻率也很固定，短則數週，長則數月。當他開始覺得「最近好像都沒聯絡」時，敬介就會打電話來，用撒嬌般的語氣說：「聽，最近跟我太疏遠了吧？出來玩啦。」

而當敬介這樣約他時，通常都會帶著新女友一起，且多半已經對那些女人厭倦了。聽不知道敬介約他是為了打破習慣的模式，或者只是不想跟女友獨處，總之那些女人毫無例外地，全把聽當成電燈泡，沒有一個給過他好臉色看。

後來一起出去玩過幾次，好不容易相處得比較融洽時，敬介就會跟她們分手了。聽雖然早就習慣，但還是質疑著老是笑說「我已經不喜歡她了」的好友人格有問題。

這女人一定也一樣。

敬介一個勁地跟聽說話，但幸乃的態度和之前那些女人不太一樣，雖然她完全不開口，卻沒有露出不耐煩的態度，既不會一臉無聊地滑手機，也不會玩頭髮，而是像受到命令似地低頭坐著。

兩人聊起了懷念的往事。敬介過去離開故鄉，去大岡讀護校，在武藏小杉租了一間舊公寓，考到證照後就在川崎市內的老人安養院工作，但是不到半年就辭職了。「當看護根本賺不到錢，也沒有夢想，應該還有更適合我的工作。」他如此認為，並開始靠打工度日。但無論是做模特兒星探、淨水器推銷員，甚至是男公關之類的工作，沒有一樣能持續下去。

相對地，他反而迷上吃角子老虎機。他會在打烊前去調查機臺資料，一大早就去排隊，他自認非常努力，可惜並沒有得到相應的結果。他付不出房租不只是一兩次的事，每次缺錢時，他就會找聽應急，每次借的錢都在五十萬圓以上。

兩人在回憶過往時，幸乃都沒有插嘴。梅雨才剛結束，陽光變得很炙熱，她卻點了熱呼呼的可可，小心翼翼地啜飲冒著熱氣的杯子。她的模樣很有趣，讓聰一不小心就看呆了。

「我覺得你們挺像的。」

敬介突然這麼說，聰愕然地「啊？」了一聲。

敬介開心地搖晃著肩膀說：「有時聽她說話，我會覺得好像是在跟你說話。」

「什麼意思？」

「我也不知道，就是這麼覺得。跟她相處時還挺安心的。」

敬介說出了令聰臉紅的話，然後站了起來。他從來沒有主動付過帳單。聰嘆了一口氣，正想伸手去拿，幸乃卻搶先拿起帳單。

「咦？呃，沒關係，我來付就好了。」聰忍不住打量幸乃的衣服。

她穿的是經常在量販店裡看到的白色長袖上衣，卡其色的窄褲，看起來不像有錢人。

「不行。讓我來付，沒問題的。」幸乃用力地搖頭。

「怎麼能讓妳付錢呢？」

「真的沒關係。拜託了，請讓我付吧。」聰沒想到她會有如此強硬的態度，不禁有些退縮。

這時敬介的聲音從遠方傳來，「喂，快一點啦，電影要開始了。」

就在此時，聽第一次和幸乃四目交會，幸乃立刻慌張地轉開視線。

真可憐，這女人這麼努力地付出，可惜很快就要被甩掉了。無論再怎麼偏袒，他都不覺得幸乃符合敬介的喜好。他又想起了敬介剛才說「你們挺像的」，為什麼敬介老是這樣滿不在乎地傷害別人呢？

聽直到現在，都無法理解這位相識十多年的好友心思，也意識到了自己的無力。

敬介一定早就忘記了，但聽仍然記得敬介第一句對他說的話。

「你想死嗎？」

小學六年級的秋天，飄揚著小喇叭樂聲的放學後，聽本來以為天臺上沒有其他人，卻突然聽到這句話。他驚訝地轉頭，看到了同班的敬介。

「你白痴啊？人死了就什麼都沒了唷。你不知道嗎？放棄自己的生命是最遜的行為耶。」

「為、為什麼……」

「沒有人會同情你，而且大家很快就會把你給忘了。說什麼自殺是在復仇，那都是騙人的。」

聽不知道該怎麼回答。其實他剛剛還在想，或許不是一定要今天死。

敬介拍拍屁股，向聽走去。未曾交談過的這位同學露出了聽不曾見過的嚴肅表情。

「死了一點意義都沒有，只會被人嘲笑。」

按在他肩上的手掌很溫暖。老實說，聽很怕這位同學，他總是跟一大群人窩在教室後方，大聲笑著，不知道有什麼愉快的事。

聽點點頭，表示自己已經沒事了，敬介才把手放開。

「不管再怎麼痛苦都不要表現在臉上，你應該展現的是韌性。」

敬介的眼中本來充滿熱情，此時卻顯得很脆弱，然後他緊盯著聽的眼睛，像是想要從中讀出什麼。

「你爸爸死了對吧？」

敬介冒昧說出的話令聽有些愕然，但他隨即挺起胸膛，彷彿不肯示弱。

「是啊，我爸爸做了很遜的事，他自顧自地受苦，又自顧自地死了，害我們也跟著受罪。」敬介露出意外的表情，聽依然努力不移開目光，大概是想要展現自己的韌性。

聽直到國小五年級都住在靜岡，那時他的姓氏不是八田，而是小坂。

他生長在一個平凡的家庭，過著平凡的生活，但警察打來的一通電話突然毀了這一切。他爸爸瞞著家人欠了大筆債務，因此自殺了。這件事當然令聽大受打擊，但是比爸爸死了更令他痛苦的是爸爸的死法。

爸爸選擇了用汽車廢氣集體自殺，他在電話交友專線受到一個陌生女人的邀請，四個居所、年齡、性別各不相同的人在沼津會合，開著租來的車去富士山，各自拿著遺書死在停靠山路邊的車子裡。

這令人震驚的自殺方式成了媒體競相報導的題材，聽還清楚地記得每天跑來他家的那些大人的卑劣嘴臉。一開始是跑警察局，接著是混雜著哀悼和看熱鬧的葬禮，和親友簡單打過招呼後，他們一家逃命似地搬到橫濱，連姓氏都改了。

那段日子過得很混亂，聽已經記不清楚了，其實前後只有一個月左右。

就算換了新環境，痛苦也沒有就此結束。聽在新學校裡只有第一個星期受到大家的熱烈歡迎，之後又開始出現好奇的目光，鐵定是消息走漏了。同學們站在遠處觀望的視線感覺好討厭，從某方面來說甚至比記者更煩人。

敬介就是那群傢伙的核心人物。

冷風從兩人之間吹過。聽說出了從未對任何人提過的祕密，偏偏還是說給最有可能嘲笑他的人聽。

「我先說清楚，我可不會同情你。」這是敬介聽完以後的第一句話。

他慢慢起身，轉頭看著依然坐著的聽。

「我老爸也死了。雖然沒有上新聞，總之就是很普通地死了。」

聽不覺得意外。敬介什麼都沒說，但聽立刻明白他爸爸是自殺的。爸爸的確被嘲笑了，不只記者嘲笑他，其他大人嘲笑他，甚至連聽都嘲笑他。

敬介那句「死了只會被人嘲笑」在他聽起來很有說服力。

敬介一定也有過類似的經驗，只是他不像聽表現得這麼痛苦。一想到這裡，聽下意識地說：「欸，你可以直接叫我聽。」

敬介露出吃驚的表情，接著就捧腹大笑。

他吼叫似地說「那你也叫我敬介吧！」，像在確認什麼似地點頭。

「我老爸在信上寫著，人如果不被別人需要就會死，很不要臉吧？怎麼可能不被別人需要啊。」敬介咬牙切齒地說著，然後恢復了認真的表情。

「我會需要你的，所以你也要需要我。我絕對不會讓你死的。」

這句話深深打動了聽的心。他還記得自己當時拚命地強忍淚水。如果事情在此結束，他們兩人之間就會留下美好的回憶了。

但是敬介還有下文。

他露出惡作劇般的笑容，在書包裡翻找，喃喃說著「所以啊」，拿出一個綠色的盒子。

「要抽嗎？這是友情的香菸。」

聽吸了一口氣，接著回答：「嗯，來抽吧。」

從他努力吸進嗆鼻香菸的那天之後，他和敬介一直混在一起。他在國中畢業之前就做過犯法的事，也好幾次懷疑自己是被敬介利用了，但長大成人以後他和敬介還是保持往來，也經常為魯莽的敬介收拾爛攤子。

不過，敬介那天說的話依然烙印在他心上。

我會需要你的……

敬介把幸乃介紹給聽以後，他們又經常一起出去玩了。

令他驚訝的是，比往年更炎熱的夏天過去了，蟬鳴聲漸漸消失，草木枯槁的冬天來了，敬介和幸乃依然繼續交往。雖然進展很慢，幸乃還是漸漸對聰打開了心房。她比以前更常笑，甚至會主動向他打招呼，被邀請到敬介的公寓時，她還會親自下廚款待他，而且每一道菜都很好吃。

話雖如此，他們兩人的關係並不融洽。

幸乃的表情看起來明明很幸福，但她白皙的肌膚卻出現了明顯的瘀青。發現這件事之後，聰一直耿耿於懷，卻沒有主動關切。

聽的媽媽幾年前再婚了，現在和新丈夫平靜地過日子，他和姊姊也一直沒有聯絡，他大學四年級的過年期間都沒有回家，就一直待在中山的公寓裡看電視。

回老家探親的敬介在新年的第三天就打電話來了。

『你都在幹麼？』

「沒什麼，就看電視。」

『去打吃角子老虎機吧。』

「啊？又要去？」

他年底才剛跟敬介一起去過小鋼珠店。那天敬介一直虧錢，還跟他借了兩萬圓左右。

「可以是可以啦，不過你有錢嗎？」

『我今天有錢，你不用擔心。』

「你哪來的錢？」

『算是壓歲錢吧。你很煩耶，跟你有什麼關係啊？總之我先去平時那間店，你也快點過來。』敬介不由分說地掛斷電話，聽嘆了一口氣。

這種情況也不是一天兩天的事了。敬介和幸乃在一起之後，經濟情況明顯變好了，跟聽借的錢比較少，甚至還會請聽吃飯。

聽到了川崎的小鋼珠店很快就找到了敬介。他先瞥向菸灰缸一眼，敬介只要輸錢，菸就會抽得更凶。現在菸灰缸裡只有一根菸蒂，讓聽放心了不少。

「你很慢耶。要玩什麼？」果不其然，敬介的語氣很輕鬆。

聽在隔壁的空位坐下，把千圓鈔放進兌幣機。

「狀況如何？」聽雖然不感興趣，還是姑且問道。

說完之後又突然想起似的，加上一句，「啊，新年快樂。」

敬介連新年問候都省了，自豪地縮了一下脖子。

「還不錯，才花兩千圓就中了小獎，雖然後來又被吞回去了。出西瓜和櫻桃的機率很高，我現在正在摸索設定五以上的機臺。」

敬介愉快地轉著轉盤，但之後一直沒有中獎，千圓鈔像流水一樣地減少，他點菸又捻熄的頻率也越來越快。發出響亮音效的機器彷彿成了只為吞噬代幣而存在的東西，今天的運氣似乎不太好，聽覺得該收手了，但敬介並沒有這種打算。

「機臺資料看起來很好啊」，他像夢囈般地不停說道，然後和平時一樣說「借我一根菸」，最後又變成「借我一些錢」。

敬介已經輸了兩萬圓。那一筆不知從哪來的錢都花光了，他眼睛充血，又展開了輸錢時的固定模式。聽對此心知肚明，卻沒辦法阻止他。

聽默默遞出的一萬圓很快就沒了，敬介一萬圓又一萬圓地借，聽也乖乖地交出來，最後錢包終於空了。

「聽，再借我一萬圓就好，就快到達大獎的迴轉數了。我一定會還你的，今天之內就會還你。」敬介這麼說著，臉上沒有半點尷尬的神情。

聽忍不住發火，「我也沒錢了。」

今天實在借出去太多，聽把錢包打開給敬介看，敬介瞪大眼睛，這是他發飆的前兆。

「那就去提款啊！」敬介朝機臺踹了一腳。

還好店裡充滿噪音，只有坐在附近的幾個人轉頭望向這邊，還不至於驚動店員。

「好吧，我去提款。」

聽面不改色地起身，去到新年期間也能提款的便利商店，買了一罐冰咖啡，還順便幫敬介買了香菸。回到店裡，聽把一萬圓和香菸交給敬介，而他依然緊盯機臺，連一聲謝謝都沒說。

結果這天他們一直待到打烊，意外的是敬介後來真的中了大獎，直到打烊時都還在吐出代幣。敬介真的大翻盤，他把借來的四萬圓還給聰以後，手上還剩四萬多。聰心想，既然如此就把以前欠的也還一還吧，但他又不想破壞敬介的心情，再說他也從不期待敬介會還他錢。

「抱歉啦，聰。」敬介隨手把錢塞進口袋，一邊說道，聰很久沒聽過他這種語氣了。

「幹麼道歉？」聰故作不知，尷尬地笑著，「那個，我之前對你態度不太好。我的脾氣說來就來，真是太糟糕了。」

敬介紅了臉，而聰笑得皺起眼角。

雖然敬介的朋友很多，但他只會對聰露出這種表情，他和其他朋友在一起的時候總是充滿防備。他不僅堅持己見又頑固，討厭認輸，從小混混時代到現在情緒都經常失控，也老是因此吃虧，但他絕對不會承認自己的錯誤，只有對聰才會不好意思地道歉。

而敬介在這種時候特別惹人疼愛。

聰不禁覺得，自己跟敬介的關係能維持到今天，都是因為這個表情。

「那個不重要啦，我肚子餓了。」

「喔喔，那就去吃飯吧，我請客。」

「這是當然的。」

冷冷的晚風吹來。敬介縮著身子走向牛丼店時，突然說了一句「糟糕」，停下腳步，拿出手機。他轉身背對著聰，打電話給某人。

聽飢寒交迫，等得有點心急，敬介掛斷電話之後卻說出意外的話。

「今天幸乃會來我家，她說要來煮飯。」

「是喔？那我先回去了。」

「沒關係，一起來吧，我已經跟她說了。」

「那我就來不及回家了。」

「住我家不就好了？」

「你家那麼小。」

「聽說她要煮火鍋喔。」敬介引誘似地說道。

聽的腦海立刻浮現熱滾滾晚餐的畫面，他最愛吃的就是家庭料理，敬介當然也知道這一點。

「我老是受你關照，偶爾也該招待招待你。」敬介面帶微笑，看起來心情非常好。

他去便利商店買了滿滿一籃的啤酒和汽水燒酒，還很自然地主動付錢。

在午夜回到公寓時，幸乃出來迎接。她一看見聽就鞠躬說「新年快樂」，客氣得彷彿就要跪坐下去，聽不禁呆住，一時之間不知該怎麼回應。

附廚房的三坪房間裡瀰漫著味噌和泡菜的味道，火鍋在小小的暖爐桌上噗噗作響，周圍放著幾道菜餚。

「我煮得太多了。」幸乃這麼說著。

她做的每一道料理都很好吃，其中最美味的就是馬鈴薯燉肉。聽本來覺得這不像是跟火鍋一起吃的菜色，但味道真的非常出色。

「這是什麼？超棒的，太好吃了。」聽自言自語似地不停說著，幸乃不好意思地低下頭。

「馬鈴薯燉肉誰做都一樣好吃啦。」她難得用堅定的語氣說道，端起梅酒來喝。

這場深夜的宴會真的很愉快，聽變得比平時更多話，幸乃也一直掩口而笑。沒想到幸乃還挺會喝酒的，臉色一點都沒變。而已經喝了超過三瓶啤酒的敬介開始逼幸乃喝酒。

「怎麼啦，幸乃，多喝點，別讓聽覺得掃興。」

喝得滿臉通紅的敬介一開口，房間裡的氣氛就變得很緊張。這是敬介的壞習慣，他高興起來說話就會變得很難聽，而且今晚贏了那麼多錢，他的心情比平時更亢奮。

「我沒辦法喝那麼多。」幸乃婉轉地推辭，但敬介粗暴的話語卻沒有就此停止。

「喝啦喝啦，怎麼可以都還沒試就退縮。」

「可是我喝太多會那個……」

「那個是什麼？」

「就是我那個老毛病。」

「誰管妳啊！給我拿出韌性！」敬介把汽水燒酒倒進杯中，硬是灌入幸乃嘴裡。

「拜託你，別這樣。」幸乃一邊求饒一邊把臉轉開。

聽不打算幫她說情，但還是問道：「什麼老毛病啊？」

這時幸乃臉色發白，敬介嘖了一聲。他盯著幸乃的臉好一陣子，然後不屑地說：「這傢伙動不動就昏倒。因為那個什麼病，她太過興奮就會失去意識。真可笑，明明只是韌性不夠。」

「這跟韌性沒有關係啦……」幸乃悲傷地笑著，聲音細微得幾乎消散。

「妳少給我頂嘴！」敬介身體前傾。

「好了啦，讓她自己喝不行嗎？」聽終於開口幫幸乃說話了。

敬介訝異地看著他們兩人，喃喃說道：「你們怎麼回事啊？推三阻四的，真讓人火大。」

之後敬介的情緒還是很亢奮，一個人又罵又笑，不知不覺間就睡著了，此時已經過了凌晨兩點。

「對不起，幸乃，妳也去睡吧。我會隨便找間網咖過夜的。」

聽一開始就是這麼打算的，看著聽把盤子拿到流理臺，幸乃搖頭說：「不行，這樣我會很困擾的，他醒來以後一定會罵我。」

幸乃說的話很合理。聽看了睡夢中的敬介一眼，提議說：「那至少讓我幫忙洗碗吧，一直讓妳服務太不好意思了。」

「不行。八田先生，你去沖個澡吧，毛巾和睡衣我都準備好了，我來幫你鋪床，只能讓你用敬介的真是抱歉。」

「呃，可是……」

「拜託你，這樣才是最好的。拜託。」

看她深深鞠躬的模樣，聰只好乖乖聽話。

此時出現一陣水聲，蓋過敬介的鼻息。聰頓時緊張起來。他希望能在幸乃出來之前睡著，但意識卻很清醒。

聰翻身幾次，在冷冷的棉被裡閉著眼睛。

過了很長一段時間，幸乃走出浴室。聰聽到了謹慎的腳步聲，那身軀走向敬介躺著的床。聰悄悄睜開眼睛，看到幸乃正鑽進棉被的身影，纖細的腰在整個身體曲線中特別顯眼，而高䠷的身型更強調出她身材的纖瘦。

過了一會兒，幸乃均勻的呼吸聲傳來。

聰又翻身幾次，終於開始睏了。不知道過了多久……

「不行。拜託你，別這樣。」

一個壓低的聲音劃破室內的寂靜，旁邊的床喀喀搖晃，聰一時之間搞不清楚自己身在何處。

「沒事的，他已經睡了。好了啦，妳別出聲。」

聰終於想起了自己在哪裡，也很後悔為什麼沒有離開。聰知道那兩人正在注意他的動靜，所以動都不敢動，連口水都不敢吞。

「可是……」

「少囉嗦。妳安靜地乖乖聽我的就對了。」

「對不起，我真的不行……」

「給我閉嘴，不然我就要揍妳了。」

鐵管床架發出鏗的聲音，接著是一聲「好痛！」，過了一會兒，微弱的哭聲傳來，夾雜在其間的是敬介壓低的聲音。

「哭什麼，妳安靜地乖乖聽我的就對了。」

床每次震動，幸乃就會痛苦地喘息。聽按捺不住，慢慢睜開眼睛，幸乃的右腳從床上滑下，那隻小腿在月光的照耀下，如雕像一般潔白而優美。

幸乃的腿隨著固定的節奏擺動，兩人的喘息逐漸合一。機械式搖晃的床並沒有色情的感覺，也不會令人厭惡，但聽的心中卻感到騷動不安，彷彿有什麼寶貴的東西被糟蹋了。

他感受一種奇特的孤獨感，彷彿世界上只剩下自己一人。

他不知道自己壓低聲息了多久，甚至沒注意兩人的動作已經結束，棉被不知何時已經停止搖晃，房間恢復了靜謐，只有冰箱壓縮機的聲音輕輕地響著。

聽感覺到空氣的冰冷。

「對不起，幸乃，真的很對不起。」安靜片刻之後，敬介的聲音傳來，那是他沒有聽過的語氣。過了一陣子，他才發現敬介在哭。

「沒關係，沒事的，我也要為自己的任性道歉。」幸乃一定很習慣了，她像安撫孩子似地說著，兩人的立場很自然地對調。
「妳一點都不任性。我也很清楚，但我就是沒辦法控制。」
「沒事的。我沒關係，不要哭。」
「對不起，幸乃，我會努力的，我今年一定會好好振作，不要拋棄我。」
「嗯，我不會拋棄你的，我不可能拋棄你的。加油吧，我們兩人一起好好加油。」
「真的很對不起，幸乃，謝謝妳。」
「不會。我才要謝謝你。」
幸乃抱住敬介的時候，聰覺得這兩人應該分手。
幸乃沒有足夠的心理準備跟敬介繼續交往，而敬介也不會饒過無法自保的女人，他強硬地闖進幸乃的心中，毫無自覺地使出鞭子與糖果的伎倆，毫不愧疚地利用別人的溫柔。
敬介並沒有惡意，但正是因為他沒有惡意，所以才更加惡劣。
只能從敬介身上得到救贖，但是跟他在一起又會莫名地感到孤獨。如果被他捨棄，自己就會變得一無所有，再也沒有理解自己、需要自己的人，聰明白這種處境，也早就有了心理準備。
第一次見到幸乃的那天，敬介說「你們挺像的」，讓聰現在更想反駁了。
幸乃和他才不像，跟敬介才認識沒多久的女人不可能有這種心理準備，她只是依賴女友的身分，藉由他的撒嬌獲得滿足，誤以為這樣的關係就是穩固。所以他們應該分手，她應該趁著還沒被敬介糟蹋得遍體鱗傷前趕快逃走。

隔天早上，比聰更早醒來的幸乃一副幸福的模樣，她站在廚房拿著平底鍋，一邊還哼著歌。

「啊，早安。對不起，我吵醒你了嗎？」幸乃渾身一顫，似乎嚇了一跳。

昨晚的事掠過聰的心頭，幸乃大概也是吧，她害羞地低著頭，「我立刻幫你泡咖啡。」

她臉上又浮現平時的畏縮表情。

「啊，不用了，我要回去了。」

「咦？可是早餐……」

「我不吃，我還有事。不好意思，幫我跟敬介說一聲吧。」

說完後聰快步走出房間。一到屋外，他立刻點了一根菸，背後傳來開門的聲音，但他並沒有回頭。

那一晚聽清楚地聽到敬介說「我今年一定會好好振作」，但他的生活還是一成不變，彷彿那句話不曾存在過。他沒有找工作，每天都墮落地沉溺於打吃角子老虎機，心情隨著小小的輸贏起起伏伏，脾氣又一天比一天更差。

聽就算好一陣子沒跟他見面，也能想像出他跟幸乃之間的情況，不禁感到鬱悶。

到了四月，聰開始工作之後，敬介變得更黏他了。

無論是工作時間還是三更半夜都會打電話來，講的全是些無關緊要的事，但聰還是聽得出敬介話語中的焦慮，只有他自己仍然過著相同的生活，也難怪會感到焦慮。

聰幾乎整個黃金週都在陪敬介打吃角子老虎機，但他脾氣並沒有收斂，聰從他說的話之中隱約察覺到敬介把情緒都發洩在幸乃身上了。

雖然聰很想幫助幸乃，但他自己也正忙著適應新環境，實在愛莫能助。

梅雨季將近的時候，聰發現敬介最近都沒聯絡他。敬介不久前才說過「差不多該找工作了」，所以聰認為敬介一定正忙著求職，但他的期望卻落空了。

八月的第一個星期六，聰被許久不見的敬介叫到澀谷的咖啡廳，結果發現敬介的身邊有個陌生的女人。

「這是美香，我們前陣子開始交往了，多多關照啦。」

敬介看都不看聰，那個叫美香的女人也不太客氣，只是用倦怠的語氣說了句「初次見面」。聰啞然無語，沒有回答她，只是瞪著敬介。

這不是什麼稀罕的事，以前敬介也好幾次把小三介紹給他。但這次不一樣，因為聰第一次和敬介的女友——也就是幸乃，培養出這麼深的感情。

他們之間已經萌生出友情了，聰也很認真地為她的幸福著想，敬介不可能不知道這一點，但他只顧著討好一臉無趣的美香。

「聰是哪一類的人啊？」美香玩著金髮的髮梢，用百無聊賴的態度問道。

她比敬介小一歲，那雙好強的大眼睛，和像是用來遮掩廉價感的華麗衣服全都符合敬介的喜好，令聽覺得相當反感。聽心裡很不高興，幾乎都不開口說話，大家自然也聊不起來，所以很快就結束了聚會。

他簡單寒暄幾句就走了，走到車站票閘時，手機響了起來，他一按下通話鍵，立刻聽到敬介的怒吼，抱怨他太失禮，太不夠朋友。

聽完全不當一回事，但為了讓敬介消氣還是道歉了。

『夠了，你在那裡等一下！』敬介如此吼道，過了一下子就獨自來到車站。

「那個人呢？」聽不想承認那是敬介的女友。

「誰管她啊！」敬介丟下這句話，走上通往東橫線月臺的樓梯。

聽不能丟著敬介不管，只好跟了過去，兩人在電車裡始終不發一語。敬介戴著耳機，聽也不主動開口，到了武藏小杉時情況還是一樣。

結果兩人一直保持沉默，走到了距離車站二十分鐘路程的敬介家。

敬介沒有用鑰匙就直接打開門，裡面傳來「歡迎回家」的聲音。現在的時間大約是下午五點。

「啊，八田先生，好久不見了。」幸乃一看到來的人是聽，就露出安心的微笑。

為什麼她會在這裡呢？第一次見到的女人都直接叫他名字了，為什麼幸乃直到現在還稱呼他「八田先生」？聽正在思考這些事，突然喃喃說了一聲「啊」。

敬介尷尬地皺起臉孔大吼著，「喂，幸乃，沒有啤酒了！妳出去買！」

左眼瘀青、嘴唇紅腫的幸乃乖乖回答「是」，連圍裙都沒脫就出去了。

「敬介，那些傷是怎麼回事？這樣未免太過分了吧？」聽打破沉默開口說道，敬介什麼都沒回答。

他不高興地點菸，捻熄，然後又立刻點燃。

幸乃沒多久就回來了，敬介從她的手上搶過啤酒，一口灌下。幸乃默默地走到廚房煮飯，一盤盤的菜餚陸續端上暖爐桌。現在天色還很亮，這次晚餐的季節、時間、氣氛都和上次截然不同，僅剩的共通點是成員依然是這三人，以及桌上的馬鈴薯燉肉。

誰都沒有開口說話，能聽到的只有老舊空調的聲音。

敬介菸抽得比平時更凶，喝酒的速度也明顯比平時快。幸乃嘴唇發白，沒有抬頭看敬介。聽試著打開對話，努力思索能讓敬介恢復正常、能讓幸乃得到幫助的話題，最後他終於想到了，他從很久以前就想問這件事。

「其實我早就想問了，你們交往這麼久，但我還不知道你們是怎麼認識的。」

在這種時候讓他們想起一開始融洽的相處情況應該是個好選擇。房間裡的氣氛確實改變了，但改變的方向卻不如聽所預料。

敬介開口說話了，幸乃吃驚地猛然抬頭，「怎麼？聽，你真的想知道嗎？」

敬介不懷好意地瞇起眼睛盯著幸乃。

「請你別說了。」幸乃擠出聲音。

「為什麼不能說？妳喜歡的聽都開口問了，有什麼好隱瞞的？」

「總之請你不要說。」

你！」

敬介氣得滿臉通紅，快步走出房間，關門聲砰然響起，接著只剩空調的聲音。

太陽西斜，房間裡陷入陰暗。

聽沒有開燈，小心地把幸乃搬到床上。路燈正好映照在枕邊，照亮了幸乃白皙的肌膚。

幸乃的睡臉十分安詳，像是正在品嘗著幸福，讓聽很難相信她生了病。他第一次見到幸乃這麼放鬆的表情，為此深受感動，覺得自己好像看到某種珍貴的東西。

聽靜靜地凝視著幸乃，不由自主地摸了她的臉，還用拇指輕觸她的嘴脣，摸起來冷冰冰的。幸乃一直沒有醒來的跡象，他撫摸著她的頭髮好一陣子。

他在只亮著間接照明的房間裡靜待幸乃醒來。

過了三十分鐘，終於聽到棉被蠕動的聲音。緩緩睜開眼睛的幸乃驚訝地眨眨眼，似乎想搞清楚自己在哪裡。

聽懷著內疚的心情問了句「沒事吧？」，幸乃慢慢轉過來看著他，像是理解了什麼，露出平時那種軟弱的笑容。

「要開燈嗎？」

「沒關係，我還有點頭暈。對了，敬介呢？」

「抱歉，他出去了。」

「這樣啊。你不需要道歉啦。」

「我說啊，妳可別寵壞他了，幸乃。」

聰心想自己根本沒有資格說這種話。幸乃露出訝異的表情，不知為何愉快地瞇起眼睛。

「我沒有寵他，是他在寵我。」

「但是再這樣下去，妳一定會遍體鱗傷的。」

「為什麼？」

「妳也知道為什麼吧。我勸妳最好還是跟他分手，應該說，非分手不可。別再被敬介操弄於股掌之中，這樣太糟蹋妳了。」聰懇求似地說道。

幸乃詫異地看著他一會兒，然後眼中浮現怒色，那強硬的表情如同看到了敵人，讓聰有些畏縮。先把臉轉開的是幸乃，她放棄似地嘆一口氣，為先前的話做了補充。

「我一直很孤單，但敬介主動接納了我。是他在寵我才對。」幸乃不理會疑惑歪頭的聰，望向天花板。

在陰暗的房間裡，她平靜地說道：「只有他一個。如此卑微的我，只有他會需要。」

「需要？」

「是的，只有他願意和我待在一起。」

「沒這回事。妳對自己太沒自信了。」

「我一直以來都不斷地纏著別人又被甩掉，相信人又遭到背叛。無論是小時候，國中的時候，在福利機構的時候，出來之後，一直都是這樣。我早就決定不再讓任何人走入我的心了……但敬介卻走了進來。」幸乃帶著微笑低下頭。

「這是最後的機會。我懷著這種想法把心交給了他。」

「什麼意思？」

「如果連他都拋棄我，那我就沒有活著的價值了。」

她說得很堅決，每個字都鏗鏘有力，這真的是幸乃嗎……？

聰非常吃驚，但他並不認同她說的話，這話說得太偏頗，也太武斷了。更重要的是，那並不是她愛敬介的理由。如果她只是靠著被人需要來活下去，那是不是敬介都無所謂吧。

聰確定自己對幸乃有著愛意，他很想再摸一次她的嘴脣，但他卻無法這麼做，也沒辦法對她表露心意。他很懊惱自己的心意不像幸乃那麼堅決。

「妳打算跟他結婚嗎？」聰為了轉換氣氛而問道。

「怎麼可能嘛。」

「為什麼不可能？妳沒有這種期待嗎？」

「一想到夢想或未來的事，我就覺得害怕。我連幾年後的事情都無法想像，只要現在能看著敬介，我就覺得很幸福了。」

聰沒辦法再說什麼，他覺得現在說什麼都沒有用。

「我不會跟敬介分手的，絕對不會。」幸乃像是在催眠自己，一再地說道。

聽試著想像她的心情。如果自己是幸乃會怎樣？如果自己被敬介隨便地拋棄了會怎樣？如果這份強烈的心意被踐踏了會怎樣？他會殺了敬介嗎？不，不對，他一定會自殺。他早就認定沒人需要自己的世界是不值得留戀的。

「吶，幸乃，跟我交換聯絡方式吧。」

「咦？可是這樣……」

「沒事的，我絕對不會主動找妳。這就像護身符一樣，妳很痛苦的時候還能有個人可以說話。」聽拿起暖爐桌上的手機硬塞到幸乃手中，用紅外線傳輸功能和發愣的幸乃交換號碼，一邊說出心底的話。

「妳不可以尋死喔。」除此之外他想不出其他的說法。

聽沒有看幸乃的反應，一口氣說完，「無論發生什麼事，妳都不能尋死。我無法原諒自殺的人，那是最遜的行為，我絕對不會原諒的。」

他慢慢抬起頭，幸乃臉上的笑容消失了，像是明白了什麼。

她出神地望著聽，點頭說：「是。」

幸乃後來沒有跟聽聯絡，但他並不擔心。

他知道敬介的心又開始傾向幸乃，雖然步調不快就是了。敬介不再提起美香，反而常常說自己虧待了幸乃，而且他真的戒掉打吃角子老虎機，甚至比聽更快戒了菸。

到了秋天，他在老人安養院找到一個看護的工作，雖然他對這工作還是滿口抱怨，卻一直堅持地做下去。
跟幸乃最後一次見面的半年後，一月三日的晚上。好一陣子沒聯絡的敬介打了電話給聽。
『最近發生了一些事，總之我決定和美香認真交往了。等一下我要去見幸乃，不好意思，你可不可以陪我一起去？』
敬介說得欲言又止的，聽如同被賞了一巴掌般驚愕，連話都說不好了。
「為、為什麼要我陪？」
『拜託了，聽，陪我一起去吧。』
「我就是在問你為什麼要我陪啊。」
敬介沉默片刻之後給出的理由讓聽無法反駁，『我做了很多對不起她的事，所以我不敢自己一個人去見她。』
外面天氣晴朗，萬里無雲。在符合新年氣氛的蔚藍天空下，聽在相約的澀谷車站見到了敬介，他看起來一臉憔悴。一問之下才知道，原來是美香發覺了敬介和幸乃的關係，她生氣地大罵敬介，但她沒有和敬介分手，而是要求他和幸乃斷絕往來。
敬介彷彿連解釋都覺得累，他說昨晚已經跟幸乃講過電話，他花了將近三個小時去說服她，但她一直不肯聽，所以敬介約她今天見面，但沒有說聽也會來。
「你跟她說了那女人的事嗎？」聽不高興地問道。
敬介搖頭說：「沒有。」

「你不打算告訴她嗎？」

「我哪說得出來。告訴她也沒有意義。」

「這不是有沒有意義的問題，你不要逃避。」

「那傢伙一定會抓狂的，搞不好連美香都會有危險，你不知道那傢伙有多可怕。」

「我知道。」聽斬釘截鐵地說，敬介訝異地皺起眉頭。

聽回憶著幸乃那一晚的執著眼神，顧慮地說道：「但這樣真的好嗎？」

「都已經被發現了。」

「為什麼被發現就得跟幸乃分手？」

「你很煩耶，我也是考慮了很多。」

聽始終無法說服敬介改變心意，就這麼來到第一次和幸乃相遇的咖啡廳。

幸乃已經先來了，她帶著黑眼圈，臉色比平時更蒼白。聽更清楚地意識到自己不該出現在這裡。幸乃看都不看他，別說打招呼了，她的視野裡彷彿根本沒有他這個人。

「抱歉，我遲到了。」敬介故作鎮定地說道，但幸乃的表情沒變。

聽到敬介輕浮地說「我昨天說過了，我想要分手」，她不當一回事地哼了一聲。

「我不能接受。」這是幸乃的第一句話。

敬介低頭懇求「拜託妳，跟我分手吧」、「我真的不喜歡妳了」。對敬介來說，這樣已經算是很有誠意了，因為他每次要甩掉女人都很乾脆，甚至連談都不跟對方談。

可是幸乃死都不肯答應，不斷要求敬介給她個理由。

先耐不住性子的是敬介。

他點了啤酒，明明戒菸了還跟聽討菸來抽，一如既往地點了菸又捻熄，點了菸又捻熄，話說得越來越少。幸乃看到他這可憐的模樣，表情恢復了一點平時的溫柔。敬介不安地抬起視線，幸乃換了一個問法。

「敬介，你是不是有其他喜歡的人了？」

氣氛頓時改變。

聽認為敬介應該把一切都說出來。幸乃已經很努力地讓步了，她一定是察覺到什麼了，才刻意營造氣氛讓敬介更容易說出實話。或許這是幸乃對他最後的溫柔。

不過，聽很快就發現這是自己的誤解。

「沒有啦，我只是想要重新開始。」

「真的嗎？」

「是啊。」

「真的嗎？請你看著我的眼睛回答。」

「真的啦，相信我啦。」

幸乃默默地注視著敬介的眼睛，現場氣氛非常緊張。

過了一會兒，幸乃終於點點頭，然後嘆氣似地說道：「如果你是要保護其他女人，我一定不會放過她。我會毀了一切，然後跟著自殺。」

幸乃說完之後立刻露出柔和的微笑，就像在證明她的決心是真的。

「什、什麼啊，妳很不正常耶。」敬介的眼睛溼潤了，罵人也不像平時那麼有魄力。

而幸乃仍然面帶笑容，「我不接受。」

「少囉嗦，就算妳不接受我也不會跟妳在一起了。」

「不要。我不能接受。」

兩人又開始重複相同的對話。這次又是敬介先受不了，他望著自己的手心，咬緊嘴脣，然後失控地說道：「我已經不需要妳了。拜託妳靜靜地消失吧。我不想再看到妳了。」

聽的背後冒出冷汗，敬介這番話等於是否定了幸乃整個人，幸乃也明白這一點，但她的臉上還是掛著冷笑，既不哭泣也不發怒，只是像機械一樣反覆地說著，「我不接受。」

敬介丟下一句「我要走了，我不會改變主意的」之後站了起來。

聽注意到，敬介在臨走之前拿起了帳單。

敬介最後一次回頭時，臉上充滿了不安，但他想必很快就會忘記今天的痛苦，把這一切和幸乃都盡可能地丟到記憶的角落。

他一直都很自我中心，滿不在乎地傷害所有接近他的人。為什麼沒有人教訓他呢？但是聽知道，自己和幸乃都沒有權利說這種話，因為每個縱容敬介的人都是共犯。

幸乃始終坐著不動，直到最後都沒看過聽一眼，而聽直到最後，也無法開口說些什麼。

如果幸乃希望能繼續和敬介在一起，就該暫時放手才對。

敬介最怕死纏爛打的女人，相反地，能和他復合的女人都是願意接受分手的類型。但是幸乃不懂得玩手段，她還是不斷地打電話給敬介，讓他的手機從早到晚都在響，甚至會不說一聲就直接跑去他位於武藏小杉的公寓。

「那女人真的有病，簡直就是跟蹤狂。我搞不好會被她殺掉。」

跟幸乃分手半年左右，臉頰凹陷的敬介跑來找聰商量。

「沒事的，你不可能被殺的。」聽到聰說得如此肯定，敬介一臉詫異地看著他。

聰不理會他的視線，問道：「你到現在還是不想跟她解釋清楚嗎？」

「解釋什麼？美香的事嗎？」

「對啊。」

「不行啦，事到如今更不可能說了，不然接下來被糾纏的就是美香了。」

聰並不覺得敬介的猜測太誇張，他深深地嘆了一口氣。

「你不是有跟她借錢嗎？」

敬介愕然地抬起頭，聰點著頭說：「為了表示誠意，至少把欠她的錢還一還吧，還得附上一封道歉信。這樣就算今後發生什麼事，在法律上也比較站得住腳。」

「什麼法律上啊，別說得這麼嚇人。而且我欠她快一百五十萬圓，哪裡還得起？我自己的生活都快過不下去了。」

「就算一個月只還三萬也好，反正就是要還。不夠的時候我會幫忙的。」

「啊？你是怎樣啦？感覺真差，你為什麼對那傢伙……」

「廢話少說，你做就是了！這樣總比丟掉性命好吧！別再找藉口了，你給我乖乖地還錢！」聽破口大罵。

他很清楚這對幸乃根本沒有幫助，她需要的並不是錢，有沒有新的戀人也無關緊要。世上根本沒有那種東西，這只是說明了她應該放手。

敬介沒有力氣再反駁了，「如果你幫我寫，那就這麼做吧。」

「啊？」

「道歉信啊。自己寫的話我沒把握能說服她。你幫我寫吧，我會再抄一遍的。你告訴我該寫什麼吧。」聽還來不及感到絕望就先點頭了。

他相信只有自己寫得出幸乃需要的安慰，或是類似的言詞。這不是為了敬介，而是為了讓幸乃繼續活下去。希望幸乃能把道歉信和歸還的錢當成敬介向她表現的誠意。

如同嘲笑聽的期望，幸乃的騷擾行為變得更嚴重了。

不過幸乃越是緊迫盯人，敬介就越是需要美香的慰藉。所幸美香沒有發現幸乃的事，看到敬介一天比一天更依戀她，她也溫柔地包容了他。

發現懷孕時，美香毫不驚慌，敬介也努力藏起憂心、接受現狀。

『美香懷孕了，我打算搬到中山。我也打算好好解決幸乃的事。這次我真的要重新開始了，就算她找我，我也不會再理她了。』敬介在電話裡堅定地說道。

不久之後，他和美香一起搬進距離聽住處十五分鐘路程的公寓。

美香的改變令聰大吃一驚。

她把一頭長髮剪到齊肩，還把頭髮染黑，妝容也變得很淡。美香發現聰驚愕的目光很不好意思，第一次用敬語跟他說話，「我也有了為人母的自覺吧。」

敬介每個月都乖乖地還錢，不知道是聰的威脅起了效果，還是他真的想表示誠意。有時他還是會向聰要錢，但次數並不多。

美香的肚子漸漸隆起，聰每次見到她時，都覺得她變得更穩重了。敬介也不再抱怨，開始勤奮工作，看起來決心要擔起父親的責任。一家子的生活就像緊密咬合的齒輪，幸乃帶來的陰影完全消失了。

幾個月過去，這個家庭多了一對可愛的雙胞胎女兒。

孩子出生的那天，聰是第一個被叫到醫院的。敬介看到早退趕過來的聰，默默地抱住了他。美香一邊笑一邊抱怨「喂，我的肚子都還在痛呢」。而雙胞胎面對同一個方向躺在母親身邊，長得跟小時候的敬介很像，十分可愛。那是發生在一月某個大冷天的事。

一家四口的生活美得像一幅畫。

這時聰發覺，有個故事結束了——他和敬介廝混在一起的故事，已經結束了。

事實上，敬介從那天以後就很少聯絡他了。聰再次意識到自己和敬介分開之後就什麼都沒有，但他也沒有主動聯絡敬介。他覺得是時候戒掉對敬介的依賴，於是開始埋首於工作。

聽從來沒有忘記過幸乃，但他還是踏實地向前邁進。

雙胞胎取名叫彩音和蓮音。在她們一歲生日將近的某個晚上，敬介來到聽的住處找他一起喝酒。兩人許久不見，聊得非常開心，但敬介的臉色似乎有些凝重，他嘴裡說的都是一家人的幸福生活，表情和發言內容卻搭不起來。

「怎麼了？發生什麼事了嗎？」

「啊？喔喔，沒什麼啦。」

「別隱瞞，看你一副無精打采的樣子。」聽一邊喝啤酒一邊說。

敬介打量似地盯著聽，看聽一直默默等他開口，他終於低下頭，靜靜地說道：「其實最近的情況不太妙。」

「不太妙？什麼事？」

「就是……」

敬介欲言又止，最後滿臉通紅地說出，「美香發現了幸乃的事。」

聽一聽就皺起眉頭。

他不想要聽到這些事，敬介卻像水壩潰堤一樣滔滔不絕地講了起來。敬介起先都乖乖依照聽的指示，用網路銀行還債，只有一次是去車站前的ATM匯款，之後幸乃就開始陰魂不散地糾纏。

美香發現這件事之後哭著大罵敬介，還讓娘家出錢還清了債務，但幸乃依然不肯放手。後來他們甚至去警察局報案，而警方的處置是向幸乃提出「警告」……

這是聽所能想到最糟糕的發展。

他一聽完敬介的敘述就大吼，「你這個大白痴！」

聽在敬介的肩膀上捶了一拳，然後拿起放在櫃子上的手機，從聯絡人清單上找到「田中幸乃」，毫不猶豫地按下播號鍵，鈴聲持續響著，幸乃卻沒有接聽。

「你知道她現在住在哪裡嗎？」聽聽著鈴聲一邊問道。

「呃，可是……」敬介吞吞吐吐的，聽仍堅持地說：「我不是要現在去找她，只是為了以防萬一。告訴我吧。」

敬介憂愁地打開手機，用桌上的便條紙抄下住址。聽漫不經心地看著他寫下的「東京都大田區……」，努力思索接下來可能會發生什麼事。

如果自己是幸乃會怎麼做呢？現在的事態已經超乎他的想像了。

換成是我會怎麼做呢？聽想不出任何樂觀的結果。

過了兩個多月，在三月二十九日，幸乃出人意料地回撥電話了。來電紀錄的時間是晚上八點十四分。

年底的工作特別忙碌，聽一整天都忙著應付客戶，直到深夜搭計程車回家時才發現幸乃打來過。

「司機先生，請停在前面的便利商店。」

這裡離聽的住處還有一段距離，但他一刻都等不了，就在中山站附近下了車。

他盯著來電紀錄好一陣子。現在已經很晚了，明天再回撥比較好。聽這樣說服自己，他收起手機，在便利商店買了幾罐啤酒，然後走路回家。

在他家和敬介家之間有座小小的兒童公園，假日白天會擠滿帶著孩子的父母，氣氛非常溫馨，但他第一次在深夜來到這裡，四周寧靜無聲，只有街燈亮著冷清的光芒。

公園裡有六個少年，大概是附近的小混混吧。他們轉頭看著聽，還有一個人叫道「喂，大叔」，他沒有理會，後來那些人就離開了。

聽坐在冰冷的長椅上，深深地嘆了一口氣。

工作一整天的疲憊壓在他的肩上。他拿出一根菸，靜靜地抽著，光是這樣還不夠，他大概二十分鐘就喝完了先前買的啤酒。他正想拖著沉重的身體站起來，卻突然感到一陣不安。

他抬起頭，眼前是一棵櫻花樹。剛開出花苞的樹枝在淒冷的夜風中沙沙搖曳。快要開花的大樹和寒冷的東北風非常不搭調。

聽沒有起身，而是再次拿出手機，這次他毫不猶豫地按下撥號鍵，本來以為一定會打通，聽到的卻是僵硬的機械語音：「手機現在收不到訊號……」

他掛斷電話，突然回過神來。現在快凌晨一點了，他突然覺得在這種時間打電話給人很沒常識，在無人的公園裡露出苦笑。但是聽的心情已經和撥電話前不一樣了。

他站起來走出公園，工作的疲憊彷彿都消失了，他的腳步變得很輕盈。走回家的途中，他一直想著幸乃的事。她不可能原諒這一切、完全接受這一切，但是為了她好，她實在不應該再跟敬介扯上任何關係。

幸乃打了電話給他，表示現在應該還來得及，這正是他該出手相助的時候。

他衷心期盼幸乃能積極樂觀地活下去。直接告訴她吧，需要她的人不只有敬介一個，還有他。不是在電話裡談，他想要看著她的眼睛告訴她。

聰從外套內袋拿出菸盒，忍住了抽菸的渴望，把剩下一半以上的菸盒丟進草叢。他感覺身體好像變輕了，像是掙脫了漫長的束縛。

遠方傳來警笛聲，而敬介在這時突然打電話來，聰的臉上依然掛著笑容。

警笛聲朝著這裡而來。

聰的注意力從鈴聲轉到其他地方，他拿著手機回頭望去，漆黑市鎮的另一頭冒起了如太陽一般熾烈的火柱。

◆

警察來找過八田聰好幾次，但他始終堅持不配合調查，不料警察也沒表現出強硬的態度，看他老是搖頭就很乾脆地放棄了。

當然他也沒有答應接受媒體的採訪，因為他很清楚自己說的話一定會被斷章取義、擅作解釋。聰不想偏袒任何一方，他無法說出對井上敬介有利的發言，但也不想原諒田中幸乃用縱火這種殘忍的手段，奪走三條無辜的性命。

聰直到一審的第四天才得到旁聽的機會，宣判當天他也向公司請了假。

法院前明顯和昨天以前不一樣的人群令聽覺得很厭煩，如果其中有一個人認真對待幸乃的話，就不會發生這種事了。被警方扣押的日記裡一再出現「需要」這個詞彙，每次看到新聞報導出這件事，聽就覺得自己背負了某種沉重的東西。

聽在宣判這天也抽中了旁聽，他感覺這是理所當然的，他甚至覺得自己有義務見證那兩人的命運直到最後。

這天的審判非常枯燥，好像只是循著事先決定的軌道運行，完全感覺不到攸關生死的激情，只是一貫的好奇目光。所有人都認定幸乃和自己是不同的生物，就連說過幸乃是「隨處可見的普通女人」的主持人都掛著不在乎的散漫表情。

法官說的判決理由如爬山一般逐漸前進，爬到某處之後又一口氣衝下山坡。

幸乃靜靜地低頭坐著，像是在忍耐什麼似地握住拳頭，這模樣令聽想起第一次在咖啡廳見到的她。

聽聽到法官先說判決理由就大概猜到結果了，但他看著幸乃的背影，還是感到眼眶發熱。但自己明明什麼都沒做，明明沒有出手幫助她。聽自己都看不起這種偽善的淚水。

幸乃的人生在法庭裡一件件地宣讀著，那是理該令她犯下殘酷案件的悲慘過往。

開庭大約一個小時，法官緩緩垂下視線，彷彿在確認該說的都已經說完，點了點頭後喊道：「主文！」

「被告判處死刑！」

場內發出一聲大吼，幾個穿西裝的男人立刻衝出去。

聽用眼角餘光目睹了這一幕，但視線仍緊盯在幸乃身上，他像祈求一樣交握雙手，注視著幸乃。

不，他真的在祈禱，祈求幸乃可以朝他看一眼。事情不會就這麼結束，之後應該還有二審，既然不會在一兩天內立刻執行死刑，他非得再讓她看他一眼不可。

彷彿祈禱得到應允，幸乃真的慢慢轉頭了，聽愕然地吸了一口氣，隨即感到極度失望。

幸乃朝著旁聽席微笑了。她確實在微笑，但對象並不是聽。她看著某個方向，露出潔白的牙齒。聽把視線從幸乃的身上移開，轉向她看的方向，那裡有個用口罩遮住半張臉的年輕男人。

幸乃回頭時，男人立刻把臉轉開，逃命似地離開法庭。

那傢伙是誰？聽在心中問道，幸乃的人生還跟其他男人有牽扯嗎？

他一心想要追上去，但幸乃退庭時引起的譁然打消了他的念頭。

有個女人說「果然是這樣」，把聽的注意力拉了回來。經常在電視上看到的女主播正在對一個像是她上司的人表達感想，而那男人不耐地按摩著自己的肩膀。

「希望這樣能讓受害者家屬的心情舒服一點。丈夫還在臥床嗎？如果能採訪到他就好了。」聽即使不想聽還是聽見了那些報導，他對那些內容頗有微詞。

他們一點一點地扭曲了事實，還把敬介說得像是沒有做錯任何事一樣。無辜的前任交往對象……聽到自己的好友被這樣稱呼，聽到現在還是難以釋懷。

可是，謀殺絕不能說是迫於無奈，就算是為了復仇也一樣。幸乃奪走了三條寶貴的人命，這是鋼鐵一般的事實。

無論聰再怎麼這樣告訴自己，他還是無法振作起來。

案件發生的三月二十九日晚上，他沒有接到可能是幸乃打來的求救電話，這件事至今仍讓他懊悔不已。還有另一件事是……

幸乃沒有選擇自殺，而是把矛頭指向別人。

聰恨自己竟然沒有看穿這一點。

第五章 「因其事先預謀且有強烈殺人意圖……」

田中幸乃坐起身來，在棉被中靜靜地調勻氣息。

她全身虛脫、腦袋發燙，像是要融化一般地感受到整個房間都在搖晃，彷彿連窗簾都無法起身打開。

沒有得到任何祝福的二十四歲生日已經過了三天。

這段期間她一步也沒走出大門。

兩年前被男友井上敬介狠狠地甩掉之後，她又開始服用已經停了一段時間的鎮靜劑。

自從久違地去看了精神科，她就再也離不開藥物了。

她這幾週的情緒特別不穩定，經常分不清夢境與現實，做什麼事都覺得很倦怠。

三個月前她辭掉了工作，現在明明沒有任何非做不可的事，她卻很怕面對新的一天。

一想到早晨的陽光，她就覺得胸前像是壓著一塊大石。

昨晚裹起毛毯時，她又想起了和敬介在一起的那段時光，所以除了平時固定吃的依替唑侖（註8）錠以外，還加上自己從國外買來的選擇性血清素回收抑制劑（註9），或許就是因為這樣，腦袋感覺比平時沉重。

幸乃屈膝坐在床上，拿起遙控器，打開映像管電視機，把色彩鮮豔的民營電視臺新聞節目切換到國營的NHK頻道，發現這一臺也在播和民營電視臺相同的新聞。

看到那行加上引號的字幕，幸乃就愕然屏息。

『殺誰都無所謂，我只是想被判死刑。』

前幾天新宿發生了隨機砍人案。白天在歌舞伎町用柴刀殺死四個人的二十幾歲男性如此宣稱。他一直很想死。認為殺了很多人就會被判死刑。要殺誰都無所謂，他沒辦法選擇自殺。

幸乃努力運轉昏沉沉的大腦，硬是擠出一句「為什麼……？為什麼做出這麼自私的事？」，她若不說出這句話，好像就會贊同那種行為。

她以前看過很多次類似的案件，但這是她第一次有這種想法。那男人說的剝奪他人性命的蠻橫行為當然不可饒恕，但她確實被那句話觸動了。

「一直很想死」和「沒辦法選擇自殺」幾乎敲碎了她的心。

曾經在大雨中看到的景象，媽媽發生車禍的現場，至今仍深深地刻劃在她的腦

註8 Etizolam，用於神經症和抑鬱症的焦慮、緊張及身心疾病等。

註9 Selective Serotonin Reuptake Inhibitors,SSRI，用於治療憂鬱症、焦慮症、強迫症及神經性厭食症。

海。每次想到自己再過一年就到媽媽過世的年紀，她就感到一股溫暖，但那份類似希望的溫暖，卻輕易地被「就算這樣也不能自殺」的黑暗吞噬。

她小時候天真地說過「要活到一百歲」，但不知從何時開始，她已經不敢想像未來，如今就連迎接新的一天都會怕得發抖。

失去了母親，又聽到父親說「我需要的不是妳」之後，她原本以為安全的立足之地整個崩塌了。後來有個自稱外婆的女人出現在她面前，但美智子的身上從一開始就沒有幸福的味道。

幸乃也知道媽媽一直試圖阻止這女人接近她，但是美智子那句「我能依靠的只有妳了」如刀一般刺進幸乃的心。兩人單獨相處時，她又說了一次「我需要妳」，讓幸乃覺得終於有人接納了自己。

和美智子一起生活並不快樂，她沒男友的時候才會需要幸乃，但至少是會讓幸乃有被需要的感覺。

可是，一旦有了男人，情況就不一樣了。

最難熬的一點，就是美智子把幸乃視為和自己對等的女人，老是用冷冷的視線看著她。她不知道聽過美智子多少次跟韓國恩客低聲說她「真是個礙事的孩子」。

話雖如此，美智子見到幸乃被那男人凌辱時，卻總是假裝沒看見。當美智子露出看到髒東西一般的眼神，罵道「妳也跟光一樣」，然後把一盒保險套丟給她的時候，她真不知該做何感想。

即使如此，那時的幸乃還是有朋友。

她直到今天都不曾後悔為小曾根理子頂罪。理子有深愛著她的父母，有溫暖的生活，最重要的是她有燦爛的夢想。她擁有很多東西，而自己已經沒什麼好失去的了，因為這樣，她努力撐過了艱辛的調查過程。要說有什麼令她掛心的事，就是她擔心體貼的理子會感到內疚。她不希望理子因為她而受苦。

幸乃在兒童福利機構裡學會了保護自己的方法。

離開機構之後，她仍然深鎖著自己的心，而就在她開始自問，這樣到底為誰而活的時候，她和他相遇了。敬介強硬地打開了幸乃的心門，還對她展露自己的脆弱。

幸乃數次感到身心變得輕鬆。這真的是最後一次機會了。她懷著如此沉重的想法把心交給了敬介。

她一直很想死，卻又做不到。從小時候、國中的時候、長大成人以後，直到今天，每次她快要絕望的時候，眼前都會出現一個人要求她活下去。

「我絕對不會原諒自殺的人。」

用堅決的語氣對她說了這句話的是誰呢？這句話剝奪了她隨時都能自殺的寶貴選項，她還記得當時為此非常生氣。

如果有人能幫她結束生命，她一定會靜靜地接受。所以聽到那個凶惡罪犯說「想被判死刑」，她無法一笑置之。

好不容易停止無限循環的自問自答，時鐘指針正指向十二點。關閉的窗簾的縫隙間照進柔和的春天陽光。她住了將近八年的大田區蒲田小套房裡，幾乎沒有任何家具。

「這房間太誇張了，一點都不像有人住的樣子。為什麼妳的東西這麼少啊？」敬介第一次來她家玩的時候驚訝得睜大眼睛。

「是嗎？少了什麼東西嗎？」

「不是少了什麼，而是什麼都沒有吧，像是衣服或電腦啦，連床都沒有。對了，還有那個。微波爐。」

「微波爐？」

「嗯，妳的三餐要怎麼辦啊？沒有微波爐很不方便吧，這樣就不能加熱了。」敬介開玩笑似地說道。

後來他就很少來玩了，但幸乃沒過幾天就去買了微波爐。她為了讓敬介高興而買了不適用的高級家電，至今她仍搞不清楚大部分的功能，只是擺在冰箱上。

她在冷凍庫裡找到不記得何時做的馬鈴薯燉肉，放進容器。或許是服藥的緣故，最近她常常記憶模糊。肚子罕見地叫了起來，她猶豫了一下，還是先走向系統式衛浴洗臉。

洗臉臺上的大鏡子是敬介在交往一年半的期間唯一送過的禮物。那天不是她的生日或任何紀念日，他調侃似地笑說「多看看自己的臉吧，妳會發現自己長得還挺可愛的」。

看鏡子需要一點勇氣。

幸乃慢慢抬起視線，凝視著自己的臉，然後自然而然地發出失望的嘆息。三週前，她在橫濱的診所做完整形手術回來，看著這面鏡子流淚的事就像假的一樣。那看似開朗的表情變得死氣沉沉，連肌膚都變得黯淡無光。

「因為幸乃跟媽媽很像。」她想起了媽媽說出這句話時的悲傷表情。

她又開始討厭起自己的嘴巴、鼻子、輪廓，尤其是那雙空虛的眼睛。爸爸曾經對她怒吼「別用那種冰冷的眼神看著老子」，理子也曾經指出「要挑其他毛病的話，就是眼睛吧，妳的內雙眼皮很不明顯」。

然後她加上了一句，「反正長大以後一起去整形就好了。」

發生舊書店那件事以後，跟理子一起去整形的心願再也無法實現了，但是幸乃想做整形手術的念頭一直沒有消失。她決定不上高中，選擇快點開始工作存錢，也是為了這個理由。

她曾不小心對精神科醫生說出這件事，結果被診斷為「是一種醜陋恐懼症，妳只是陷入了認為自己很醜陋的妄想」，但她並不同意醫生的看法。

她堅信發生在自己周遭的不幸，全是因為和媽媽相似的這張臉。一想到有朝一日能做手術，她就覺得很安心，但這點微薄的希望總是會被絕望淹沒。

幸乃也很清楚死纏爛打是不正當的行為，她每天醒來都會對自己前一晚的愚蠢行為感到後悔，並發誓絕對不再犯，可是她只要一下班回到公寓，又會萌生出相同的衝動。

好想聽到他的聲音，好想再看他一眼。一旦浮現這些念頭，她就控制不了自己，又會再次拿起手機。

後來她收到敬介的信，戶頭每個月都會多出三萬圓，可她根本不在乎這些東西。每個月收到的微薄金額，反而像在否認她把生命交託給敬介的那段時光，讓她不知道哭了多少回。

她的心中一直襲捲著後悔、不安，以及些微的憤怒。某一天，敬介毫無預兆地消失，他換了電話號碼，連武藏小杉的公寓都搬空了。幸乃立刻明白他捨棄了一切，他為了跟她斷絕關係，甚至抹消了生活的痕跡。

敬介不會再回到她身邊了，一切都結束了。一想到這裡她就方寸大亂，鬱悶不已。

話雖如此，時間流逝和季節輪轉還是讓幸乃的心情漸漸平復了。那些縱橫交錯的情緒之中只有「憤怒」消失了，不知何時還多了一些「平靜」。

她被敬介徹底捨棄了，沒有任何好留戀的了。死心是最有效的鎮靜劑。很諷刺的是，敬介消失後，她用藥反而減少了，眼前的迷霧也消散了。沒有任何人需要她，接下來她只要找個不會打擾任何人的地方靜靜等死。

但是……

在四個月前，街上開始閃爍金黃色光輝的十一月中旬。自從戶頭每個月匯進三萬圓之後，幸乃無論再怎麼不舒服都會跑一趟銀行。先去刷存摺，然後去窗口查詢匯款來源，這些步驟都跟平時一樣。

但這次她接過單子一看，頓時全身冰涼，她很久沒有像這樣呼吸紊亂、額上冒出冷汗。

〈長陽銀行中山站前分店ATM　井上敬介〉

單子上寫的不是以往的網路銀行，而是這行字。那一刻的記憶已經模糊，但她至今依然清晰地記得那行字，包括字體在內。

她不記得自己是怎麼走進車站，搭了哪班車前往中山。就算去了也不見得能見到敬介，而且她也不知道自己是為何而去的，但幸乃還是躲起來偷偷監視敬介匯款的那間銀行。隔天也是，再隔天也是……

在收到匯款兩天後的星期日，幸乃看到了敬介。她全身汗毛豎起，差點立刻從停車場衝出去，但她拚命忍住了，因為敬介的身邊還有一個漂亮女人。她露出溫柔的笑容，還推著一臺雙胞胎用的嬰兒車。

幸乃目不轉睛地看著他們，那完全是一幅幸福家庭的光景。

心愛的人陪在身邊，可愛的雙胞胎女孩嘻嘻笑著。她們一定是同卵雙胞胎，眉眼相似的兩個孩子高興地打鬧，緊緊地握住小手。那是幸乃從小到大都很嚮往的幸福家庭，只有中間的那個女人和她的想像不一樣。

雖然心裡很想逃走，但她只能呆立原地。彷彿被什麼吸引似的，只有敬介一個人轉頭望來。在那一刻，幸乃第一次親眼見識到人可以在一瞬間變得面無血色。

幸乃勉強支撐的東西在那天完全崩毀了，她把蒲田的公寓搞得亂七八糟，而且完全控制不住藥量。她一鑽進被窩就淚流不止，漫漫長夜都睡不著，到了隔天，她又跑到敬介的公寓附近徘徊。

她覺得自己現在好像什麼都做得出來，心裡非常害怕。她甚至想著，如果能被逮捕就好了，如果警察來找她，她一定會高高興興地跟他們走。可是過一陣子，「井上美香」寄來了將近一百萬圓的現鈔，還有一封長信。

那封開頭寫著「致田中幸乃小姐」的信沒有帶給她任何感覺，她的心早就傷痕累累，沒有空間再增添新傷了。

之後她終於被中山站附近的警察局找去，收到了口頭「警告」，還被要求寫下「切結書」，但她昏沉沉的腦袋什麼都不記得了。她帶著「為什麼沒有被逮捕」的埋怨離開了警局，沒過幾天又去敬介的公寓附近徘徊。

在這個時候，只有一個人認真地對待幸乃，那就是敬介的房東，草部猛。

草部有好幾次想要找她攀談，但她每次都立刻跑走。在一月某個寒冷的夜晚，幸乃終於被他逮到了。草部按在她肩上的手格外溫暖，讓她捨不得甩開。

他好像在招待朋友一樣，輕鬆地邀請幸乃到他家。敬介就住在這棟公寓的二樓，一想到這點，她根本無心傾聽草部用溫柔語氣說的那些話。

我家老太婆很久以前就走了……

家裡就只剩我一個人……

最近這一帶不太平安……

前陣子我才剛教訓過附近的壞孩子……

竟然在半夜點鞭炮……

那位看起來很有正義感的老先生說個沒完沒了。幸乃漸漸覺得他沙啞的聲音聽起來很舒服。

後來草部說「對了，妳也住過橫濱是吧」。

那隨處可聞的煤油暖爐味道，日光燈的柔和光芒，讓她覺得彷彿回到了山手的家。接下來，幸乃在恍惚的狀態下開始向草部傾訴。她已經不記得自己說了什麼，只記得草部聽完以後就無力地聳肩，緩緩地垂下眼簾。

「既然妳那麼討厭自己的臉，那就去做整形手術吧。如果能因此改變人生，這種價格算是很便宜的。井上不是還妳錢了嗎？妳可以用那些錢去做手術啊。只要妳有心，隨時可以重新開始。不過在我看來妳已經很有魅力了。」

那布滿皺紋的笑臉，那些瑣碎的話語，慢慢地滲透到幸乃的心中。我想要重新開始，再一次重新開始……

她去了機構裡的朋友介紹的櫻木町診所，訂下手術日期。

當晚幸乃難得沒有服藥，在暖爐桌上打開筆記本。裡面寫著滿滿的「不能接受」、「無法原諒」之類的話語，但她完全不記得自己寫過的憎恨和嫉妒。

她很怕看了之後又會心碎，一邊慎重地調整呼吸，一邊拿筆寫字。再一次……最後再一次……她在心中默默想著，望向眼前的筆記。

『差不多該向自己道別了。今天也要跟這本筆記道別了。謝謝你喜歡像我這種毫無價值的女人。再見了，敬介。』

最近她的動作變得很慢，用微波爐加熱冷凍的白飯和馬鈴薯燉肉解決午餐後，已經接近下午三點了。

傍晚的談話性節目又在討論新宿發生的隨機砍人案，讓人一看就心情低落，已經關在家裡好幾天的幸乃決定出門走走。她把需要的食材抄在便條紙上，走出家門。

外面陽光普照，風卻冷得不像三月底。她無心地抬頭看看櫻花樹，意外地發現已經長出一些花苞。其實直到她去站前的超市購物為止，一切都很順利，但她真不該太過放鬆。她突然想到要買燈泡，走進附近的折扣商店。那刺眼的燈光和吵鬧的背景音樂還勉強承受得住，但她卻在玩具區看到了某樣東西。

那是印有卡通人物的玩具盒，令她想起敬介的雙胞胎女兒那天也穿了有相同圖案的衣服。幸乃呆呆地拿起盒子，走向櫃檯。

「這兩個是相同的商品，沒關係嗎？」聽到店員周到的詢問，幸乃頭都沒抬，默默地點頭，神情慌張地結了帳。

她覺得自己的大腦好像被誰操控著，呼吸漸漸變得粗重。她像是要逃離暖氣似地跑出店外，太陽已經西斜，商店亮起霓虹燈。

她抱著折扣商店的大袋子搭上京濱東北線，找了個位置坐下，為躲避旁人視線而閉上眼睛時，一陣猛烈的睏意朝她襲來。她一睡著就作了夢，她從來沒有作過這麼可怕的夢。

姊妹倆開心地笑著。

手上拿著剛收到的玩具。

明明是一樣的東西，兩人卻互相爭奪。

幸乃一邊準備晚餐，一邊用溫柔的語氣勸止兩人。

穿著西裝的敬介回來了。

「怎麼？媽媽又買玩具給妳們啦？」他一邊說一邊摸著女兒們的頭。

女兒們只顧著玩玩具，看都不看爸爸。

幸乃告訴大家晚餐煮好了。

三人爭先恐後地跑向餐桌。

老舊公寓二樓轉角的房間。

兩房一廳的小公寓。

擺滿圓桌的料理。

主角當然是大家最愛吃的馬鈴薯燉肉。

菜餚冒起香噴噴的熱氣。

大家都開心地笑著。

彷彿沒有人的心中懷有擔憂。

幸乃俯瞰著這幅景象。

但當她看著把小眼睛瞇得更細的自己時，突然發生了變異。自己的臉不知為何鼓起，如氣球一般漸漸變大，可是其他家人都沒發現這件事。膨脹到最後，她變得像怪物一樣醜陋，接著那張臉裂開，裡面竟然出現了美香的臉。

孩子們不覺有異地叫著美香「媽媽」，敬介也撒嬌著說「孩子的媽，妳千萬別拋棄我喔」。

美香尖聲大笑，她笑著笑著，突然抬頭望向天花板，視線朝向屏息注視著這一家人的幸乃。

美香依然笑著，嘴巴微微動起來。幸乃立刻意識到她說的是什麼。

致田中幸乃小姐……致田中幸乃小姐……致田中幸乃小姐……致……致……致……致……

幸乃帶著強烈的暈眩感從惡夢中醒來，她努力地觀望四周，看到「東神奈川」的告示牌。她下了電車，拖著無力的雙腳勉強爬上樓梯，換到橫濱線之後，她才輕輕吁了一口氣，而背後已經被汗水浸溼。

窗外是亮著燈的樓房，雖是司空見慣的景色，她卻覺得格外鮮明。

在中山站下車後，幸乃心無旁騖地走向敬介的公寓。她抱著折扣商店的袋子，辯解似地喃喃說著「我只是送東西去」，走了大概三十分鐘。

公寓的周遭靜悄悄的，連蟲鳴聲都聽不見，但她豎耳傾聽時卻聽到某處傳出嬰兒的哭聲。她繞到屋後的田地，仰望二樓，只有敬介的房間沒有拉上窗簾。裡面亮著燈光。哭聲比剛才更響亮，接著傳出美香的喊叫聲。

幸乃目不轉睛地看著那個房間。突然有個人站到窗邊，她好一陣子都沒發現那是美香。她彷彿藏在窗簾後，一臉憂鬱地仰望著星空。

她和夢中看到的模樣當然大不相同，跟幸乃最後一次看到她的時候也不太一樣。她不像從前那樣花枝招展，從遠處也能看出她皮膚蒼白，臉頰凹陷，但肚子卻有些隆起。

幸乃握緊拳頭，指甲深陷手心，她全身的細胞都在嘶吼，強烈的惡意在胸中肆虐。

「我非去不可。」幸乃喃喃說道，像是試圖說服自己。

美香彷彿聽見她的聲音，低頭望來，但幸乃沒有轉開目光，兩人的視線在冰冷清澈的空氣中交會。

先開始發抖的是美香。她彷彿回過神來，眨眨眼，往屋內望了一眼，又轉回來看著幸乃，然後輕輕點頭，像是在對幸乃表示同情，又像是在表示她能體會幸乃的痛苦。

緊接著，更響亮的哭聲傳來。美香再次向幸乃鞠躬，遮掩似地拉上窗簾。幸乃感覺乾裂的嘴唇好像流血了，口內有一股鐵鏽的味道。她覺得很寂寞，如同被獨自拋下。送不出去的禮物格外沉重。她不禁懷疑，自己為什麼要拿這東西來。

彷彿從夢中醒來，周遭景色恢復了色彩，這時一條熟悉的人影出現在她面前。

「喂，田中小姐。」溫柔的特殊沙啞嗓音鑽進她的耳朵。草部用穩健得不像老人的步伐走過來。

幸乃沒臉見他，她也不想再向任何人訴苦，因為她沒有這種價值。她朝草部深深一鞠躬，立刻逃走了。幸乃跑出住宅區，手上拿的袋子發出煽動的聲響。

她快跑不動了，正想停下來時，正好看到附近的兒童公園。比馬路更黑暗的公園裡沒有半個人。她放心地在公園門邊的長椅坐下，從包包裡拿出藥，不配開水直接吞下。

好想死，好想死，好想死，好想死，好想死……和平時相同的念頭掠過心中。為什麼不讓我死呢？幸乃的腦海浮現這個遷怒似的疑問，此時她突然想起那聲音的來源。

「我絕不原諒自殺的人。」那個生硬的聲音如此說過。

幸乃不記得他有沒有說過理由，於是從外套口袋裡拿出手機，找出「八田聰」的號碼，她懷著尋求救贖的期待，毫不遲疑地按下撥號鍵，但聰沒有接聽。

她持續聽著鈴聲，過了一會兒，突然感到一股在晒太陽時會有的睏意。

以藥效迅速為宣傳的藥物很快就發揮了作用，幸乃心情舒適得彷彿隨時會睡著，她抬起頭，看到桃紅色的花朵。大樹上只開了一朵櫻花。

她一開始還以為那是自己的幻想，雖然她懷疑自己在作夢，但那凜然的模樣不像是假的。從某處照過來的燈光正好打在花上，這朵比所有花苞搶先綻放的櫻花自豪地在夜風中搖曳。

啊，對耶，我不需要繼續活下去。幸乃恍惚地這麼想著。

今天她失去了一切，今天她終於意識到自己從很久以前就失去了一切。

活著只會給別人添麻煩，已經沒有人需要我了。

現在時間是晚上九點。幸乃把手機關機，然後一步一步穩穩地走向車站。她把折扣商店的袋子丟進附近的河裡，從橫濱線轉搭京濱東北線，在蒲田站下車再走將近二十分鐘回到家。

一打開門，她強忍的淚水才潸然落下。

她沒有壓抑上湧的哽咽，而是把手伸進櫥櫃，拿出一個盒子，從裡面抓起一把依替唑侖錠和選擇性血清素回收抑制劑丟進嘴裡咬碎。

才一眨眼的時間，她就有一種墜落的感覺，腦海裡浮現出桃紅色的景象。這天她作了第二個夢。那是她人生中最燦爛的時光。眼中所見一切都很美麗的幸福日子。

那是和敬介在一起的時候嗎？不，不對。還要更早。

那是活著沒有任何痛苦的世界。遠方看得見大摩天輪，右邊是波浪起伏的港口。地標大廈和帆船造型的飯店都被海上照射來的陽光染成金黃色。

櫻花花瓣如雪片般飛舞的山丘上站著一位少年。

幸乃按捺著急迫的心情問道：「你是誰？」

她的聲音比平時高亢，戴眼鏡的瘦弱少年轉過頭來。

「妳問我？嗯，我是……」

那個名字令她整顆心都揪了起來，淚水毫無預兆地湧出。

「咦？」她發出驚呼，想要忍住淚水，但始終沒有成功。

少年跪在蹲著的幸乃面前，兩手繞到她的背後，用力地抱緊她，「沒事的，拜託妳別哭了。我會保護妳的。」

她用盡全力推開了輕聲細語的他，「不要碰我！」

大喊出聲的瞬間，幸乃彷彿被拉回來，睜開眼睛。房間裡籠罩著黑暗，如真空一般冷清。沒有人的世界。和平常一樣空蕩蕩的時間。

她望向枕邊的鬧鐘，意識又逐漸變得模糊。遠方朦朧傳來警笛聲。

三月三十日，凌晨一點十八分。

田中幸乃二十四年的人生正準備靜靜地拉上終幕。

第二部　宣判以後

第六章　「毫無悔意……」

在網路新聞看到「被告田中放棄上訴」這行標題時，丹下翔還以為自己看錯了。

夜幕圍繞著印度瓦拉那西的街道，一間間便宜旅社的陽臺上掛的電燈泡搖搖晃晃。不知從哪裡傳來了西塔琴的聲音，彷彿要蓋過這聲音似的，翔所在的網咖裡充滿外國人的嘈雜喧譁。

春初發生的案件還留在他的記憶裡。因為憎恨前男友甩了自己而燒死了對方三個家人，坦白說，他覺得這案件很普通，沒有特別的感觸。得知嫌犯作案前曾經整形，作案後還試圖自殺，他也不覺得有什麼特別的。

但此時翔的視線緊盯著新聞標題。他很少聽說有人被判了死刑卻不上訴，本想看看辯護律師是怎麼說的，但是在網路上怎麼找都找不到。

他不知道在網站裡找了多久，背後有人叫著「翔？」，他好一陣子都沒聽見。

「喔，是整形灰姑娘啊？」

他終於轉頭，發現和自己住在同一間旅社的大學生富田正望著螢幕。

「灰姑娘？」翔問道，富田戲謔地歪起脖子。

「大家都是這麼叫她的。那個為了隱藏身分而在作案前整形的惡毒女人。我讀的大學就在橫濱，所以我看了不少關於這件案子的報導。不愧是從寶町出來的。」

「喔？這個人是從寶町來的？」

「啊，你也知道嗎？那地方很糟糕耶，我跟大學的朋友去過那裡試膽，因為聽說那地方現在還有人在製造假車禍，而且路邊都能看到屍體。不過我去看，其實只不過是破舊的市鎮。」

翔不怪罪富田對寶町的輕蔑，他自己小時候也經常被告誡不能接近那個地方。

被告和自己年齡相仿這點也讓翔很在意，他繼續盯著螢幕，凝視著解析度很低的照片。膽怯不安的眼神，清秀的臉龐。跟他年齡相仿、住在鄰鎮的女人。

這怪物在整形之前長什麼樣子呢？翔抱著看熱鬧的心情在搜尋欄裡打上「田中幸乃」和「整形前」，找到一個整理此案相關資料的網站，照著新舊順序貼出了被告的照片。看著越來越古老的被告照片，翔的心情也越來越激動。

裡面有一張群馬小學畢業手冊的照片。看到童年時期的被告，翔突然覺得很懷念。那細長的眼睛看起來很熟悉。他的腦海裡閃過一幅璀璨星空的畫面。不是在旅途中看到的夜空，而是點綴著在風中搖曳的櫻花、更加耀眼的星空。

翔聽見了血液在體內流動的聲音。

他眼睛眨也不眨地看著照片上不安微笑的少女，接著脫口說出，「抱歉，富田，我要走了。」

富田不感興趣地點點頭，「這樣啊。路上小心。」

「你可別以為你已經是旅遊老手唷，得意忘形是不會有好結果的。盡情享受你的旅程吧。」

聽到這番話，富田才發現翔不太對勁。

「什麼意思啊？你說要走，是要離開瓦拉那西的意思嗎？」

「是啊，回旅館之後就立刻出發。」

「真的嗎？你接下來要去哪裡？」

翔停頓了一下，像是在說給自己聽似的，喃喃回答：「日本。」

富田愕然地張著嘴。

「為什麼？」

「我想去冒險看看。」

「啊？在日本？」

「有緣就會再見的。希望我們都有一趟美好的旅程。」

翔微微一笑。

看不到目的地的大冒險……那一定是在日本。翔的心中充滿了昂揚的鬥志。

翔已經離開日本一年半了。他在櫻木町的小旅行社買了到香港的機票，盡可能地選擇陸路，在半年前到達了加爾各答。他很喜歡印度如傳聞所說的複雜情調，期間去了尼泊爾一趟，重新辦理簽證，然後再回到印度。來到有恆河經過的聖地瓦拉那西是在一個月前。

他從小就夢想著環遊世界，這跟他學生時代讀過的遊記也有關，但最重要的還是在日出町經營婦產科診所的爺爺說的那番話：

「爺爺希望你能出去看看廣大的世界，因為爺爺自己一直住在這個小鎮。等你回來之後，再把看到的事物告訴爺爺吧。」

他聽說翔這個名字寄託了爺爺的心願，代表著「翱翔於世界」，所以這個名字一定帶給他的人生不小的影響。

爺爺工作時的模樣令翔非常嚮往。他每次去到診所，爺爺都會笑容滿面地教導他很多事，令他印象最深的則是這句話：

「無論你將來做什麼工作，有一件事你絕對不能忘記。你必須認真地想像對方有什麼期望。」

「為什麼要用想像的？直接問不就行了嗎？」

那時的翔只是個小學生，想到什麼就直接說出口。

爺爺注視著他，輕輕搖著他小小的肩膀說：「人類是非常複雜的生物，心裡想的事情不一定會說出來。不過，有一天你重視的人會期待你說一些話，卻沒辦法清楚地告訴你，或是反而說出違心之論，所以你必須認真地面對那個人，認真地想像對方想要什麼。」

爺爺想到的事情不言而喻，而翔自己也很有感觸。

他有一個青梅竹馬的朋友，當時那女孩才剛從他的面前消失。爺爺這番話彷彿在問他「你能認真想像她的心情嗎？」，令他深有所感。

爺爺工作時的模樣在翔的眼中非常吸引人，相較之下，他卻完全不了解爸爸的工作。爸爸本來在一間很大的法律事務所工作，在他升上小六的時候獨立開業，在橫濱站附近打造了自己的據點。

翔本來期待爸爸今後能有更多假期，也能全家人一起吃晚餐，結果爸爸在獨立開業之後卻變得更忙碌，有時早上起床就看不到爸爸的身影，他連假日也經常在工作。媽媽說「就是這樣你才能過上富足的生活」，他雖然明白這個道理，但他並不會因此更崇拜爸爸。

翔跟任何人都聊得來，唯獨不知該怎麼和爸爸相處。他考上神奈川縣最優秀的國高中直升私立名校，開始投入於足球社的活動之後，跟爸爸的關係就更疏遠了。

升上高中以後，他仍維持著良好成績，並且更積極地參與社團活動。高一冬天拿到升學就業調查時，他毫不猶豫地選了「國立大學理科」，這當然是因為他想當醫生繼承爺爺的診所。

他沒有跟任何人商量，也不打算告知家長。過年期間，媽媽和學生時代的朋友一起去京都旅行，那一晚足球社也不用練習，他一個人在家裡吃著外賣的豬排飯時，電話響起，是爸爸打回來的。爸爸很抱歉地說今晚不能回家，要他幫忙送換洗衣物過去。

翔覺得很麻煩，但還是把襯衫和手帕裝進包包，騎著腳踏車出發。從山手到橫濱站大概要騎三十分鐘。在山坡上可以看到下方閃亮的霓虹燈，他小時候很喜歡和朋友一起欣賞這片景色，但長大之後就沒什麼感覺了。

他忍受著刺骨寒風，在晚上八點到達橫濱站。爸爸的事務所位於Hamabowl保齡球館後方的住商混合大樓，那棟建築物就算客套也不能說是豪華，擋不住寒冷，日光燈不斷閃爍，和他心中想像的「律師事務所」相差甚遠。

事務所裡好像有客人，他看到隔間後面搖晃的人影，聽到靜靜的低語聲，本想放下東西就離開，但爸爸從隔間探出頭來，說道「你先等一下」，所以他還是乖乖留下來了。

大概等了三十分鐘，一個年輕女人走出來，她的眼睛發紅而溼潤，卻愉快地露出笑容，還對翔鞠躬行禮。

她的模樣讓翔覺得很熟悉，他小時候在爺爺的診所裡也看過很多女人的臉上出現這種表情。

「抱歉。要去吃飯嗎？」爸爸看著那女人離開後，淡淡地說道。

雖然他表面上裝得很平靜，但一眼就能看出是在遮掩害羞。

「不用，我吃過了。」翔的臉頰也有些抽搐。

「沒關係，就當作是陪爸爸吧。烤肉可以嗎？」

「真的不用了。對了，剛才那女人是怎麼了？她好像剛哭過耶。」

爸爸愣了一下，沒有回答，翔正在後悔自己不該問這個問題，爸爸卻毫不介意地露出笑容。

「翔，你知道保密義務嗎？」

「啊？」

「無可奉告。關於客戶的任何一點小資訊都不能告訴別人，就算是深愛的家人也一樣。」

爸爸似乎心情很好，變得很多話。翔錯失了離開的機會，爸爸對他露出微笑，換了個話題。

「最近怎麼樣啊？在學校開心嗎？」

「普普通通。差不多要決定升學路線了。」

「升學路線？」

「像是文科或理科，國立或私立。反正我早就想好了。」

「這樣啊，才十六歲就要做這麼重要的決定了。當學生也不容易呢。」

爸爸浮誇地說著，卻沒有問他選擇什麼路線。仔細想想，爸爸從來不會插手他決定的事，他當初要考私立中學也只有找媽媽商量，就連上補習班都是事後才說的。

「那你的工作呢？開心嗎？」

翔隨口問道，爸爸的臉上浮現了難得一見的表情，「你說律師嗎？很開心啊，爸爸每天都過得很愉快。」

「你沒有後悔過嗎？」

「後悔？完全沒有。為什麼這樣問？」

爸爸說完之後，像是領悟什麼似地點點頭。

「喔喔，對了，你是說爺爺吧。那可能是唯一讓我猶豫的理由。以前我連考慮都不考慮，但最近有時會想，我不繼承爺爺的診所真的可以嗎？雖然我也沒有那種意願。」

後來父子倆毫無隔閡地繼續閒聊，大概過了十分鐘，翔揮手說道「我差不多該回去了」，爸爸卻疑惑地盯著他。

「你一個人沒問題嗎？要我送你回去嗎？」

「啊？什麼嘛，當然沒問題啊。」

「何必拒絕得這麼乾脆？你該不會帶女生回家了吧？你可別做出讓媽媽傷心的事喔……」

「爸爸。」翔不耐地嘆了口氣，打斷爸爸的話。

「無可奉告。這是保密義務。」

高二選課時，翔依照計畫選擇「國立大學理科」的路線，並且用功讀書準備考醫學系。

到了高三的秋天，他卻放棄理科路線，轉到文科。他不認為爸爸期望他這麼做，他也不確定自己是不是真的想當律師，但他沒來由地確信自己將來不會後悔做出這個選擇。
他拚命用功，最後應屆考上東大文科一類。這令他得到前所未有的成就感，為此安心地鬆了口氣。一直不知道他轉到文科的爺爺聽到他考上的消息時開心到拍手，爸爸用輕鬆的語氣說「喔？你考了文科啊？」，但還是隱藏不住欣喜。
大學生活非常無趣，但他並不怎麼在意，讀書衝勁倒是很離奇地一直沒有消失，所以他入學之後還去了專攻法律考試的補習班，並且在大三就通過司法考試。這次他感受到了考上私立中學和東大時都不曾有過的充實感。
「什麼啊，難道你是天才嗎？」爸爸明明也是在大學時代就通過司法考試，卻驚訝得睜大眼睛。
爺爺也笑得合不攏嘴，偷偷匯了一百萬圓的零用錢到他的戶頭。
大學一畢業，他就立刻開始司法研修。一年四個月的課程即將結束時，丹下家的氣氛非常緊張，他差不多該決定以後要在哪裡工作了。
某天一家人安靜地吃晚餐時，爸爸一臉擔憂地開口問道：「你對工作有什麼打算？」
這是他們父子避談許久的話題。翔稍微挺直腰桿，像是要隱藏心情似地搔頭。
「可以的話，我想去『丹下法律事務所』工作。可是……」
「我得先把話說清楚，我可不打算讓你馬上跟我一起工作，就算你想來我這裡，也要先在外面實習幾年。」

「實習？」

「和我一起讀法律研修的同學在麴町有一間事務所，你去他那邊實習吧。」

「喔喔，是這個意思啊。」

「你先跟他見面談談吧，他會是個好老師的。」

爸爸不知道從什麼時候開始不再自稱為「爸爸」，而是改成了「我」，大概和翔不再稱呼他「爸爸」而是「老爸」的時期差不多吧。

翔猶豫片刻，然後盯著爸爸的眼睛說：「嘿，老爸，這實習的時間可以交給我運用嗎？」

爸爸訝異地歪著腦袋，翔點點頭，一鼓作氣地說道：「我一直很想去環遊世界，想用自己的眼睛去看看寬廣的世界。我知道這個想法很天真，但是既然要實習，我想要靠自己來鍛鍊自己。我還有爺爺給的錢可以用。」

爸爸的臉頰稍微變紅。

「太天真了，翔，你實在是太天真了。」

「我知道。」

「你也知道現在的世道吧，在這個年頭就算考上律師執照也不一定能填飽肚子喔。」

「我都說知道了嘛。」

「你根本不知道。大家都是拚死拚活地在工作喔。」

爸爸說的話很有道理，翔沒辦法反駁，但他並不打算改變心意，如果爸爸不同意，他可以回國後再去找其他事務所。

先前一直保持沉默的媽媽幫腔說：「不過，出去看看也不錯啊。」

爸爸一聽就皺起眉頭，媽媽卻眼睛發亮地說：「不是很棒嗎？這就是新一代啊。你自己也說過今後律師應該把眼光放到國外嘛。」

「那是另一回事吧。」

「我覺得這樣挺好的。我們根本沒時間做這種事，但翔很幸運地有這些時間。你就當作他是把時間花在重考，讓他照著自己的心意去做吧。」

媽媽顯然是指很早就懷了翔的那件事，爸爸抿緊嘴巴，用銳利的眼神盯著半空。在短暫的寂靜後，爸爸終於開口了。他的語氣顯然變得不一樣。

「你真的明白自己的想法很天真吧？」

「嗯，沒錯。」

「等你回來以後，說不定會找不到工作喔。」

「那我就自己從頭慢慢找起。」

爸爸看著翔的眼睛，然後放棄地嘆著氣。

「一位我很尊敬的人說過，一生之中值得賭上一切的工作頂多只有一件，人生中的一切遭遇都是為了這件事所做的磨練。你就出去好好地磨練吧，在不會讓媽媽傷心的範圍之內盡量地學習吧。」

爸爸一口氣說完，露出自豪的笑容。

最後爸爸媽媽笑容滿面地送翔離開了。

翔在旅途中幾乎沒有跟他們聯絡過，要回國時也沒先打電話，所以爸爸看到他回家時一臉驚訝，媽媽則是歡天喜地。

翔簡單寒暄之後就立刻提起幸乃的事，爸爸媽媽都看過新聞報導，知道那個案子和被告田中幸乃的事，但完全沒發現她就是以前住在附近的小女孩「野田幸乃」。

「老爸，可以讓我去你的事務所嗎？雖然我成長得不夠多，但我還是希望可以和你一起工作。」

翔緊張地這樣拜託爸爸的當晚，兩人一起去了伊勢佐木町的烤肉店。除了談事務所的事和慶祝翔回家之外，話題主要還是集中在幸乃身上。爸爸已經從法院的網站下載了案件的判決書。

「你已經有什麼計畫了嗎？」

爸爸喝著啤酒一邊問道。

「還沒有，總之我打算先去見她，直接跟她談一談。」

「你的目標是什麼？重審嗎？」

「我都說了還不知道嘛。我想先問她為什麼放棄上訴。」

「你覺得判決有什麼不對勁的地方嗎？」

「幹麼一直問個不停？我已經說了，現在什麼都還不知道。我只是想到，報導說過她在作案前服用過鎮靜劑，但律師卻沒有用心神喪失和責任能力的理由來辯護。這點讓我有些不滿。」

翔說的不是「不合理」而是「不滿」，這令他自己都有些驚訝。爸爸一臉凝重地說：「如果你想去問辯護律師理由，多半是行不通的。」

「為什麼？因為保密義務嗎？」

「是啊，你恐怕連審判紀錄都看不到。別的律師跑來插手自己的案件，沒人會開心的。」

「我想也是。不過我還是要試試看，總比什麼都不做來得好。」

「我可要先說清楚，有很多日常業務需要你幫忙處理。最近不知道是怎麼回事，事務所變得越來越忙了。工作好像都集中在經濟不景氣而降價的時候，簡直跟爺爺的診所一樣嘛。」

爸爸的抱怨讓翔忍不住發笑，對話到此暫時中斷，烤肉的聲音頓時傳來。他在旅行中一直很想念日本的食物，現在卻覺得食之無味。

爸爸看著烤焦的肉，接著說道：

「你真的打算插手這件案子嗎？只因被告是你小時候的朋友嗎？」

或許這才是爸爸真正想談的事。

在瓦拉那西看到案件的後續報導之後，翔一直在思考自己為什麼會那麼震驚，他不斷挖掘小時候的記憶，終於想到了一件事。他曾經對當時的朋友們、對包括幸乃在內的「山丘探險隊」的成員們說過這句話：

「如果有誰覺得難過，大家都要去幫助他。這是山丘探險隊的約定。」

那一夜的畫面本來已經掩埋在記憶深處，如今卻又甦醒過來，而且變得更加鮮明，但翔不打算告訴爸爸這件事。

「因為這可能是我律師生涯中最重要的一件案子，只不過是來得比較早。我想要用這種心態去挑戰看看。」

爸爸驚訝地張著嘴，然後不好意思地抓抓眉頭，喃喃說了一句，「別做出讓媽媽傷心的事就好了。」

翔在網路上蒐集了所有找得到的資料，隔天早上就立刻前往小菅的東京拘留所。他上次來這裡還是在司法研修時，這棟建築物有一種他從前沒有感受過的、生人勿近的壓迫感，讓他有些膽怯。

翔比自己想像得更緊張。現在的氣候和兩天前在印度時截然不同，強烈的北風讓人冷到骨子裡，但他的手心卻在冒汗。

他覺得，如果能見到幸乃，今天就是最好的機會，如果今天見不到她，或許以後都沒辦法再見面了。因為來訪的次數越多，見面的理由就越少。

從幸乃住處扣押的日記裡也寫到了童年時期的事，在那本充滿消極想法的筆記之中，只有山手那段時期的回憶比較光明。她一直渴望被別人需要，多半是來自跟他們那群童年夥伴相處時的體驗。

跟他預料的不同，拘留所到了下午反而擠滿了申請會面的人。翔照著程序提出申請，不是以律師的身分，而是以朋友的身分，不是接見，而是會面。這是第一個關卡，申請和未決犯見面比較簡單，但死刑犯只有「家屬」和「具有重大利害關係者」可以申請會面。

話雖如此，沒有任何人能判斷他算不算「具有重大利害關係者」。不同時期會有不同的判斷標準，說穿了，一切還是得看拘留所如何斟酌。

等了十分鐘左右，翔被叫過去。他感到手心又開始冒汗，慌張地走到窗口，承辦員冷冷地說道：「受刑人本人拒絕會面。」

翔非常意外，不是因為對方的冷淡，而是因為凡事講求保密的拘留所竟然會告訴他理由。

「呃，那個……不好意思，你們有把我的名字告訴她嗎？她是聽到我的名字才拒絕的嗎？」

「這個我就不知道了。」

「這樣啊。好吧，沒關係，謝謝你。」翔低頭行禮。

他覺得幸乃一定聽到了「丹下翔」這個名字，卻還是拒絕會面，他不禁大失所望，但他立刻轉換了心情。

離開令人氣悶的拘留所時，他回頭看了一眼，幸乃就在這棟如要塞般的巨大建築物裡，光是想到這點，他就覺得緊張不已。

總之已經走出第一步了。他已經對不動如山的對象射出了第一支箭，他在心中念著「這是第二支箭」，把昨晚寫的信丟進拘留所附近的郵筒。他早就打算好，如果無法會面就要寄出這封信。

『如果妳對我的名字還有一些感情，我會很開心的。我想再跟妳聊聊「山丘探險隊」的事，那段時光真的很愉快。』

在寫信的時候，冰封的記憶逐漸甦醒。不知不覺間，他想和幸乃會面的理由不再是為了鼓勵她，而是真的想和她聊聊往事。

他覺得再寫下去會沒完沒了，就用這句話來收尾：

『我每週五的下午都會去見妳，希望妳能答應和我會面。我們好好聊一聊以前的事吧。翔』

他靜靜地放下筆。

和信上寫的一樣，翔真的每週都跑去東京拘留所，無論日常業務再怎麼忙碌，無論健康狀況多差，他都會把週五下午的時間留給她。

幸乃一次都沒有接受會面。翔的緊張逐漸減少，也逐漸習慣被她拒絕，但他每次踏進拘留所還是會鼓舞著自己說「今天就能見面了」。

他也去見了幸乃的辯護律師。接受公設辯護人職務的上野律師是個六十幾歲的男人，和爸爸說的一樣，他沒有給翔好臉色看，但也沒有表現出排斥的態度，無論翔去了多少次，上野還是願意見他。

不過，上野果然用「保密義務」做為擋箭牌，不肯提供任何資料給翔。翔特地準備了戶口名簿來證明自己和幸乃的關係，請他幫忙送信給幸乃，也不確定他到底是不是真的送去了。翔總覺得自己可能被敷衍了，心裡越來越不耐煩。

和上野溝通了四個月左右，有一天翔決定要不厭其煩地問出警方問案的內容，面對比以往更堅決的翔，上野不加思索地脫口說出：「喔，那是高城律師負責的。」

氣氛突然變得緊張。

「高城律師？」

「呃，沒有啦，我對那個部分參與得不多，但我聽說沒有什麼特別的問題。」

翔對高城這名字有印象，他在神奈川縣本地的報紙上看過。報導提到的不多，因為他只是輔助上野的律師，不是很受關注，但應該值得挖掘看看。

高城律師隸屬於四谷的大型法律事務所，他和頭髮花白的上野不同，才四十歲出頭，臉上寫滿了精明。

令人意外地，高城對翔表現出歡迎的態度，還在百忙之中帶他去附近的義大利菜餐廳，燦爛地笑著說「我對那件案子參與得不多，但我一定知無不言」。

翔想問他的事只有一件，那就是警方的問案內容。

「唔，這個嘛……」高城的表情立刻蒙上陰影。

「我懷疑過是不是強行逼供，但看起來又不像。被告承認了一切罪行，警方的判斷也沒有不合理的地方，調查過程簡單到不可思議，被告也很乾脆地在筆錄上簽了名。」

「幸乃有說出任何祕密嗎？」

「當然有，就是丟棄煤油罐子的地方。在恩田川。」

「沒有考慮過用心神喪失缺乏責任能力的理由辯護嗎？」

「你是說被告服用鎮靜劑的事嗎？起訴之前當然做過鑑定，但精神科醫生認為服用量和其他方面都沒有異狀。就算是這樣，上野律師還是打算申請正式鑑定，但被告自己拒絕了。」

「幸乃拒絕了？為什麼？」

「不知道，她只是一直說她想要贖罪。不過，關於這一點嘛……」

原本說話流暢的高城突然停頓了一下。

「不是什麼大不了的事啦，負責調查的警察說她很奇怪，不管問她什麼，她都很配合地回答，但她沒有提到任何反省的話語，就算警察想引導她說出來，她也只是輕輕搖頭。」

「可以告訴我那位警察的名字嗎？」

「好啊，我應該有他的名片。他是個很優秀的警察。」

高城拿出了鼓鼓的名片夾，把那位警察的名字和電話抄在便條紙上。

翔呆呆地看著接過來的那張紙，說出了心底的想法。

「為什麼你要這麼熱心地幫我呢？我本來還以為你會很排斥。」

「像上野律師那樣？」
「唔……應該吧。」
「在回答你的問題之前，我可以先問你一個問題嗎？」高城臉上掛著柔和的笑容，語氣卻帶有一絲尖銳。
「你為什麼如此賣力地調查這個案子？我知道你和被告是青梅竹馬，只是因為這樣嗎？」
爸爸也問過他一樣的問題。他現在還是沒有明確的答案，但他有一件事可以確定。
「因為我覺得她沒有其他親近的人了。她一直想要的東西，或許只有我能給。」翔坦率地說道。
高城仍用打量的眼神盯著翔，片刻之後才戲謔地縮了一下脖子。
「那我也回答你的問題。第一是這件事沒有違反我對正義的認知，為法律服務的人當然不能違反法律。但你可別誤會了，上野律師的態度並沒有錯。」
高城一口掃光剩下的義大利麵，然後露出惡作劇般的微笑，「第二是因為我覺得你和我很像。你從開始到現在都面帶笑容呢，有人說過你八面玲瓏嗎？」
「喔，或許有吧。」
「你一定以為這是自己的優勢吧？」
翔不知道該怎麼回答，高城揮了揮手，笑著說：「我不是在批評你，我以前也是這樣想的，但我很快就發現事實並非如此。我大概是希望你也早點體會到這件事，才以過來人的立場說兩句吧。」

翔覺得自己好像被對方牽著鼻子走。一樣是小律師，翔被對方這樣說當然很不甘心，但他更渴望說出心底的想法。

「我會一直面帶笑容，或許和幸乃有關。」

「喔？是這樣嗎？」

「她媽媽死於車禍，之後又傳出她受到爸爸家暴的傳聞，那段時間我總是板著臉。我覺得日子過得很無聊，希望事情早點落幕，大家就可以繼續在一起玩了，可是情況卻越變越糟，讓我更不爽快。」

「可以想像。那不是孩子可以處理的情況。」

「我當時也是這樣想的，但我現在覺得自己應該要陪著她一起想辦法，至少也該對她露出笑容，但我卻沒有這樣做，只是自顧自地生氣，而結果就是最糟糕的分離。這件事讓我學到生氣是沒有任何好處的，所以我從那時就決定要一直面帶笑容。」

高城像是認同地點點頭，翔看著他的反應，又補上一句，「她們是我最早認識的朋友，或許我也是需要幸乃的。」

高城沒有回應翔的話，而是按著他的肩膀。

「你天真的正義感也跟我很像。你大可抬頭挺胸地堅持自己的正義，當然，你也得自己負起責任。絕對不要把責任推給別人，這世上已經有太多那種人了。」

隔天翔就去拜訪神奈川縣的那位警察，他跟高城說的一樣，是個明白事理的中年男性，看到翔突然找上門，他的態度還是十分誠懇。
但翔並沒有問出有用的資訊，只有一句話引起了他的興趣。
警察看著翔遞出的名片，感慨地說道：「那女孩一直說要用死來贖罪。在新聞裡看到她放棄上訴時，我一點都不意外，我早就猜到她會這樣做了。」

忙碌之中，季節遞嬗。
死刑犯的平均拘留期間是五至七年，這顯然比刑事訴訟法規定的「宣布判決後六個月以內」長了許多，也難怪民眾會抱怨這是在浪費稅金，但終究還是有個期限。總之，何時執行死刑都不奇怪。
但是翔能做的事不多，而且還越來越少。他拜訪了幸乃國中時代的朋友和福利機構裡的夥伴，都沒有得到有用的資訊，而且那些人早就受盡媒體的糾纏，所以對翔很排斥，也有不少人直接躲掉。
受害者家屬的反應當然更不客氣，就連在電視上大談目擊證詞的中山地區老奶奶也生氣地在門口灑鹽驅邪。
唯一願意和他談的人就是公寓被燒掉大半的房東草部猛。
草部並不恨幸乃，反而用充滿感情的語氣述說了關於她的回憶，但他說的都是已經對媒體說過的事，反而令翔很沮喪。
翔打算找她以前的朋友打探，但他國中讀的是私立學校，不知道該怎麼找出那些人，幸乃的姊姊野田陽子也在國二的春天從橫濱搬到東京，後來就沒有消息了。

還有一個叫做「阿慎」的人，或許是因為他比翔小一屆，翔記不得他的全名了。他以前住的地方已經換了住戶，翔去找讀公立國中的朋友打聽也問不出個所以然，想要上網搜尋也不知道要用什麼關鍵字。

從印度回來已經過了兩年，翔的心中焦急不已。

不，其實是因為他若不利用焦急來鞭策自己，或許就會安於這種毫無進展的狀況了。就在這個時候，十二月十四日星期五，前晚的天氣預報提到會下第一場雪，冷到不想起床的翔一邊喝著媽媽泡的熱咖啡，一邊百無聊賴地看著電視。

反核團體的抗議遊行，名古屋飯店食物中毒，藝人的拍賣詐欺，昨晚的雙子座流星雨，敘利亞內戰越發激烈……看著和平時一樣雜亂的新聞時，他似乎受到了觸動。

「翔，你在發什麼呆啊？」

媽媽剛開口就被他「噓」了一聲，不會看氣氛的爸爸說「喂，翔，我昨天找到有趣的東西」，他加重語氣說：「抱歉，先安靜一下。」

翔不停換頻道，每一臺播的新聞都差不多。一些遺忘的記憶隨之甦醒。

「抱歉，老爸，我要先出門。」

翔簡單吃過早餐之後就走出家門。到了冷颼颼的事務所，他先把昨晚寫的信丟進碎紙機，然後把全白的信紙放在桌上。

翔的心中許久沒有湧出這麼多話語，他有預感這或許會是一個突破口。他壓抑不住情感，滔滔不絕地寫出童年的回憶。

『昨晚橫濱有雙子座流星雨，讓我想起了以前的種種回憶。幸乃，妳那邊也看得到星星嗎？』

這一天翔完全沒碰工作，只是把堆積如山的雜務隨便處理完，中午過後，他比平時更早離開事務所。

臨走之前，爸爸慌張地喊住了他，「啊啊，抱歉，翔，你可以看看這個嗎？」爸爸的視線立刻移到筆記型電腦上，表情有些凝重。「幹麼，我趕時間啦」，翔嘴上抱怨，但還是依言望向電腦。那是一個大型入口網站的部落格，風格是常見的明亮色系模板，標題卻令人怵目驚心。

「這是什麼啊？」

翔忍不住說道，眼睛直盯著那行標題——「我和死刑犯的往事」。

「我也是偶然看到的。裡面沒有直接寫出名字，我也不確定這個死刑犯是不是田中小姐，不過女的死刑犯應該不多吧？」

「這是誰寫的？」

「我也不知道，但看得出來是個男人。」

「我知道了，我會調查看看。總之我現在得出去了。謝啦。」

翔打算把網路上的資訊徹頭徹尾地調查過，是說他現在能做的也只有這件事，所以幾乎所有相關網站都看過了。

在橫濱站搭上電車後，翔立刻用智慧手機找到網頁，前往東武伊勢崎線小菅站的一小時車程中，他幾乎都沒抬過頭。無論是坐在椅子上還是走在車站裡，他都不斷地滑著手機。

部落格裡提到的「死刑犯A子」鐵定就是幸乃。

和A子相處過兩年左右的作者從半年前用「後悔」的類別開始經營部落格，之後每天都會發表文章，而且篇幅都很長。裡面寫的確實都是令他後悔的事，有很多內容都讓翔非常難過。

作者提到他的好友和A子交往過，那位好友想必就是受害者家屬井上敬介。文中的井上不像媒體描述的那樣單純無辜，而是有著複雜的人性。

到達小菅時，他只看了十天份的文章，但他上午的昂揚鬥志已經被消磨殆盡了。每週都會看到的熟悉景色今天似乎不太一樣，正要走進拘留所時，那種異樣感變得更強烈。有位女性不安地抬頭看著建築物，翔覺得那人很眼熟，心中同時感到懷念和鬱悶。

「不好意思……」翔忍不住叫了她。

她從前的花枝招展已不復見，現在不安轉過頭來的只是一位令人不忍直視的瘦弱老婆婆。她沒有開口，而是吃驚地皺起眉頭，讓翔完全確定了。

「好久不見，妳是幸乃的外婆吧？」

她的表情沒有改變，還是一直盯著翔，似乎試圖判斷眼前的人是敵是友。

「我叫丹下翔，是幸乃住在山手時的朋友。我以前見過妳，就是在幸乃搬出那間白色房子的那一天。」

翔用銳利的眼神望著老婆婆，她卻說出了令翔意想不到的話。

「我沒辦法下定決心。」

冷風從兩人之間吹過。翔不明白她在說什麼，但還是鎮定地問道：「什麼意思？」

「我來這裡很多次了，我想見那孩子，直接向她道歉，但我卻做不到。」

「為什麼？妳就進去啊。」

「不行，我沒辦法。我只有她一個親人，但她絕對不會原諒我的，因為我過得太隨心所欲了。一想到會被她拒絕，我就不敢去見她。」老婆婆自言自語似地說完，就轉身離開了。

翔有很多重要的事想問她，但一件都來不及問，幸好他最後還記得向她討了聯絡方式。寫著「田中美智子」的舊名片上還留著餘溫。

翔走進拘留所，和平時一樣在申請書寫上幸乃的名字和性別。不知為何，今天他很快就被叫到窗口。對他的心情渾然不覺的承辦員遞出一張小紙條，那是會面號碼牌，上面寫著「二樓會客室」。

翔期盼已久的時刻突然到來了。

他呆呆地在長椅坐下，看看四周，旁邊大概有十個人。電視的聲音冷冷地傳來，牆上貼著一張紙——「今日會面時間：二十分鐘」。

他們十幾年沒見了，這點時間根本不夠用，不過人更多的時候甚至只能談五分鐘，所以有二十分鐘已經要謝天謝地了。

沒過多久，翔被叫到了號碼。他搭電梯到二樓，出示自己的號碼牌，工作人員說「請到二號房間」。一切都是新體驗，這是他這兩年來夢寐以求的事。他就像輸送帶上的物品，回過神來已經坐在會客室的椅子上了。

隔開會面者和囚犯的壓克力板隱約映出他的臉龐。他無意識地抓了抓頭髮。大概等了十分鐘，裡面的門突然打開，一位年輕的女獄警走出來，制服帽子下露出染成褐色的頭髮，有一種不太符合監獄的時尚風格，讓翔有些意外。

這種異樣感很快就消失了。下一秒鐘，室內的氣氛為之一變。二十六歲的幸乃躲躲藏藏地站在獄警的背後。

「你們有二十分鐘的時間。」獄警冷淡地說道。

不對，翔看得出那位女獄警只是故作冷淡，其實非常注意他們。不是出自卑劣的好奇心，她是用溫柔的眼神看著幸乃，彷彿在看待一個需要保護的孩子。

在薄薄的壓克力板後就是他期盼已久的人。

她和童年時的模樣當然差很多，但面容依稀帶有過去的樣貌，至少他感覺不出媒體說的「惡魔」或「整形灰姑娘」那麼劇烈的變化。諷刺的是，保留最多過去味道的就是她整形過的清秀雙眼。

「好久不見，幸乃，妳好嗎？」

他想過很多重逢時要說的問候，結果說出來的卻是最平凡的一句。

幸乃緩緩歪了頭，小聲地說：「我聽不清楚。」

「啊？」

「聲音有點模糊，說大聲一點比較好。」幸乃沒有看他的臉，指了指壓克力板上面的圓洞。

她的聲音讓翔覺得非常懷念。

「喔喔，這樣啊。抱歉，抱歉。」翔不知該說什麼，但還是提高了音調。

「那個，我一直很想見妳一面，能見到妳真是太好了。我們十八年沒見了呢，幸乃。」

幸乃恍惚地低著頭，沒有回答，但翔沒時間猶豫了。

「為什麼妳今天會答應見我？發生什麼事了？如果在裡面過得不好可以告訴我。」

翔如此詢問，但幸乃的表情還是沒變。沉默的時間讓人備感壓力。

「幸乃，妳不想要申請重審嗎？」

翔知道現在還不是說這件事的時候，但他已經沒話說了。

「我一定會幫妳的忙，妳可以相信我嗎？我覺得還有很多辯護的論點，至少可以爭取一些時間，我相信妳在正常的精神狀態下絕對不會做出那種事，希望妳能讓我幫忙辯護。」

幸乃首度露出怯懦的笑容，小聲地說：「那種事是指什麼？」

「呃，就是那個……」

「你說要爭取時間，是要爭取什麼的時間？」

「這還用問嗎？妳應該知道吧。」

「大概還有多久會執行死刑？」

「這個嘛……一般來說是六年，但是應該有辦法延長。」

「那有辦法縮短嗎？」

「啊？」翔答不出來。

幸乃無力地望著他，輕輕點頭說：「你不是當了醫生，而是當了律師呢。」

幸乃停頓了一下才說道，讓翔覺得這句話充滿了情感。他無意識地挺直腰桿。

「妳還記得我爺爺是醫生嗎？更重要的是，妳還記得我嗎？在山手的時候我們經常一起玩，妳還記得嗎？」

翔一再地問著「還記得嗎？」，但幸乃又陷入了沉默。

這次沉默漫長得彷彿過了五分鐘、十分鐘，但翔還是耐心地等著她回答。他和幸乃的會面已經過了十分鐘，但他暗自告訴自己，現在正要進入重點。

幸乃依然垂著眼簾，點了點頭。

「在裡面過得挺自在的，我沒有任何不滿。負責照顧我的都是很好的人，我很感謝他們。」翔意識到幸乃是說給背後的獄警聽的。

她沒有等翔回答，繼續說道：「在裡面也可以聽廣播，昨天的新聞說有流星雨。」

翔頓時以為幸乃是在說那封信的事，但那封信是見不到面才會寄出的，幸乃當然不知道那封信裡寫了什麼。

「昨天我一直睡不著，一直望著霧玻璃窗。雖然看不到星星，但我還是希望看到房間變亮。」翔漸漸明白了幸乃的心思，她是在解釋為什麼會答應見他。

翔忍不住插嘴說：「我也記得，那是冬天的事，大家在祕密基地一起看星星，黑暗之中有一顆星星拖著尾巴劃過，照亮了我們所在的地方。我還記得當時的驚訝，之後大家都笑了。」

聽到翔這番話，幸乃一臉無趣地歪著頭說：「不是冬天。」

她的語氣變重了一些，獄警往這裡瞄了一眼。

「是我生日的時候，在三月。那年的春天來得比較早，三月已經開滿了櫻花。還有，我沒有去山丘上的基地，我因為生病而躺在家裡。大家跑來探望我，在我們的房間裡從天窗看星星。雖然沒有看到多少星星，但是有一顆很大的流星，沒多久就被媽媽發現了……」

他們被媽媽訓了一頓之後，吃到了好吃的蛋糕，爸爸拿起吉他唱歌，大家度過了一段溫馨的時光。

幸乃滔滔不絕地說著，翔默默地聆聽，雖然大半的內容他都沒印象了，但幸乃的聲音彷彿深深地融進他的心，讓他覺得很舒服。

幸乃用缺乏抑揚頓挫的語氣說到一半，突然停了下來。

「時間差不多了。」獄警緩緩抬頭，對幸乃說道。

她輕輕嘆了口氣，依言站起來，眼看就要走出房間，翔急忙喊住她。

「抱歉，請等一下，幸乃。」

幸乃回過頭來，臉上浮現了詫異，翔有些猶豫，但還是問道：「妳記得阿慎（Shin）這個名字嗎？」

幸乃打量似地注視著翔，臉上浮現不滿的神色。

「你是說慎一（Shinichi）吧？」她不加思索地回答，然後稍微露出笑容，「佐佐木慎一。他一點都沒變，我一眼就看出來了。」

「什麼意思？」

「我看過他，在法庭的旁聽席，戴著口罩。不過他一點都沒變。」她又輕輕地朝他鞠躬，然後走出會客室。

冷空氣鑽進了只剩翔一個人的房間。他意識到自己的臉頰在抽搐，知道自己明明不開心卻還是掛著笑容。翔在空白的筆記本上寫下「Sasaki Shinichi」。他因總算見到幸乃而高興，也因沒能說服她重審而懊悔，不過最強烈的還是無須繼續和幸乃相處的安心感。

翔雖然問出了名字，還是沒有進展。「信一」、「慎一」、「新一」、「伸一」……他在網路上搜尋能想到的每一個同音字，都找不到可能的人。他去「Sasaki Shinichi」讀過的國中打聽，也向以前的朋友打聽，還是問不到有用的答案。

翔只打聽到他在國中的時候被霸凌過，但是透露這訊息的同屆學生也一臉抱歉地說「那個人很不起眼，我不太記得他的事，只記得他後來轉學了」。

幸乃後來沒有再答應會面。翔因自己沒有好好把握流星雨這個千載難逢的好機會而懊悔不已。情況始終沒有改變，時間卻還是繼續流逝。翔寫給幸乃的信越來越沒內容，有時他離開拘留所後都不想寄出。

住在一起的父母都沒發現翔的改變，偶爾見面一次的爺爺倒是看出來了。他和幸乃見過面的一年後，在十二月的某一天，爺爺找他一起吃飯。

雖然翔不太想去，還是招待爺爺去他小學同學家裡開的壽司店。剛好那位同學富樫健吾要找他，說有事要跟他談。

「沒想到你常去壽司店，你已經是成功人士了呢。」爺爺用溫熱的小毛巾擦著臉，微笑著調侃道。

「沒有這麼誇張啦，只是間隨時會倒閉的小店，偶爾才來一趟。」翔瞄了站在櫃檯後的健吾一眼。

健吾最大的興趣就是女人，現在也是每夜跑紅燈區，但他們從以前就莫名地合得來。

「你說得太難聽了吧。爺爺，好久不見。你應該不記得我了吧，其實我也希望你不記得啦。」

「嗯？我們見過面嗎？在你小時候？」

「大概是國二的時候吧？當時跟我在一起的女生月經晚來，我們都覺得可能有了，就跑去你的診所，但我不知道你是翔的爺爺。最後發現那女生沒有懷孕，但我被你狠狠罵了一頓，我還回嘴說『少囉嗦，臭老頭』。那次真是抱歉哪。」

健吾開玩笑似地縮著腦袋。他國中時代為了反抗嚴厲的父親而染了一頭金髮，連眉毛都剃掉了，因為他和小學時的模樣差太多，翔在路上看到他都不敢打招呼。

健吾高中輟學之後遠離了以前的壞朋友，去東京的壽司店當學徒，幾年前父親因腦溢血而病倒之後，他就代替父親扛起這間店，人生的發展果真難以預料。如果爺爺的一句話對健吾有些正面影響，那就太令人開心了。

一想到這裡，幸乃就在翔的腦海浮現。

如果幸乃的人生中也有這樣一個人，或許她就不會走上歪路，也不會犯下那種罪行了。最近翔經常在想，在幸乃的媽媽還活著的時候，就算她是拖油瓶，一定也過得很幸福。光看那段時光的話，他跟幸乃的經歷並沒有多大差別。但那次車禍就像分水嶺，讓兩人走上了不同的人生。

如果幸乃的媽媽沒有發生車禍……不，如果那天沒有下那場冷雨，說不定她的家庭還能繼續維持，田中美智子也不會趁虛而入，而她到現在都在家人的陪伴下過著幸福的生活。

還是說，會殺人的人從一出生就帶有某種殘暴的性格嗎？

翔再怎麼想都得不到答案，雖然沒有答案，他還是無法不去想。在那冷清的會客室裡，劃分壓克力板兩邊的到底是什麼？為什麼大家都認為犯罪的人和自己是不同的生物？如果沒有下那場雨，他們明明會過著平凡的人生。

「你幹麼一臉凝重？你又在想田中幸乃的事嗎？」

聲音從遠處傳來。翔抬頭望去，看到健吾一臉無奈地笑著。

「啊……沒有啦。」

「你的座右銘不是『想太多也沒用』嗎？」

「那又算不上座右銘。」

「隨便啦，笑吧。」

「啊？」

「只要你笑，我就告訴你一件好事。笑吧。」

當過小混混的健吾依然具有從前的魄力。雖然他的語氣像是開玩笑，翔還是不得不乖乖聽話。

「好，這樣行了吧？你說的好事是指什麼？」

翔掛著勉強擠出的笑容，向健吾問道。健吾再次露出壞心眼的笑容，從背後的餐具櫃上拿起手機。

「我今天叫你來就是為了這件事。我終於收到回信了。」

「回信？」

「別跟我裝傻，就是你拜託我的那件事啦。『死刑犯A子』前男友的好友。他叫八田聰，三十歲，比我們大一歲。」

翔心中赫然一驚。

健吾大概在半年前問過他「有沒有我能幫忙的事？」，那時翔因為遲遲等不到跟幸乃第二次會面，根本什麼都沒辦法做，所以聽到健吾的毛遂自薦只能搖頭回答「沒有」。

但健吾比平時更糾纏不休，還是繼續說「少騙人了，一定有吧」，翔就無可奈何地把自己其中一項例行公事交給他，那就是定期寫信給爸爸告訴他的部落格《我和死刑犯的往事》的作者。

「怎麼這麼突然？」翔從健吾手中接過手機，驚訝地望向螢幕。

看部落格的文章寫得那麼活生生血淋淋，他本以為作者不可能回信，他寫了好幾個月的信也確實沒得到回音，所以他才會把這個工作丟給健吾。

「哎呀，我可是費煞苦心呢，什麼方法都用上了。」健吾自豪地瞇起眼睛。

「你寫了什麼？」

「你自己去看啊。」

「總覺得會有看沒有懂。」

「什麼意思啊？他說，總之先見個面吧，本來不想在網路以外的地方說這些事，既然是丹下先生應該沒問題。」

「丹下先生？」

「嗯嗯，我擅自用你的名字申請了免費信箱，跟他說『雖然換了信箱，但一樣是丹下翔』。我會再告訴你帳號和密碼。你把我寫過的信全看一遍，再重新跟他相處就好了。」

在突如其來的一段沉默之後，爺爺感慨地說：「翔真是個幸福的人啊，有這麼好的朋友，又有這麼好的工作。」

「不愧是丹下診所的醫生，真有眼光。但我也不確定這種賺不到錢的工作算不算好工作。」

「怎麼會不好？沒有比這個更好的工作了。包括我在內，有很多人不知道自己的工作對社會到底有沒有幫助，但翔已經找到有明確目的的工作了呢。」

翔不禁想起很久以前聽過的自己出生那天的事。爺爺看到健吾訝異地皺起眉頭，就笑容滿面地說：「重點不是錢，錢只是其次。就像你讓客人用這種價格就吃得到這麼美味的鰤魚，不也是為了看到客人開心的表情嗎？」

爺爺滿意地望著健吾，然後慢慢地轉向翔。

「能賭上人生的工作一輩子頂多只會有一兩件，你年紀輕輕就碰到機會了呢。」

「喔喔，爺爺，我聽過這句話。」

「你聽過？」

「嗯，老爸也跟我說過一樣的話，大概是在我司法研修快要結束的時候。他說那是一位『他很尊敬的人』說的，直接告訴我那是爺爺不就好了嗎？」

「喔？廣志說了這種話啊？」爺爺像在品味似地喃喃說著。翔把手機還給健吾，鞠躬說道：「太感謝你了，健吾。」

「還有事情需要幫忙就儘管說。啊？沒有了嗎？真令人難過。」

「現在沒有，不過我有問題會再找你商量的。我已經知道你有多厲害了。」

翔本來只是在開玩笑，但健吾似乎當真了，他挺著胸膛說「朋友有難我絕對不會坐視不管的」。

爺爺又加上一句，「有這麼好的孫子，我也是個幸福的人哪。」

奇怪的是，翔一點都不覺得害羞。他感受到這兩人的期待，消失已久的鬥志再度湧出。

又過了兩個月，在二月某個大冷天，翔終於要和部落格的作者八田聰見面了。

八田跟他約在澀谷的咖啡廳，明明是平日，店裡卻有很多年輕人。翔從信件和部落格文章判斷對方是個老實人，所以店內嬉鬧的氣氛令他有些意外。

約定時間是晚上六點，翔早了兩個小時到達，因為他離開拘留所之後就直接來澀谷。

翔依然固定在週五下午去拘留所，回去時也一樣會把信投入附近的郵筒，但他這次打算晚點再寄，因為他打算把自己跟八田見面的事寫進去。

翔被帶到最後面一桌，他點了咖啡，然後檢查列在筆記上的問題以免遺漏，包括井上敬介向聽介紹幸乃的經過、敬介習慣性向她施暴的情形，還有她依賴藥物的程度。

聽到有人叫他時，太陽已經下山了。

「請問你是丹下先生嗎？」

翔抬頭一看，眼前站著一個身穿駝色長外套的男人。

他回答「是的」，但不太確定這人是不是八田聰，因為他比翔想像得更年輕，氣質也更開朗。對方遞出的名片上印著知名大公司的名字。

「要喝什麼嗎？」八田慢慢脫下外套，一邊望向翔的杯子。

翔突然很想喝酒，所以第三杯決定要點含酒精的愛爾蘭咖啡。

他直率地說了以後，八田就笑著回答：「真不錯。那我也喝點酒吧。要吃什麼嗎？這裡的雞肉不錯喔。」

他的多話讓翔有點錯愕，不知該怎麼回答。八田大概看出了他的想法。

「經常有人抱怨我寫信的風格很冷淡。」

翔愣了一下，然後坦白地點頭，「你跟我從部落格看到的感覺也不太一樣。」

「因為寫的都是那種內容嘛。一想起當年的事，心情就會很沉重。兩種風格都是真實的我，都不是演出來的。對了，你要吃晚餐嗎？」

「啊，我要吃。」

「雞肉可以嗎？啤酒也要吧？」

八田把店員叫來，點了幾樣餐點和一瓶啤酒。啤酒送來，兩人乾杯之後，八田的喉嚨咕咕作響，像是覺得很好喝。

他露出回憶的神情說：「這間店就是我第一次見到她的地方。」

「這樣啊。我一直不明白為什麼會是澀谷。」

「你知道後面有一間很大的小鋼珠店嗎？」

「不知道。」

「敬介和我經常去那裡。啊，我說的敬介就是井上敬介，田中幸乃的前男友，那個案子的受害者家屬，在部落格裡是『好友B』。」

「沒關係，我知道。」

「我在部落格裡也提過，他有一陣子非常沉迷打吃角子老虎機，我也常常陪他去玩。如果有人贏錢，就會來這裡吃雞肉，所以我們常來這間店。」

「原來如此。你還記得跟她是怎麼認識的嗎？」

「是敬介介紹的，說這是他的新女友。」

「是幾歲的時候？」

「唔……那時我還沒找到工作，應該是二十二、二十三吧，已經是七、八年前的事了。」

「你對她的第一印象如何？」

「感覺是個陰沉的女人。」

「你記得當天跟她說了什麼話嗎？」

「哎呀，我也不確定。等一下，你今天都要一直這樣問問題嗎？我感覺好像在接受採訪耶。你該不會是記者吧？」

八田喊停了正在做筆記的翔，又拿起剛才收下的名片來看。

「啊，對不起，我的確有很多事情想問你。」

「這是無所謂啦，只是我向來不太擅長應付媒體。」

「是這樣嗎？」

「嗯，關於她的事我也幾乎沒接受過採訪，應該說，我只接受過一次採訪，是不久之前的事。那人跟你一樣是看到部落格才寫信給我的，而且比你還纏人。」

聽到他這麼說，翔也想起來了，跟他保持聯絡的幾個人都提過這位記者的事，譬如幸乃燒掉的公寓房東草部猛，還有在四谷上班的高城律師。

翔正想發問，八田卻搶先說道：「媒體的報導都很偏頗，我在小學時代就學到教訓了。這次的事也一樣，我覺得媒體把敬介說得太單純了。」

「井上畢竟是受害者家屬，幫他說話也是應該的。」

「但真的是這樣嗎？」八田質疑地歪頭，「事情真的有這麼簡單嗎？對於真正無辜的美香和雙胞胎才能這樣說，但我不認為敬介沒有半點錯。」

「你在部落格裡也是這樣說的……『我不是要給他定罪，但我想要說出自己看到的所有真相』。」

「田中幸乃的罪行當然不能原諒，可是，就算她縱火的時候是一隻怪物，以我跟她相處的感覺，我也不認為她打從出生就是這種人。既然如此，我必須搞清楚是誰讓她變成怪物的。寫下和她相處的那段時光，對我來說就像是一種淨化儀式。」

「淨化儀式？」

「嗯，我想藉著那個部落格來批判自己。不只是敬介，我也是害她做出那種事的當事人之一。」

確實是這樣。八田在每天發表文章的部落格裡寫了很多對自己的批判，甚至令人覺得太悲觀。

「要這樣說的話，我也是其中一人吧。」

八田對翔的發言不置可否，繼續說道：「是我害她背負了沉重的包袱，我不能再對她坐視不管。我很晚才發現這一點，所以後來才會接受採訪。」

「你去見過幸乃嗎？」

「沒有。之前沒去過，以後也不打算去。」

「為什麼？」

「我不想跟她互訴彼此的不幸。說是這樣說，但我不覺得她做的事可以原諒，而且我和敬介依然是朋友，只不過好幾年沒見面了，所以我現在也不知道該怎麼面對她……」

說到這裡，八田突然停下來。翔觀察著八田的表情，只見他一臉嚴肅地盯著某處。

「不對，不是這樣的。」八田慢慢地把視線移回翔的身上，一臉愧疚地低下頭。

「抱歉，丹下先生。我剛才說錯了，其實我只是害怕背負更多責任。我沒有把幸乃的事告訴家人，如果我太太知道我偷偷寫了那個部落格，一定會覺得很不舒服，我三歲的女兒也是。」

「你有孩子啦？」

「嗯，年紀小小就很跋扈，我真擔心她的將來。你呢？」

「我連女友都沒有。這跟工作忙碌無關，我從小到大都沒什麼女人緣。」

「喔？看起來不像啊？你一定是太挑了吧？」

翔對八田的追問隨口敷衍，閒聊到此為止。

八田恢復認真的表情，說出了心底更深處的想法。這番話他一定從未對任何人說過，其實翔也不想聽到。

「老實說，我反而希望她早點執行死刑。我知道這樣很過分，但我就是甩不開這個念頭，一想到她現在仍在某處活著，我就覺得害怕，我真想逃開每晚都出現在我夢裡的她。」

早知道就先把信寄出了。

在一段特別漫長的沉默中，翔默默地想著。他沒有話要補充，他沒辦法告訴幸乃他去見了一個希望她早點死的男人。

之後他們還是平順地聊天。翔知道八田其實很想聊幸乃的事，但他已經不想聊得更深入了。

「以後你隨時都可以跟我聯絡。今天我的心情已經輕鬆了不少。」

八田很自然地把手伸向帳單，翔突然覺得不太高興，一把將帳單搶過來。

「啊，對不起。應該我來付才對。」

眼看尷尬的沉默在最後一刻又要出現了，翔趕緊轉換話題。

「那個，你可以告訴我採訪你的報社聯絡方式嗎？或許我也可以提供一些資訊。」

翔不認為可以從那裡調查到什麼，但他還是希望多一個機會。

他不知道打聽幸乃的消息又能怎麼樣，幸乃或許不會再見他了，申請重審也不可能了，但他不想要就這麼放棄，他覺得只有繼續堅持下去才能開拓出一條新路。

八田滿不在乎地揮揮手說：「不是報社，他說自己是自由記者，名片上的地址應該也是家裡的地址。」

「是有名的記者嗎？」

「不是，他說自己才剛踏進這行，年紀也不大，看起來和你差不多。呃……叫什麼名字呢……」

思索片刻，八田的表情頓時一亮。

「喔，對了，他好像說自己姓佐佐木。呃……名字是……」

「慎一（Shinichi）？」

翔脫口問道，話剛說出口他就覺得不可能，八田卻睜大了眼睛。

「喔，真厲害。對，佐佐木慎一。他很有名嗎？我在網路上搜尋過，什麼都沒找到，所以我還覺得他很可疑呢，那個人確實有點奇怪。」

「哪裡奇怪？」翔全身的血液都在騷動，但他還是故作鎮定。

就算對方知道他和慎一有關係也不會怎麼樣，但他就是想要保密，他擔心好不容易抓到的契機因此溜走。

八田露出猶豫的態度。

「唔……我以前好像看過他。在接受採訪的很久以前，在法庭上。幸乃在宣判之後朝旁聽席看了一眼，我認為她當時就是在看佐佐木，但佐佐木堅持自己沒去過法庭，還說自己是最近才開始採訪的。他的語氣異常強硬，讓我有點嚇到。」

錯不了，和幸乃說的一樣。翔若無其事地攤開筆記。

「那人去看過幸乃嗎？」

「不，他說沒去過。」

「他名字裡的『Shin』要怎麼寫？」

「呃，好像是豎心旁的『慎』吧。」

「你把他的聯絡方式告訴我真的沒關係嗎？」

「嗯，我回去就用電子郵件寄給你，他應該也想得到更多情報吧。喔，對了，他好像很想打聽幸乃國中時的強盜及傷害罪，還問我有沒有聽她說過。」

「是舊書店的那件事嗎？為什麼？」

「不知道。我問他是不是覺得有什麼地方可疑，他只是含糊地回答『也不是啦』。」
翔一副沉思的模樣，不知道八田會怎麼解讀他的表情。這時八田露出柔和的笑容，說了一句「希望你快點找到」。
「我是說女友。我還是覺得你應該很有女人緣。」
翔完全沒聽見八田的聲音，他凝視著手中的筆記，努力地壓抑著顫抖。

晚上八田一回家就立刻寄信過來，除了謝謝翔請客，也附上了佐佐木慎一的地址、電話，還有電子信箱。
令他驚訝的是，慎一也住在橫濱市。他上網搜尋那行地址——「橫濱市神奈川區神之木臺……」，連建築物外觀都看得到令他覺得有點可怕，但他還是很慶幸能多了解一些對方的生活。
慎一住的是一棟老舊公寓，最近的車站是JR橫濱線的大口站。距離八田和井上一家人所在的中山只有五站，翔覺得這大概是巧合，但又無法完全排除懷疑。
翔先回信謝謝八田，然後拿起手機撥了慎一的號碼，按下通話鍵，但是不等接通就掛斷了。他心想，應該先告訴幸乃才對。從她那裡問出慎一的名字時，翔深信自己該做的事和以前不同了。
此刻他又想起了那天的心情。
翔從公事包裡拿出今天沒寄出的信，丟進垃圾桶，然後拿出新的信紙，專心一致地寫字。那段時間的事他完全不記得了。

過了一個小時左右，他覺得眼睛乾澀，才回過神來。他看看剛才寫的東西，字跡比平時潦草，還有很多錯字，但他並不打算重寫。上一次他像這樣文思泉湧，是在看到流星雨新聞的時候。

翔又看了看信紙，想像幸乃讀信的模樣。他鼓起決心，寫下最後一句話。

『最近我會去見阿慎，或許會帶他去看妳。妳希望見到他嗎？可以的話請告訴我。』

接下來的一週感覺很漫長，好不容易等到週五，翔在中午穿上外套，正準備離開事務所時，爸爸一臉嚴肅地問道：「就是今天嗎？」

翔不由得皺起眉頭。他沒對爸爸說過慎一的事，也沒說過那封信的事。

「為什麼這樣問？」

「臉。」

「臉？」

「你的臉色從一大早就很凝重。不只是今天，你最近都挺嚇人的。媽媽也很害怕，說她都快要不認識你了。」

「沒這回事。」

翔說到一半就打住了，爸爸無心的一句話讓他的心中更加確信。

「嗯，或許就是今天吧。」

「這樣啊，是今天啊……今天有什麼事？」

明明是爸爸自己問的，他卻搞笑地歪頭說道。簡直像是喜劇的情節，翔忍不住笑出來。

如果狀況能有進展，一定就是今天。翔的心中有強烈的預感，但他懶得解釋那麼多，就隨口敷衍過去。

「抱歉，老爸。保密義務。」

前往拘留所的途中，翔只想著一件事。他不看書，不看筆記本，也不聽音樂，只想著幸乃將來的事。

到了拘留所，他像平時一樣申請會面，心平氣和地等著窗口叫號。被叫到號碼的時候，他也不像以往那樣興奮，而是平淡地辦完手續，打開會客室的門，連筆記本都沒拿。

過了幾分鐘，他聽到腳步聲。

開門走進來的是上次那位女獄警，才經過短短一年，她好像變得更憔悴了，染成褐色的頭髮變成黑髮，妝容也變淡了。

跟著走進來的幸乃倒是看不出歲月的痕跡，頭髮的長度、眼下的凹陷、體型的纖細、白皙肌膚的光澤，全都一如往常。

不知為何，她的所有特徵都讓翔感到生氣。

翔愣愣地站著，眼前那人不是他青梅竹馬的朋友，而是大眾期待受到制裁的凶惡罪犯、奪走三條無辜性命的死刑犯。

翔實在無法原諒她這種不把自己的罪行當一回事的態度。

「為什麼妳不為自己的罪行懺悔？」翔一字一頓地說道。

獄警變了臉色，說道「請坐下」，他彷彿沒聽見，按著壓克力隔板。

「為什麼妳不反省？妳知道自己做了什麼嗎？不要逃避自己的罪過，這不是妳死了就能解決的，有很多人到現在還無法逃開妳的陰影。」

他不知為何想起了童年時的慎一。幸乃筆直望著翔，露出怯懦的笑容。

「我不打算跟慎一見面。」

冰冷的寂靜幾乎撕裂他的身體。

「我今天只是要來告訴你這句話。請你以後不要再來了，也不要再寫信了。這段時間謝謝你了。」

幸乃深深鞠躬，隨即掉頭就走。翔想對她說「別想逃」，卻發不出聲音。翔被獨自留在會客室。

就算笑也不能改變事態，就算把事情埋藏起來也不會讓情況好轉。

翔心知肚明，他彷彿被迫正視自己的無力，卻不覺得沮喪。

這反而令他下定決心。

從宣判以來已經過了三年多，時間所剩不多了，為了讓她正視自己，為了讓她面對自己犯的罪，他能做的事只有一件。

翔無意識地摸摸口袋，然後才想起自己的手機放在置物櫃。這短短的幾分鐘都讓他覺得等不及了。

這是包括他在內的「山丘探險隊」的最後希望。只有在那裡才能找到救贖。

翔咬緊嘴脣想著，自己的使命就是要把慎一帶到幸乃面前。

第七章 「證據極為可信……」

佐佐木慎一像平時一樣想著田中幸乃的事情時，突然發現有幾通未接來電。他本來以為是媽媽，打開一看，卻是個陌生的號碼。

第一次打來是在下午三點半，他有些愕然自己竟然這麼晚才發現，又繼續看其他幾通的來電時間。第二通是他在晚上九點開始打工之前，還有一通甚至是半夜零點三十分。

他頓時心跳加速。

現在都快要凌晨兩點了，他平常絕不可能在這種時間回撥電話，今天卻乾脆地按下撥號鍵。對方遲遲不接聽。鈴聲響了七次、八次……他暗自期待著電話會切換到語音信箱，但遲遲沒聽到電腦語音。

響了十幾聲之後，電話接通了。

『嘿嘿，阿慎嗎？好久不見。你知道我是誰嗎？』

不可能忘記的。雖然他不記得這聲音，但是會叫他「阿慎」的人並不多。

「呃……嗯，我知道，當然知道。」

慎一用沙啞的聲音說道，一邊摸著冰冷的窗戶。他在一間大型都市瓦斯公司當兼職操作員已經一年了，從三十樓的休息室可以看到港未來、紅磚倉庫、海洋塔和橫濱港……在那片熟悉景色的遠方還能看到令他不堪回首的山手町的山丘。

「你、你好嗎？阿翔。」

在他少數光輝燦爛的回憶之中必定有著翔的身影，對他來說，翔是第一個交到的朋友。

丹下翔的語氣非常興奮。

『哇塞！真的假的？阿慎！你還記得我真是令我開心。』

翔不等慎一回應，就接著說道，『我今天去看幸乃了，你一定也想做些什麼吧？我打來就是要跟你談這件事。』

聽著那遙遠的聲音，慎一再次望向窗外，平時缺乏色彩的橫濱彷彿突然充滿光輝。慎一回想著山丘上的景色，對著看不到的翔點頭說：

「呃……嗯，是啊。就照你說的吧。」

他早就料到會有這一天。自己的聲音鑽進耳中。原本以為無法再看到的溫柔景色如今就在他的眼前。

慎一和翔約在兩天後的星期天。

在講電話時最讓他驚訝的是翔還住在橫濱，他家依然在山手，工作地點也和慎一一樣在橫濱站徒步可到達的範圍。
聽說翔已經實現夢想，當上了律師。連兼職都做不久的慎一不由得感到自卑，但他把這種情緒壓在心底。
翔挑選的地點在山手，對慎一來說，答應這個要求需要一些勇氣。
翔對他的心情渾然不覺，輕鬆地笑著說，『你還記得幸乃家吧？附近有一間埃莉絲咖啡，約在晚上六點如何？』。
到了約定的日子，翔先到咖啡廳了。
從他身上一點都看不出幼年的樣子，他穿著高級羊毛外套、手拿裹著皮革書衣的文庫本，一副精英律師的風格。
「那、那、那個……」慎一的語氣緊張到有點可悲。
翔抬起頭來，臉上有些驚訝，但認出慎一之後就立刻漾開溫柔的笑容。
「哇，阿慎？真不得了，好久不見了，你一點都沒變嘛。」
他雖然面帶笑容，但視線還是打量般地緊盯著慎一。
「呃……嗯。好、好、好久不見了。」慎一低頭鞠躬，不敢直視翔的眼睛。
慎一跟別人講話的時候都是這樣，翔一定會覺得他很可疑吧。雖然他這樣想，卻沒辦法好好地講話。講電話時還比較好，直接見面時真不知道眼睛該看哪裡。
「哎呀，真的很久了呢。阿慎，你還住在橫濱啊？」翔似乎對他的畏縮態度不以為意，輕鬆地問道。

「一、一年前搬家了，在那之前都住在橫濱。那個，以、以前是住在八王子。」

「這樣啊。什麼時候搬到八王子的？」

「國中畢業之後……那個，是因為爸爸工作的緣故。」

「你現在一個人住嗎？」

「是啊。」

「這樣啊。看到你這麼有精神，我就放心了。」

稍不注意，沉默就闖了進來。翔依然掛著燦爛的笑容，但他一定也覺得很難聊吧。慎一接著問了翔的近況，他一邊聽一邊附和，從不主動帶話題。

「那你呢？阿慎。」翔突然把話題拉到他身上。

「啊？抱歉，你、你說什麼？」

「我問你在做什麼工作。」

「呃……喔喔，我在東都瓦斯上班。從、從這裡可以看見那棟大樓。」

慎一匆匆地說道，轉頭望向窗外的大樓，但翔沒有跟著往外看，反而說出他意想不到的話。

「你果然不是自由記者。」

「咦？」

「八田說你自稱是自由記者。你是想要跟他打聽事情吧？因為他在部落格提到幸乃。」

慎一沒有立刻回答，他感覺自己的臉頰在發燙。雖然他知道翔沒有什麼弦外之音，但還是不禁低下頭。

『我朋友做了犯法的事，我想找相關人士打聽，該怎麼做比較好呢？』

他兩年前在「Q＆A」網站提出了這個問題，得到很多建議，包括一些很難聽的話，其中讓他覺得管用、後來也真的付諸實踐的建議就是『說自己是記者就好了』。

慎一立刻自己印了名片，列出了想問話的對象清單，但他過了很久以後才實際展開行動。

讓他下定決心的原因是「我和死刑犯的往事」部落格。他當時剛辭掉便利商店的兼職，每天都關在房間裡，多的是時間。花了一週看完所有文章之後，他感到心中受到某種情緒驅使。他也是在那個時期搬出老家回到了橫濱。

「你還真厲害耶，要自稱是記者需要很大的勇氣吧？你的行動力比我強太多了。」

翔敬佩地點頭，然後又說：「聽了八田先生說的那些事，我覺得很有機會重審，至少可以多爭取一些時間。」

翔突然進入正題，讓慎一有些錯愕。

「時、時間……什麼時間？」

翔不知為何露出苦笑，「幸乃也問過我一樣的問題呢。當然是執行死刑的時間啊。但我沒直接回答她就是了。」

「那、那個，抱歉。關於這件事，阿翔……」

他第一次當面叫翔的名字。雖然難以啟齒，但他還是努力張開嘴，說出了自己不解的問題。

「你、你說死刑……是為了這個原因嗎？為、為了讓她有時間反省？可是，她應該沒有做那件事吧？要、要她反省，之後又殺、殺、殺了她，這樣根本沒意義嘛。」

翔露出了壞心的笑容，「怎麼？你是廢死支持者嗎？」

「這、這個我也不確定……」

「不確定？」

「原本……應該說，在、在此之前，我一直覺得死刑是必要的。」

「你現在不這麼想了？」

「我也不確定，但是我現、現在是加害者那一邊的人。我、我、我只能考慮到幸乃的事，所以我現在是反對的。」

完全不對，不是這樣的。慎一沒有說出真正想說的話，只說出了幼稚的論點，他不禁懊惱地咬住嘴脣，然而翔卻感慨地瞇起眼睛。

「喔？不錯嘛，你很有自己的想法。如果你說因為廢死是世界潮流，或是死刑等於政府犯的殺人罪，我才覺得失望呢。」

翔一口氣說完，然後幽幽地望向窗外。

「這夜景真漂亮，不過橫濱以外的人好像都不太欣賞。該說這風景很排外嗎？不管怎麼說，每人都有自己的看法。」

「我、我問你喔，阿翔。」
慎一嚥下口水，再次鼓起勇氣。他一直期盼著這一天。
「判、判決的結果有、有、有機會推翻嗎？」
「什麼？幸乃的審判嗎？」
慎一點頭，此時他突然感到氣氛凍結了。日光燈發出嗡嗡聲。翔盯著慎一好一陣子，然後逃避似地轉開了頭。
「這種例子也不是沒有。」
「要、要怎麼做呢？」
「唔……大概是要找到關鍵的新證據吧。但百分之九十九是不可能的。」
「這次有沒有可能就是那百分之一呢？」
「等等，阿慎，你可不要懷著無謂的期待。我理解你的心情，但我來找你並不是為了這種目的。」
「我就是想要知道啦！」慎一沒有控制好音量。
翔皺起眉頭，有點厭煩地嘆著氣說：
「我跟你說啦……就算警方的調查算不上特別周全，但也都是照著規矩來，沒有任何可疑之處。幸乃在作案時間不久前被人目擊出現在公寓附近，在河邊丟掉煤油罐的時候也有人看到。如果她是在拘留期限快到的時候才認罪，還有可能是被強行逼供的，但她的情況並不是這樣，她一開始就很爽快地認罪了，所以絕對沒機會推翻的。」

「可、可是，阿翔，可是……」慎一大概比較習慣對話了，又或許認為這就是正題，所以很努力地試著說出自己的想法。

但翔卻搶先搖頭說：「不是的，我們該做的不是這種事，我想知道的也不是這種事。」

翔一再否定他說的話，彷彿在說「我沒有問你的意見」。慎一的話還沒說完，但看到翔初次表現出一副高高在上的態度，他就不禁畏縮。

翔的表情依然冷峻。

「我想知道的是她為什麼不願意面對自己犯的罪。我們認識的幸乃不是這種人，這點我怎麼想都不明白。」

翔停頓了一下，才又說了下去。包括他所認識的田中幸乃、讓她走上歪路的原因、自己救不了她的悔恨、他今後想做的事、讓幸乃面對自己的罪、爭取時間的意義。其中很多內容都令慎一無法接受。

「嘿，阿慎，你還記得『山丘探險隊』的夥伴們說過的話吧？那句『如果有誰覺得難過，大家都要去幫助他』。」

「當然記得啊。」

「現在就是我們出動的時候。」

「是、是啊。大概吧。」

「我去見幸乃的時候，是她先提起你的。」翔的語氣有些尖銳。

「她說在法庭上看到了你，還說她不可能忘記你。嘿，阿慎，你要不要去看看幸乃？我覺得只有你能打開她的心。拜託你了，至少也寫封信給她。」

翔朝他深深鞠躬，一副好像他最清楚怎麼做對她最好的樣子。慎一看著他的動作，心中格外冷靜。翔這番話沒有打動他，反而更強化了他先前的心寒。

他和翔的立場截然不同。原本以為對方是和自己一起攀向山頂的夥伴，結果兩人爬的卻是不同的山。慎一發現了這一點，覺得非常孤獨。

「現在我們能為她做的，就是讓她用更平穩的心情去面對終點，不能讓她就這樣拋開一切。」

翔說得越慷慨激昂，越是讓慎一感到無趣。他跟一個認定幸乃應該被判死刑的人沒什麼好談的。

她多半沒做過那種事……

慎一最想說的一句話梗在喉嚨裡。雖然他沒有確切的理由，但他無法相信連蟲子都不敢殺的幸乃會做出那種事。

不對，不是的。不可能會是那樣。到這地步他都還在隱藏。有一個祕密只有他一個人知道。

翔疑惑地皺起眉頭，慎一對他點點頭，伸手拿起帳單。他從視野的一角看到橫濱的夜景，那天的情況鮮明地浮現在腦海。每當想起幸乃，他一定會想到那一幕。

田中幸乃從他的人生中消失了。

「附近出現了很多傳聞。」

媽媽若無其事地這麼說，但慎一很清楚這些「傳聞」的源頭就是媽媽。

「別再跟那孩子一起玩」，媽媽的心願莫名其妙地實現了。這件事讓慎一感到難以言喻的詭異，但媽媽很快就忘了幸乃的事，找到了另一個投注熱情的目標，那就是慎一的私立中學入學考試。

慎一乖乖依照媽媽的要求上補習班，但他越來越不信任媽媽。媽媽說的都不是自己的話，而是從電視上聽來的話。

為什麼我會相信媽媽說的話呢？在少了幸乃的黑白生活中，慎一開始感到不解。詭異變成了質疑，接著又變成憤怒，當媽媽擅自幫他訂為目標的私立中學寄來落榜通知時，那憤怒最終變成了暴力。

導火線是那句「真是太丟臉了」。當慎一掄起拳頭，毫不猶豫地朝著媽媽的背後揮去時，胸中彷彿有某種東西跟他的吼叫一起湧出。他就連在幸乃離開時都沒哭，此時卻哭得淚如泉湧。

媽媽拚命護住頭部，不斷說著「對不起、對不起」。在那之後，媽媽時時刻刻都在看慎一的臉色，而慎一只要不高興就會對媽媽動手。家中的權力關係完全失衡了，但他那時至少還有辦法上學。

他後來把自己關在房間裡，則有一個明確的理由。

國中和小學不一樣，在小學時代想逃就能逃，但國中時代是不可能的。

「我一直覺得這傢伙的眼神挺囂張的。」

國一即將結束的某一天，從其他小學畢業的一群小混混跑來找慎一麻煩，他頓時成了那群人的靶子，之後連其他同學也漸漸漠視他。他在班上本來就沒有朋友，被漠視也沒什麼大不了的，就算挨了揍，只要回家以後對媽媽做出一樣的事就能消氣。

但是，那些人的暴力行為越來越嚴重。他們每次下課就會把慎一叫到天臺，用小刀刺他的額頭，在近距離用空氣槍射他，用縫衣針和別針刺他的腿和膝蓋，更過分的時候還會刺他的口腔，而且每次都會向他勒索財物。

他的嘴裡總是有一股鮮血的味道。

起初他照著那些人的要求從媽媽的錢包裡偷錢，後來錢包從媽媽的包包裡消失，改成藏到櫃子裡，他還是繼續從那裡拿錢。一種「不能原諒」的念頭驅使著他，他抱怨著「是誰害我變成這樣的！」，把所有怒氣寄託在拳頭上。

吼叫，毆打，怒罵，然後又毆打，搶錢。

這種日子當然不可能永遠持續下去，從他小學畢業後隱忍了將近一年的媽媽終於把事情告訴了爸爸，他從沒看過爸爸那麼憤怒的模樣。這次換成爸爸發出不成聲的吼叫，用盡全力痛揍了他。暴力就像是連鎖反應，從弱者傳向弱者。

爸爸原本一副氣瘋了的模樣，後來他回過神來，停止動作，冷靜地喘著氣說：「你是不是被欺負了？」

慎一差點笑出來。他沒辦法告訴爸爸真話。如果他說得出來，就不會遭到霸凌了。

「爸爸媽媽都會站在你這邊的，如果你有難過的事就告訴我們。」爸爸說得一副很有威嚴的樣子，隔天早上卻一臉困擾地叫他不要去上學。

看到鏡子之後，慎一才知道這是為什麼，因為他被打得鼻青臉腫。爸爸說得那樣冠冕堂皇，結果還是想要隱瞞自己施暴的事實。

那一天爸爸媽媽出門上班後，慎一又躺回了床上。

「你敢不來學校，我就宰了你」，他把霸凌主謀說的這句話埋藏在心底，細細地品味了久違的熟睡。

慎一再次醒來已經是下午了，他拉開遮光窗簾，吸了一大口外面的空氣，此時有個熟悉的聲音冷冷地鑽進他的耳裡，「哇塞，這麼快就找到了，真幸運。」

他朝聲音傳來的方向望去，叫加藤的小混混首領正笑著指向門口。

他開門讓加藤等四人進來，他們全都一臉詫異。「你是怎麼了？發生什麼事了？」其中一人問道，但慎一沒有會意過來。

加藤不爽地說：「我們是在問你被誰揍了啦。看你的臉腫成那樣。」

「呃……喔喔，是我爸。」

「啊？為什麼？」

「因、因為他發現我從媽媽的錢包裡偷錢……」

加藤一聽就捧腹大笑。

「所以我就說不能打臉嘛，一定會被看出來的。」加藤的確一直不讓夥伴揍慎一的臉。

「難得有這個機會，就讓我們搭一下你爸爸的便車吧。」

加藤騎在慎一身上，毫不猶豫地朝他的鼻子揮拳，沉重的聲響撼動了牆壁。其他人當然沒有阻止。加藤在他的身上嘿嘿笑著。

「我不管你爸說了什麼，反正你拿錢來就是了。」

「可、可是……」慎一拚命地想要說話，加藤卻懶洋洋地搖頭。

「去偷就行了。CD或漫畫都行，偷了再拿去賣錢。」

揍了幾分鐘以後，加藤似乎覺得膩了，躺在慎一身旁。

「話說你爸還真過分，竟然痛揍這麼軟弱的兒子，真不是個東西。」

加藤舉起拳頭，上面沾著血跡。看到這一幕，慎一才開始感到劇痛。

從那天以後，慎一就照他們說的開始偷東西。

不知該說是幸還是不幸，他在這方面很有天分，他在班上本來就是個缺乏存在感的人，這種特質倒是很適合用來行竊。書店、影碟出租店、遊戲專賣店，能偷的地方他都偷過了。在這過程中，他越來越清楚哪些店比較容易下手。

接著他開始偷書，也找到了能用來銷贓的舊書店。他不去需要父母簽同意書的大型連鎖書店，而是常常跑到位於野毛、只有一個老奶奶經營的「佐木舊書店」。

老奶奶總是笑容滿面地接待慎一，若是較新的書本都會算給他很好的價格，還輕易地相信了他那句「我爸爸很愛看書」的謊言。

慎一完全不覺得良心過意不去，甚至做了更惡劣的事。

老奶奶有個習慣，她在收購書本時一定會進屋裡拿電子計算機。

某天慎一看準了老奶奶離開的時間，從收銀機裡摸走一些錢。下次他來到書店時有點緊張，但老奶奶還是對他露出笑容。他偷的金額越來越大，去舊書店的次數也變得更頻繁，他覺得遲早會被發現，但又找不到更有效率的方法。

到了冬天，學校開始放長假時，加藤說「下個月是年節加碼」，要求他拿出更多的錢。雖說靠壓歲錢就應付得來，但他還是非常鬱悶。

在一月四號的傍晚過後，他心煩氣躁地走出家門。

他不想在新年期間偷東西，也不想從收銀機裡偷錢，但還是自然而然地走向舊書店。老奶奶已經發現異狀了，她不但沒向慎一恭賀新年，連笑容都沒有，只是用懷疑的目光盯著他。

看到她明顯變了態度，讓慎一有些畏縮。他拿了一本不想買的文庫本去結帳，老奶奶才露出溫柔的微笑，喃喃說道：「對嘛，我就知道不是你。新年快樂。」

慎一心情低落地走出舊書店，接觸到外面冰冷空氣的瞬間，他頓時僵住，彷彿身體被什麼東西射穿。和平時一樣黑白的視野中，出現了一抹色彩。

為什麼呢？她不是已經搬到遠方了嗎？

他無力的雙腳頓時充滿力量，但他忍住了跑過去的衝動，選擇就此離開。

慎一頭也不回地走了一段路，走到他要去的公車站。此時他才開始想，那真的是幸乃嗎？

但就算那真的是幸乃，我也不打算找她說話。我不想讓幸乃看到我現在的樣子。他默默地這麼想著，但還是想要確認一下，於是又走了回去。

在舊書店的門外，他極力壓抑著強烈的悸動。

從朦朧的玻璃可以看見店裡的情況。他一開始不明白發生了什麼事。一個和幸乃打扮相似的女孩走進屋內，悄悄地靠近老奶奶。

他屏息看著這一幕。那女孩不知為何突然從背後撞向老奶奶，堆積如山的書本接連倒下，連門外都聽得到巨響。慎一睜大眼睛，咬住自己的手臂，否則他可能會忍不住叫出來。

他把身體縮得更緊，目不轉睛地凝視著店裡。另一個女孩驚慌地朝她走去，那人鐵定是幸乃沒錯。她穿著可愛的洋裝，化了淡妝，雖然這個場面很驚悚，慎一還是不禁感到懷念。

他看不到老奶奶的身影，也聽不見幸乃她們蹲在一起說了什麼話。不知道凝視了多久，他覺得眼睛有點乾，正在眨眼的時候，突然瞄到幸乃率先站起來，他慌張地想要躲藏，但身體再次像被射穿似地無法動彈。

撞倒老奶奶的女孩一步步地走向門口，幸乃並沒有跟著，而是帶著溫柔微笑望著她，過了一會兒才走向屋內。

臉頰泛紅的女孩走到門口時，慎一終於吸了一口氣，然後他毫不猶豫地拔腿就跑，不顧一切地奔向再次失去色彩的街道。

當晚他擔心到睡不著。那間舊書店裡發生了什麼事？大概過了一個月，慎一才得到答案。他鼓起勇氣去了舊書店，發現櫃檯裡坐著一位陌生的中年男子。

他從書櫃隨便抽出一本文庫本，拿到櫃檯結帳，問道：「不、不好意思，平時那位老奶奶呢……？她一直都很照顧我。」

男人抬眼注視著他。

「她碰上了一些不好的事，受傷了。你是這裡的常客嗎？」

「那、那個……是的……」

「這樣啊。原來也有像你這樣的好孩子啊，一樣是國中生卻差這麼多。」

「發、發生什麼事了？」

「店裡被搶了。強盜傷人。有個國中生想偷錢，我媽媽發現了，就被那人撞倒了。」

「小、小偷只有一個人嗎？」

「為什麼這樣問？」

「我、我擔心那是我的朋友，那個，她、她最近都沒來上學。」

兩人之間籠罩著比先前更漫長的沉默。慎一努力讓自己不要發抖。他深深期盼著對方說出「只有一個人」，他也堅定地相信幸乃什麼都沒做，犯罪的是另一個女孩。

「是啊，只有一個人。」

男人的語氣像是在說髒話似的。慎一的祈求實現了，他正感到放心時，男人卻補上一句令他難以置信的話。

「是一個叫田中幸乃的學生。或許我不該說出來，但我真的很火大，因為她才十三歲，所以不能處罰她。那是個為了錢而傷害虛弱老人的惡魔耶。為什麼會有這種法律啊？那些壞孩子又不可能反省。」

慎一完全沒聽見那男人嘮叨的話語。他知道只有自己能證明幸乃是無辜的。

但他同時也很清楚，自己只會站在這裡發抖，什麼都不會去做。

他把無憑無據的傳聞告訴了田中美智子，還有他明明是舊書店竊案的當事人卻隱瞞了真相。這兩件事讓慎一陷入了長期的鬱悶，他沒力氣再去上學，甚至沒力氣走出房間。

他很清楚一切都是自己造成的，所以他沒有權利恨別人，也沒理由恨媽媽。話雖如此，但他沒有其他方法可以消除鬱悶，向媽媽施暴是他和別人唯一的交集，也是讓他感到自己還活著的方法。

在慎一國中畢業、他父母離婚，和媽媽兩人流落到位於八王子的外婆家，或是被掃地出門而搬進附近的公寓之後，他始終沒有停止對媽媽施暴。

媽媽展現出了非凡的毅力，她為了讓慎一擁有自己的房間而租了寬敞的公寓，不分晝夜地勤奮工作。慎一在不知不覺間開始對媽媽萌生了感激之心，但一直都沒有表現出來。

慎一沒有去讀高中，而且幾乎不出門，快到十九歲的時候，他終於不再對媽媽施暴，兩人一起吃飯的次數漸漸增加，氣氛也越來越和諧。後來他通過了大學入學資格檢定，開始讀函授大學。

他原本只會在半夜去便利商店，如今活動範圍越來越廣，甚至去了神田的某間大學上課。他漸漸擺脫了舊書店那件事的影響。

幸乃一定過得很幸福，如今她是在讀大學，還是已經開始上班了？他想要藉著這種無意義的想像來和自己的人生妥協，就在此時，他看到了橫濱那樁縱火殺人案的報導。

他起初沒有注意到這個案子，在審判開始的一個月前，他才知道那樁震驚社會的案件的被告就是幸乃。他隔了多年又開始上網搜尋幸乃的名字，以前明明什麼都查不到，現在螢幕上卻出現了大量的報導。

報導刊登的確實是幸乃的照片。慎一仔細讀過整件案子的經過，獨自一人在房間裡劇烈顫抖。

「啊啊，又來了……」慎一忍不住說出這句話。

他直覺認為幸乃一定是在包庇某人，否則就是為了某種理由才攬上罪名。他幾乎是百分之百確信。無論看了多少報導，他都不認同，報導形容的那個凶惡罪犯和他所認識的幸乃沒有任何共通點。

他本來不想管這件事，覺得這事和自己沒有關係，但是他的懷疑一直沒有消失。他很想知道自己確信的事是不是真的，所以決定在離開十年後回到橫濱。

他打算去旁聽審判。

從審判第一天開始，他一直沒有被抽中，但他還是繼續跑法庭。到了第五天，在數量比前幾天更多的申請者中，他終於抽中了旁聽券。

慎一的心情格外平靜，鎮定如常地走進法院。他可以感覺到四周充滿緊張感，但他還是一樣冷靜。

就連他多年來一直期盼見到的幸乃走進法庭時，還有法官如大眾所料判她死刑時，他的心情都沒有變化。被隔板隔開的法庭和旁觀席充斥著截然不同的氣氛，令他更確定自己和幸乃之間是隔絕的，他幾乎為此發出安心的嘆息。

但他沒辦法置身事外。

幸乃在退庭時轉頭望向旁聽席，直勾勾地盯著他，露出微笑。他完全沒料到，那一刻他彷彿回到童年時代。過了好一會兒，他才想起自己身處何處，趕緊低下頭。

直到他走出法庭，仰望著滿樹金黃的銀杏時，他才理解情況，理解小時候很要好的幸乃人生已經結束的事實。童年時的記憶如翻頁一般掠過他的心頭。

為了撐過那一瞬間，他不惜欺騙自己的心。他太晚才發現事情的嚴重性，失去的東西再也找不回來了。他一直都是這個樣子，從國中以來一點都沒有成長。他不禁對自己感到氣憤，死命壓抑大喊的衝動。

「能為幸乃做的事……我能為幸乃做的事……」

那一天，在擠滿記者的法院前的大道上，他一次又一次地說著，像是要把這句話深深刻在心上。

「哇塞，你的房間什麼都沒有耶，嚇到我了。」

明明是平日卻穿著粉紅 polo 衫的翔，在慎一單調的房間裡四處張望。在山手見面之後，慎一和翔保持定期見面，但翔今天是第一次突然跑來他家。

「呃，抱歉。你、你說什麼？」

「就是說你的房間啊，連電視都沒有，這樣不是很不方便嗎？」

「喔喔……還好啦。」

「這樣連新聞都不能看吧。」

「有、有電腦就夠了。」

看到慎一輕輕搖頭，翔有些愧疚地縮起脖子。

「總覺得不太好意思，我突然跑來一定打擾到你了吧？可是你最近都不跟我聯絡，不會是故意躲我吧？」

「沒這回事啦。只、只是工作比較忙。」

「至少可以回個信吧。我還挺受傷的耶。」

「那、那個，真是對不起。」

「我又不是要你道歉。」翔露出苦笑，額頭滴落汗水。

現在已經是九月中旬，但天氣還是熱得像盛夏。

「今天是我的生日喔。」翔一邊用團扇搧風，一邊轉換話題。

「我的名字是爺爺取的，但其實我老爸也想了一個名字，你知道是什麼嗎？」

慎一搖搖頭，翔笑著望向月曆。

「是『敬太』。敬禮的敬，太陽的太，敬太。因為我的生日正好是當年的『敬老日（註10）』。真是好險啊，差點就被取了個莫名其妙的名字。都是什麼 Happy Monday（註11）的制度，幹麼擅自亂改規則啊。」

慎一也跟著望向月曆。沒有任何標示的「九月十五日」彷彿變得特別明亮。

對了，「山丘探險隊」的成員們好像也慶祝過這一天，他還記得小時候曾為了暑假結束後第一個假日興奮不已。

「嘿，阿慎，你下週會來參加聚會嗎？有真正認識幸乃的人在場，聚會比較有活力。」

翔終於談到正題了，和慎一猜的一樣。雖然翔熱切地探出上身，慎一卻更加鬱悶。和翔重逢以來已經過了半年，這段時間翔為幸乃做的事讓慎一非常感動，其中之

註10　日本的敬老日是九月的第三個星期一。

註11　日本的「Happy Monday 制度」是將某些國定假日移至特定的星期一，以便連休三天。

一就是他成立了成員多達五十人的聲援團體，其中包括很多跟他同世代的律師。

團體組成以後，翔每月都會召開兩次聚會。

起初慎一很積極地參加，但後來就漸漸不去了。因為這是自發組成的團體，成員之中有很多熱心關切社會問題的人，譬如現行死刑制度的弊病、各國刑罰的狀況、在日本遭到起訴後被判有罪的比例高到異常，每當坐在前方的律師們提起一個議題，就會引發熱烈討論。

也有成員質疑過幸乃的自白不真實或是根本沒做過犯行，慎一聽到之時非常興奮，但那些只是眾多論點的其中之一，欠缺說服力。

慎一知道身為主持人的翔不安地盯著自己，所以翔突然提議「阿慎，你也來說幾句話吧」的時候，他沒有太驚訝。慎一很難得完全不緊張，沒拿麥克風就直接開口。

他想說出從未告訴他人的國中往事，包括所有人都不疑有他的舊書店強盜案其實另有真凶，自己明明親眼目睹卻一直裝作沒這回事，就連先前在舊書店偷錢的人是自己都毫不隱瞞地說出來了。

「我、我並不想原諒自己，可、可是，這、這就是那件案子的真相。基於這個理由，看、看到大家都認定田中幸乃犯下縱火案，我、我就覺得很難過。」

雖然他比平時更結巴，但還是帶著挑釁的語氣說下去。他一直對那些人感到憤怒，因為他們的討論就算把「田中幸乃」換成其他死刑犯的名字也沒差。

慎一本來以為會聽到怒罵，但是沉寂片刻之後，現場卻響起如雷的掌聲，還有人喊「說得好」。或許有人覺得不高興，但他放眼望去看到的都是同樣的表情，都是非常輕浮的笑臉。

在那天之後，翔沒有再問過他舊書店的事。從前在熱烈的公民會館之中感到的孤獨又漸漸地浮現了。

慎一彷彿在逃避翔的目光，把視線拉回牆上的月曆。

「那、那天傍晚公司有面試，我可能會晚點到，但我還是會去。」

慎一死死地盯著「九月十五日」那一格，補上一句「生日快樂，阿翔」。

參加者比他上次來的時候更多，討論也更加熱烈，但他們的討論之中依然沒有幸乃的存在。慎一越來越覺得不對勁，他不認為這種聚會有什麼意義。

就算是這樣，他也沒辦法抱怨什麼，幸乃的判決已經過了四年。因為現在的法務大臣是眾所皆知的廢死倡議者，所以這幾年並沒有執行死刑，但這種情況也不知道能維持到哪一天。

明年夏天眾議院就要改選了。法律規定的「六個月」早就過了，連宣判到執行的平均期限也快到了。每晚躺上床，早上打開窗簾，慎一都感到非常焦急。

雖然能做的事有限，但他還是得盡力而為。

慎一花最多時間做的事，就是去見案發前已經認識幸乃的人，其中他聯絡最密切的就是八田聰。大多是慎一先寄信過去，八田之後才會回信，但他偶爾也會主動打電話來。
在這種時候，八田一定是有什麼新消息要告訴他，像是已經停止更新的部落格收到了怎樣的通知，或是他想去找什麼人問話，雖然每一次都沒有斬獲，總是好過毫無頭緒。

隔了許久沒聯絡，這次慎一是在和翔最後一次見面的下一季、在櫻花幾乎落盡的四月底接到他的電話。

『明天可以見個面嗎？』八田在電話裡的聲音很急迫，讓慎一相當好奇，而八田跟他約在中山站也是令他更加不安的原因。

到了隔天，慎一在約定的正午之前十幾分到達，卻發現八田已經到了。

「嗨，佐佐木，好久不見了。你好像不太一樣呢。」八田望著他最近剛買的春季大衣，開玩笑似地說道。

慎一假借記者身分去找八田已經是兩年前的事了。

「好、好久不見。那個，八田先生，這麼晚才祝賀你真是不好意思，恭喜你有了第二個孩子，是男孩吧。謝謝你特地寫信告知。」慎一說出了早就想好的問候，並且交給他一盒包裝好的糕點。

八田這次露出訝異的神情，「你好像真的不一樣了呢，跟上次見面時簡直判若兩人。」

「是、是這樣嗎？」

「發生了什麼跟幸乃有關的好事嗎？」

「呃……那個，一點進展都沒有。其、其實我現在連自己該做什麼都不知道。」

不知為何，再難以啟齒的話他都能告訴八田，他第一次說出國中時代犯的錯、揭露「幸乃或許是無辜的」的對象也是八田。

八田像是突然想起似地換了話題。

「喔喔，對了，我才該向你祝賀呢。你的工作定下來了對吧？我收到你的信之後還沒恭喜你呢，雖然我沒有準備禮物。」

從四月開始，慎一被東都瓦斯的相關企業錄取為正式員工，雖然工作內容沒變，但現在是在白天工作，所以他對公司更有歸屬感了。

「如何？工作很忙嗎？」

「這、這個嘛，責任可能變多了吧。」

「你現在幾歲啦？」

「三十歲了。」

「這樣啊，那幸乃也是三十歲了吧。她能活到這個年紀，我真該感到高興。」八田帶著領悟的表情點點頭，然後突然變得嚴肅。

「好了，繼續待在這裡也沒意思。我們走吧，有個地方想讓你看看。」

八田朝著案發現場走去。那條路慎一也走過很多次，他已經去找過公寓房東草部猛很多次了，還曾經因為在周遭徘徊引起附近居民懷疑。這條看似平凡的路不知從何時開始讓他充滿了感觸。

根據草部的證詞和井上美香死前那通電話的內容，可以確定幸乃當晚確實來過這附近，如果她真如慎一所料是無辜的，那她為什麼要跑來這裡？她當時一定很絕望，又或許是在找尋自殺的場所，這條平凡的路在她的眼中是什麼樣子呢？

「那個，不好意思，八、八田先生……」

八田默默地走在慎一前方幾步。慎一每次見到他都想問一件事，但每次都錯過機會。

「她、她的病還沒治好嗎？」

「病？」

「是的。我、我昨天又看了你的部落格，裡面多次提到她『像昏厥一樣地睡著』。關於這件事，你、你聽說過什麼嗎？」

小時候，幸乃只要情緒激動起來就會昏倒，把周圍的人都嚇壞，她自己卻好像睡得很舒服，讓他不知道該作何感想。看到幸乃笑著說「媽媽說我只有現在會這樣，長大以後就會痊癒了」，讓他覺得這種病一定會跟著她一輩子。

八田無力地回應「喔喔，你說那件事啊」，歪頭思索。

「我沒有直接問過她。我大概只有兩次親眼看到她昏倒，但是更讓我印象深刻的是敬介對她的痛罵。我在部落格裡面沒有提到，其實敬介會禁止她昏倒，不斷吼著『拿出妳的毅力』之類的蠢話，而她也真的咬緊嘴脣死撐，最後都會精疲力竭地睡著，不過這樣反而讓敬介更生氣。」

慎一很容易就能想像出那個情景，無論是幸乃昏倒前的慘白臉色、睡著後的安詳表情，還是醒來後的寂寥表情，他都可以輕鬆地勾勒出來。

八田再次陷入沉默，一邊爬上平緩的坡道，走了幾分鐘，最後到達的地方並不是案發現場。有一塊被人用白漆寫上「FUCK!」的石牌，上面刻著「白梅兒童公園」。

「坐一下吧。」

八田坐在入口旁邊的長椅上，抬頭望向長出綠葉的櫻花樹，說道：

「她曾經在這裡打電話給我，就在那件事發生之前，但我沒有接。這件事情讓我非常難過，那明明是她改變人生的唯一機會，也是我改變人生的機會。」

八田在此停頓片刻。

慎一注意到八田說的是「那件事發生之前」，而不是「她做了那件事之前」，他很感謝八田的體貼。

「其實那天晚上我也來過這個公園。」

「咦……？」

「在她離開的幾個小時後，當然只是巧合。我現在已經搬到其他地方了，但我當時也住在這附近，我作夢都沒想到她會在同一個地方打電話給我。」

八田說話的時候視線一直沒有離開過櫻花樹。慎一不知道他打算說什麼，也不知道他之前說的「有個地方想讓你看看」是指什麼。

剛剛還在公園裡玩耍的一家子不知何時已經離開。八田慢慢地轉頭望向慎一，露出有些挑釁意味的微笑。

「佐佐木，你就別再害怕了，去看幸乃吧。」

慎一不知道該回答什麼，八田仍繼續說：「如果你覺得她是無辜的，就應該直接去告訴她。時間所剩不多了，難道你希望再次留下悔恨嗎？」

「你、你不是也沒打算去看她嗎？」

「我和你不一樣吧。」

「哪、哪裡……」

「我不能再把人生耗在她身上了，因為我有其他要保護的人。」

斷然說完之後，八田立即低下頭去。

「不，不對。我跟你不一樣，我從一開始就沒有資格為她做什麼。」

他艱辛地起身，又望向櫻花樹。

「如果她在宣判的那天轉頭看過我，或許我不會這樣想，但她轉頭看的是你，還露出了不曾對敬介展露過的溫柔表情。我當時非常震驚，沒想到竟然有人能讓她露出那種表情。或許她真的沒做過那件事吧。」

八田的聲音感染了慎一的心，他覺得自己好像快要被說服了，但還是趕緊搖頭說：「我、我沒有話想對她說。」

「什麼嘛，你明明可以為過去的事道歉，不是嗎？」

「可、可是我不期望她能原諒我。」

「少騙人了，別裝得一副無所謂的樣子，你明明很希望她原諒你，否則怎麼會為她做這麼多事？不要再推託了，爽快地去見她吧。」

八田的措詞比平時強硬，但語氣卻很溫柔。慎一不知該怎麼回答，八田按著他的肩膀，勸導似地說：

「現在的你一定沒問題的。好好地面對她吧，你有這個資格。」

八田又坐下來，他似乎很注意手錶。下午一點四十五分。能聽到的只有風聲。

「佐佐木，你對幸乃的印象是怎樣的？」八田不好意思地抓著鼻子。

「印象？這個嘛……她小時候感覺很開朗，一副無憂無慮的樣子。」

「喔？真驚人，和一般大眾的看法完全相反呢。我對她最強烈的印象是單純。」

「是這樣嗎？」慎一不明白這些對話有什麼意義，不禁有些焦躁。

八田像在戲弄他似地笑著，「對了，你知道天真無邪的英文是什麼嗎？」

「呃……那、那個，八田……」

「是 innocent。」八田用回答蓋過了慎一的聲音。

他還是不明所以，疑惑地歪著頭，八田對他笑得很開懷。

「innocent 還有另一個意思，就是『無辜』。很神奇吧？為什麼『單純』和『無辜』是同一個字呢？」

八田沒有等慎一回答，他又看了一次手錶，一邊說「差不多了」一邊站起來。

「其實我今天是要向你道歉。」

「道歉？」

「嗯，從今以後，我要離開她的故事了。之前那個部落格被我太太看到了。我早就停止更新了，放著不管也不會怎樣，但我覺得是時候了，我的第二個孩子都出生了。」

「呃……可、可是，那個……」

八田揮揮手，不讓慎一發問。

「不好意思，我今天就會關閉部落格，這樣就不會再收到任何資訊了，我也打算把你和丹下的號碼刪掉，敬介的也一樣，雖然我跟他早就很多年都沒聯絡。我想要隔絕跟幸乃有關的一切事物，我說要離開她的故事就是這個意思。我還是沒辦法看完她的結局。」

慎一終於明白八田那輕鬆的表情是什麼意思了。他沒辦法批判八田的決定，反而很感謝八田能陪他走到今天。他理智上明白這一點，但心情還是很沉重，害怕自己即將失去為數不多的戰友。

八田像是明白他的心情，吸著鼻子說：「所以我今天會給你最後一條情報。我對這件事很有把握。」

說完以後，他就邁出有力的步伐。

「走吧，時間要到了。」

慎一靜靜地跟在八田身後。他有很多問題想問，但八田充滿緊張感的背影卻不容許他發問。

他們和先前一樣沉默地走著，幾分鐘之後，八田停下腳步，躲藏似地站在電線杆後，前面是一棟老舊的木造民宅，門前掛著街上常見的某基督教派的招牌。

八田看著那間房子的門，悄聲說道：「大概在兩個月前，我的部落格收到一封奇怪的匿名郵件，說了些『我的家人有個不能告訴別人的祕密』、『很怕自己隨時會不小心說出來』之類的話，看似非常煩惱。我回信之後，對方卻毫無音訊，後來我又試著改變內容，像是『身體的狀況還好吧？』，結果對方就立刻回信了。」

八田流暢地一口氣說完，慎一卻連話都說不好。

「說、說、說什麼？」他硬擠出的聲音有些拔尖。

八田點點頭說：

「信裡寫著『我都固定去教會，所以心情很平靜』。一看到這封信，我就猜到那是誰了。我在這一個月來經常去打探，結果真的被我猜對了，那人每週六都會來這裡。如果今天也一樣，他差不多就要出來了。」

慎一知道八田說的是誰。那人每次接受訪問脖子上都會掛著十字架，那是這團體的成員都會配戴的東西，而他歇斯底里地說著「神不會原諒她的」也在網路上引起了議論。

兩人默默地等著那扇門打開，看到那人走出來後，八田拍拍慎一的背。

「去吧，我能做的就這麼多了。加油吧。」

那一臉平靜走出房子的人，就是案發之後積極在媒體上發言的白髮老婆婆。慎一在法庭上見過她，那天她的身邊還跟著一個染金髮的少年。他們屏息觀察四周的神情，在激情的法庭中格外突兀，所以慎一對他們的印象很深刻。

老婆婆的目光如同被什麼吸引似地往這邊看過來。她顯然比當時老了許多，帶點棕色的眼睛露出強烈的驚恐。

「不、不要過來！」老婆婆似乎知道慎一是誰，當他走到離她幾公尺之處，她又大叫「就叫你別過來啊！」

眼看老婆婆就要轉身走掉，慎一猛然拉住她，她的臉孔因膽怯而扭曲，彷彿又要放聲叫喊，慎一稍微放鬆手上的力道。

「拜、拜託妳，至少收下這個。如果有什麼想跟我說的，就打這個電話。」慎一拿出錢包，從裡面抽出自己印的名片。

他為謹慎起見而帶在身上的唯一一張名片，四個角都磨圓了。老婆婆不安地看看名片，小聲地問道：「你是記者嗎？」

「不是，我是田中幸乃的老朋友。」

老婆婆一聽立刻皺起眉頭，「網路上的那個人就是你嗎？」

「不是，但我認識寫那些文章的人。我們下次再約出來談吧，妳、妳知道的事情一定能提供我們協助，就算是再小的事也行。」

老婆婆沒再說什麼，又怯懦地望向名片。慎一懷著祈求般的心情看著她。

慎一和在一旁等他的八田在中山站分手之後就回家了。當天晚上，他第一次寫信給幸乃。

寫好之後，他把信紙揉掉，又重新寫過，又再次揉掉。好不容易寫到滿意的時候，已經是深夜了，但他還是拿起手機。雖然不想打電話，但他得問收件人的聯絡方式要怎麼寫。

電話只響了幾聲，翔就接聽了，他沒有為慎一隔了幾個月又突然來電感到驚訝，而是熱情地打招呼。慎一單刀直入地說出自己想要寫信的事。

『哇！真的嗎！阿慎！我真的太高興了！』

翔比平時更多話，大概是喝了酒吧。他表示開心之後就緊接著說：

『哎呀，可是，可是啊，阿慎，寫信也不錯啦，但太費工夫了，你不如直接去見她吧。』

「我沒辦法去見她。」

『為什麼？』

「我現在還沒有任何成果能向她報告。」

『啊？什麼意思？你太嚴肅了啦，去拘留所探視的人都比你想像得更輕鬆啦。』

翔笑了起來，最後他用清澈的聲音補上一句，『哎呀，真的是一板一眼耶。你一點都沒變呢，阿慎。』

翔說這句話應該沒有其他意思，但慎一聽到朋友說的這句話，卻覺得心臟像被銳利的貓爪刮了一下。

慎一寄了幾次電子郵件給八田告訴他的信箱，但老婆婆始終沒有回信。時間就這樣無意義地流逝，他的心中也越來越焦急。

到了夏天，眾議院改選，在野黨獲得了過半數席位，新的法務大臣是個態度強硬的年輕辯論家、被視為支持死刑一派的領頭羊、律師出身的男人，可以想見新政權應該會重啟停滯已久的死刑執行。

在入秋之後，一口氣執行了三件死刑。

慎一從新聞網站看到這件事，頓時全身發抖。雖然沒看到「田中幸乃」的名字，但他還是像被摑了一掌似地眼前發昏。

他一再讀著只有短短幾行的報導，彷彿被拉回了現實。他早就知道時間不多，但這件事再一次地讓他意識到分秒必爭。說不定就是明天，說不定他青梅竹馬的好友明天就沒命了。

他寫信給幸乃的次數變多了，給老婆婆的郵件也寄得更頻繁了。看到執行死刑的新聞之後，他不敢再隨便上網，更不敢再搜尋「田中幸乃」的名字。他的焦躁、憤怒、無力感與日俱增，接著又到了新的一年。

這是幸乃被判刑後的第六年的春天。他每天都期望手機響起，又害怕手機真的響起。網路上的報導也一樣，他不知道何時會從哪裡聽到新消息，不知道那會是能讓幸乃得救的資訊，還是死刑執行的消息，期待和擔憂在他的心中層層堆疊，逐漸侵蝕了他的心。

在三月將近時，一通令人緊張的電話打來。

那是陽光溫和照耀著草木的星期六，慎一早就決定這天要去老婆婆的家裡拜訪。

他正在準備出門，手機突然響起，來電顯示是「丹下翔」。慎一咬住嘴脣，做好心理準備，才按下通話鍵。

『喔，喂喂？阿慎嗎？』翔的語氣很普通，讓慎一暫時放心了。

『阿慎，你現在在家嗎？』

「嗯，在家。」

『不好意思，我已經到大口站了，等一下能見個面嗎？我有事情想問你。』翔的語氣很強硬，彷彿不容他拒絕。

慎一問他要不要來家裡，但翔要求約在車站。慎一轉而說了一間偶爾會去的咖啡廳，然後就加緊準備。

翔在假日依然穿著襯衫，更令慎一驚訝的是，他的身邊還有一個陌生男人，年紀大概四十出頭，同樣穿著質料很好的三件式西裝。慎一不用問就知道這男人是誰。

「喔喔，阿慎，這位是濱中博律師。你可能在電視上看過他吧。他最近開始協助我。」翔簡單打過招呼，就為慎一介紹了那人。

聽他這麼一說，慎一也覺得他很面熟。既然連家裡沒電視的慎一都認識，想必是真的很有名。

「初次見面，我是濱中。」那人遞出活版印刷的名片，朝慎一輕輕點個頭。

「那、那個……」慎一正想說自己沒有名片，那人卻看都不看他，直接進入正題。

「我主要負責刑事案件，至今打贏過兩次無罪判決的官司，或許能幫上你的忙。」

那個叫濱中的男人語氣非常自大，而且冷冰冰的。

慎一求救似地望向翔，但翔卻一臉興奮地看著濱中，「我把你說的那些事告訴他之後，他就堅持要跟你見面。他還狠狠教訓了我一頓，說只要有人指出可能是冤案，就算只有百分之一的可能性也要相信他，這才是律師該做的事。之前真的很抱歉，阿慎。」

翔興奮得有些臉紅。濱中對此一笑置之，把筆記攤在桌上。

「本國的警察太隨便了，完全不值得信任，那些人的調查能力真是讓人看不下去。」

翔一邊點頭一邊補充說：「順帶一提，濱中先生和加賀伸孝是司法研修時代的同學呢。」

「加賀？是誰啊？」

「嗯，就是現任的法務大臣。他們兩人年輕時在同一間律師事務所工作，算是對手吧。」

濱中抬手制止了翔的炫耀，彷彿覺得提到那人的名字會髒了耳朵。他神經質地轉著筆，首次正眼看了慎一。

「我想先問你幾個問題，請你如實回答。」

濱中使了個眼色，翔就把一份資料放在慎一面前，好像是他的助手一樣，這個場面讓慎一覺得很詭異。

「首先，我想要問你認為這是冤案的理由。會讓你這麼想的具體理由第一點……」

「呃……等、等一下。這是在做什麼？」

氣氛頓時凍結。

濱中訝異地注視著慎一，翔也明顯露出不悅的表情，似乎在譴責他糟蹋了這難得的機會。慎一看出翔的心思，心底感到很厭煩。

「我又沒有拜託誰聽我說話。說什麼相信才是律師該做的事，我又沒有拜託過誰相信我。」

慎一的眼睛只盯著翔。在一觸即發的緊張氣氛中，慎一聽到濱中厭倦的嘆息，但這跟他毫無關係。翔也緊盯著慎一，眼中浮現些許怒氣。

「你到底在生什麼氣？想說什麼就直接說出來啊。」

「我沒什麼想說的。」

「其實我很久以前就想問你了，阿慎，你有什麼不滿的？我做的事讓你那麼看不順眼嗎？」

「沒這回事。我知道你是用你的方法在努力，只是和我的方法不一樣。」

「有什麼不一樣？」

「呃……這個嘛，就是……」

慎一回答不出來，此時突然瞥見在一旁看著的濱中，那副事不關己的態度讓慎一火氣上衝，於是又緊盯著翔，堅決地開口說：「阿翔，你知道今天是什麼日子嗎？」

「今天？」翔複誦了一次，表情有些愕然。

「今天有什麼事嗎？那件案子的日期還沒到吧？我記得那是……」

「不，阿翔，不是那件事。今天是三月二十六日，是幸乃的生日，是我們的朋友的第三十個生日。你連這件事都不記得了？」

沉默片刻以後，翔無力地搖頭，喃喃說了句「怎麼會……」，然後就不再說話了。

慎一也不知道還有什麼好說的，光是這些就夠了，「有事的話再聯絡我吧。」

慎一說完就站起來，翔一臉難受地嘆了一口氣，「阿慎，你好像變了呢。」

「是嗎？」

「嗯，很有自信，好像變了個人。」

說完之後，翔立刻改正，「不對，就像小時候的你一樣。」

慎一先向濱中道歉，然後給了翔一個微笑，逕自走出咖啡廳。他快步走進車站，等著開往中山的電車，但先來的是開往反方向的車。

慎一想了一下，就決定上車。他沒有和老婆婆事先約好，反正早就知道不會有太多收穫，去哪裡都一樣。

他從大口站坐到東神奈川，又在那裡換了京濱東北線，在石川町下了電車，經過時髦的元町商店街，一口氣爬上陡峭的坡道，來到觀港山丘公園旁邊，他才抬起頭來。

海風吹著他發燙的身體，感覺很舒服。幸乃以前住過的房子、和翔重逢的咖啡廳、和媽媽站著說話的小巷、國中時代哭著回家的通學道路、田中美智子找他說話的公園……時代紛亂的記憶不斷從眼前掠過。

繼續走了二十分鐘左右，他走進一片茂密的樹林，以前一口氣就能爬上去的土堤，現在爬了一下就氣喘如牛。他看到地上的落花，更是迫不及待。

他來到回憶中的地點，山丘上的祕密基地。

出現在慎一眼前的，是超乎預料的整片粉紅景色。

「哇！」他忍不住像孩子發出驚呼。

滿山的櫻花樹在春風中搖擺，花瓣如雪片般飛舞，樹枝演奏著輕柔的音樂。那些鮮明的記憶眼看就要浮現，他卻死命地壓下來。

額上滴落汗水。他回過神來，轉頭一看，下方是橫濱的街道，和煦的春陽從雲朵間灑下，把街景染成一片橘黃。那是過去令他充滿希望的光景。

慎一用力握緊拳頭。他以前從未想過自己會獨自跑來看這片風景，也從未想過會有一天無法帶她來這裡。

在回程的電車上，慎一從公事包裡拿出信紙，埋首寫信。此時坐在旁邊的中年女性突然對他說：「去賞花啦？真好。」

慎一發現她是在跟自己說話，疑惑地歪頭，那女人愉快地瞇著眼睛說：「不好意思，因為你的頭上都是花瓣。」

她把手伸到慎一的頭上，「這個給你。」她遞來幾片櫻花的花瓣。

慎一突然靈光一閃，接過花瓣，小心翼翼地收進口袋。

和那女人談話時，電車經過大口，又經過中山，那女人在町田下了車，但慎一還繼續搭。他要去見媽媽，問她一些事。

到了終點八王子站時，街上的霓虹燈已經亮起。剛好在家的媽媽看到他突然回來非常驚訝。

「有沒有辦法能把花瓣保存下來，不讓它枯萎？」

媽媽同樣驚訝地看著慎一拿出來的花瓣，過了一會兒就點點頭。媽媽當然也知道慎一正在為幸乃奔走的事。

「用蠟包起來怎麼樣？我有個好方法。」媽媽開始滔滔不絕地說著。

慎一把花瓣的事交給媽媽，自己繼續寫信。他好久沒有窩在這個房間裡，在他專心寫信之間，時間不斷流逝。

他只寫了關於櫻花的事。

關於以前一起賞花，還有獨自一人看到的春景，心裡的想法怎麼寫都寫不完。寫好的文章他只重讀了一次，有很多地方應該修正，但他卻放著不管，他已經沒有那種熱情了。他寫下最後一句話，把所有心意寄託在文字中。

『我很想再跟妳一起看那片風景一次。無論如何我都相信妳。我需要妳。我一定會把妳從那裡帶出來。所以，到時希望妳可以原諒我。』

慎一莫名地充滿自信。他寫下這句話時，媽媽眼睛發亮地打開房門，拿著抹上薄蠟的花瓣以及牛皮紙信封，不知為何還有一罐名牌香水。

「可以加一點嗎？」

看到慎一點頭，媽媽才在花瓣上灑一些香水。他聞了聞，那是春天的味道。她會發現嗎？希望自己的心意能和香味一起送到她手上。

過了幾個月，梅雨季結束後，慎一很意外地收到幸乃的回信。直到拆信時他都還很冷靜，但是一開始讀信，手就顫抖起來。讀完只有短短幾行字的信件後，他才發現自己一直強忍著淚水。

他忍不住淚如泉湧。

她在信中說自己已經放棄活下去了，但慎一反而從中感受到她對活下去的執著，因為那些令人懷念的字句寫得非常堅決，就是那種力道令他誤會。

真的快沒時間了。一想到這裡，慎一立刻打開電腦，開啟信箱，點選已經很熟悉的聯絡人清單。他先為自己的失禮而道歉，然後提到幸乃第一次寄信給自己，還轉述了信中的一段句子。

『說不想見到那些櫻花是騙人的，但我更希望能盡快受到制裁。我每天都在期盼，自己能從所有人的記憶中被抹去。我在法庭上說過很抱歉自己活在世上，這個想法至今依然沒變。』

慎一覺得事情或許會有轉機，希望老婆婆也能意識到這點。

這一年的夏天比往年更炎熱，即使到了九月，陽光的熱力還是沒有減弱，從水泥冒出的熱氣令人很不舒服，到了第三週，終於有降雨來紓解熱氣。

這場雨也帶來了颱風，如今不用再擔心缺水，低窪地區反而還淹水了。

狂風暴雨下了整整三天，好不容易等到雨停風止、太陽露臉，季節卻為之一變。天空清澈無雲，風中不帶任何水氣，蟬鳴漸漸消失，市區也不再像夏天那般喧囂。

這天午休時間，慎一像平時一樣在大樓前的廣場讀文庫本，一邊吃著在便利商店買的麵包，不過因為太舒適，反而沒辦法專心看書。

他無奈地決定聽音樂，從公事包裡拿出手機，卻發現螢幕亮起平時很少看見的未接來電提示燈，他倒吸了一口氣。

通話紀錄裡有兩通電話的開頭是橫濱市外的區碼「〇四五」，他先確認過語音信箱沒有留言，再按下撥號鍵，對方立刻接聽了。

「喂，我是佐佐木，請問有人打電話找我嗎？」

經過彷彿有幾秒、幾十秒那樣漫長的沉默後，對方小聲地報上姓名「我是江藤」。是之前那位老婆婆，她聲音細微，似乎很疲憊。

老婆婆說想要立刻和慎一見面，慎一回答現在正在上班，但她又說「最好趁我還沒改變心意的時候」，他只好答應。

掛斷電話後，螢幕顯示出日期和時間。下午兩點六分，九月十五日星期四……他對這日期有印象。這是什麼日子？慎一還沒想起來，意識就轉移到老婆婆身上了。

老婆婆跟他約定的地點是「白梅兒童公園」。慎一向公司申請早退，搭計程車趕到公園時，她正獨自坐在長椅上。她看起來比一年半前更矮小、更老邁。

「我來晚了。」慎一說道，顫抖著肩膀。一副像是忘了約定的樣子。

「啊……啊啊，佐佐木先生。」老婆婆自言自語似地說著。

從她身上完全看不出先前的強烈敵意，她深深低下頭，禮貌地打招呼，「勞煩你跑一趟真是抱歉。」

老婆婆連珠炮似地繼續說：「我找你來這裡是有理由的。」

「理由？」

「是的。我想先讓你看看這地方，一切都是從這裡開始的。」

老婆婆努力伸直駝著的背，望向空無一人的公園。她的語氣充滿了令慎一感到緊張的氣氛。

「那個，妳有什麼話要告訴我？」

聽到慎一的問題，老婆婆輕輕點頭兩三次。

「我有個孫子叫浩明，那孩子六歲的時候父親就過世了，他小學四年級時，我的女兒慶子也病逝了，後來我們兩人就相依為命。我決心要好好地照顧那孩子，不再讓他傷心難過。他原本是個好孩子，但是在升上國中之後卻經常跟一群壞朋友混在一起。」

老婆婆懊惱地這麼說著，慎一想起了在法院看到的少年。

「那個，就是跟妳一起去法庭的那位嗎？金髮？」

老婆婆露出不置可否的曖昧表情。

「老實說，有一段時期我真的不知道該拿他怎麼辦，甚至還有警察找上門。我一直教導他不能傷害別人，絕對不能比我先死，但那孩子在騎機車時出了車禍，三天三夜在鬼門關前徘徊。那時我很生氣，等他醒來就狠狠罵了他一頓，但那孩子向我道歉，說他絕對不會再讓我擔心。」

老婆婆說到這裡停了下來，然後問慎一「能跟我去一個地方嗎？」

她朝著公園門口走去，慎一默默地跟著她。雖然她走得不快，步伐卻很堅定。

「國中畢業的時候，高中輟學的時候，熟人介紹他去做木工的時候，每次過了一個階段，浩明都向我保證不會再做那些蠢事。結果他還是沒變，只要陷入過泥沼一次，就很難脫身了，就算他不願意也沒辦法。」

老婆婆辯解似地高聲說道，然後盯著慎一的眼睛好一陣子。她的眼睛泛紅，看起來很不安，「上週我剛做完孫子逝世兩週年的法會。」

「咦？」

「他是在二十三歲的時候過世的，他騎著機車衝出護欄。警察認為這件事是意外，但我不這麼覺得。我懷疑他是自殺。」

「自殺？」

「是啊，因為慶子……那孩子的母親也是在那天走的。這難道只是巧合嗎？我到底要看著多少心愛的人死去才行？我那時好恨神，或許我真的該受懲罰，我知道自己犯了重罪，但那孩子跟我的性命一樣重要，叫我怎麼不難過？」

老婆婆這番話說得太抽象了，慎一完全聽不懂。她一臉嚴肅地閉上嘴。一陣風吹來，令人感受到多年苦楚的白髮隨之搖擺。

「你應該知道吧，我是『迦南美地』的信徒。」老婆婆一臉放棄地嘆著氣。

「我是在慶子過世時被熟人帶入教的，這些年來我一直虔信宗教，但是不管我怎麼勸，浩明都不肯入教，反而很排斥。那孩子留下囑咐，說自己死了以後絕對不辦迦南式的葬禮，所以我才會用佛教的方式幫他辦法會。」

「他在遺言裡這樣說嗎？」

「不是遺言那麼正式的東西，只是他寫在筆記本上的話。那是他在縱火案之後每天都會寫的筆記。」

啊啊，話題終於碰觸到核心了。慎一心中浮現這個念頭後，老婆婆停下腳步，從包包裡拿出一串鑰匙。眼前的平房掛著「江藤」的門牌，這棟木造民宅就算客套也無法說是漂亮，連門牌都髒到幾乎看不清楚姓氏。

「請進吧。」

慎一依照老婆婆的話走進屋內，立刻睜大眼睛。他第一眼看到的東西是顯然跟房間尺寸很不搭的巨大佛壇，上面擺著他見過的少年遺照。

令他驚訝的還不只這樣。只有幾張榻榻米大的狹窄客廳裡堆滿了雜物，全部都是跟宗教相關的物品，光是釘在十字架上的基督銅像就有好幾個。

在基督銅像之間還擺著幾尊全新的佛像。室內瀰漫著線香和菊花的味道。兩種宗教的器物如競爭一般擠在房裡的情景太過詭異，讓慎一有點想吐。

「佐佐木先生，你知道草部先生這個人嗎？」從廚房端出麥茶的老婆婆問道。

突然聽到這個名字，慎一還來不及反應過來。

「那、那個，就是那間公寓的房東吧……」

「是的，他叫作草部猛，跟浩明見過面。說是這樣說，但草部先生大概不記得他吧。」

老婆婆在慎一對面坐下，從地上那堆筆記本之中抽出一本。她咬緊嘴唇，慢慢地望向慎一。他長久以來一直相信、一直期盼聽到的話突然鑽進耳中。

「那件案子的真凶不是你的朋友。是浩明他們那群人，不是田中幸乃小姐。」

慎一頓時豎起寒毛。老婆婆的眼睛仍緊盯著他。

「大概在那件案子發生的一星期前吧，那孩子氣沖沖地回到家，說他和朋友們在白梅兒童公園玩拳擊遊戲時被一個不認識的老頭罵了。我不知道他說的是不是真的，如果是真的，那他會生氣也很正常。聽說那人罵得很難聽，像是『你們只會造成附近居民的困擾』、『公園的塗鴉也是你們搞的吧』、『真想看看你們是被怎樣的家庭養大的』，我為了安撫他還花費了一番力氣。」

老婆婆翻起手上的筆記本，慎一看著她的動作，想起以前看過的報導。

在案發當時，有短短幾行記述提到草部的發言：「案發的一週前，我才剛在附近的公園制止了一群少年的爭執。」

不管真相如何，報導鐵定只是一面之詞。

老婆婆沒等慎一答話，用沙啞的聲音繼續說她的孫子不認識那老頭，但是很不幸地，他們那夥人的老大認識擔任民生委員的草部猛，也知道他家住在哪裡。有一位學長提議報仇，其他人也表示同意，說要在公寓前縱火的是浩明的好友，煤油就是他和浩明兩人一起準備的。

實際縱火的是浩明很照顧的學弟，而他並不知道二樓轉角的房間掛著「草部」的門牌，其實是草部和井上家商議出來對付跟蹤者的策略。

他們當然只是想要嚇嚇草部，不是真的打算殺人。天乾物燥只是個不幸的巧合，沒人想到會釀成那麼嚴重的悲劇。浩明在凌晨的時候回到家，樣子看起來很不對勁，但他沒說發生了什麼事，老婆婆也沒有追問下去……

「隔天早上，我從『迦南』的熟人那裡聽說了火災的事，但我太愚昧了，完全沒想到那件事會和浩明有關。我是在那天傍晚和浩明一起看電視時才發現異狀的，他看到田中小姐被逮捕的新聞就突然開始掉眼淚，還說了一些奇怪的話。」

「奇怪的話？」

低著頭的老婆婆痛苦地扭曲了臉孔。

「是的。他說『那個人一定很想死』。」

經過片刻沉默，慎一再次感到想吐。他嚥下不斷分泌的口水，問道：「那是什麼意思？」

「我也這樣問了他，但他只是搖頭，沒有解釋。又過了幾天，他才告訴我真相。他臉色蒼白，突然說要去自首，我完全不明白他為什麼要這樣做。難道不是嗎？凶手都已經抓到了，電視上每個人都在批評田中小姐，還提到她過去犯的罪，還有她跟蹤人家的行為，大家都覺得很合理。」

「可是這樣……」

「我知道，因為浩明的態度太不尋常了。不過，就是因為這樣，我更不能答應讓他去自首，我完全不聽他說話，只叫他『什麼都別說』，我在攝影機前說了謊，甚至上了法庭。我不知道田中小姐為什麼要幫人頂罪，總之只要有人頂罪就行了。我這樣期望難道不對嗎？聽到田中小姐被判死刑時，我確實有些愧疚，但也鬆了一口氣。終於不用再擔心了，至少對我來說是這樣。但浩明不這麼想，他反而更自責了。」

慎一看到老婆婆的呼吸變得比較平穩，就冷靜地問道：「妳為什麼要帶孫子一起去？」

「去哪裡？」

「我只是單純地感到好奇，妳會把他帶到法庭那麼顯眼的地方未免太奇怪了，妳應該希望他躲起來吧？」

「……不是這樣。」老婆婆自嘲似地吸著鼻子。

「不是我帶他去的，我連審判的事都沒告訴他，出庭作證和每天旁聽的事就更不用說了。判決那天是他自己跑來的，我當然罵了他，但他卻抽中旁聽券。如果那時我硬拉他回家就好了，我對這件事也非常後悔。」

說完以後，老婆婆把翻開的筆記本遞到慎一面前，他第一個看到的就是那行軟弱的字，『我想向田中小姐道歉。』

「這是宣判當天的日記。」

慎一不理會老婆婆的發言，專心地翻頁。

每頁的日期都不一樣，但內容卻差不多，全是後悔的心情。裡面連綿不絕地寫著他如何愧對死去的受害者、獨自活下來的敬介、公寓被燒到半毀的草部猛、努力保護他的外婆，以及將要被他害死的幸乃。雖然老婆婆否認這是遺書，但慎一怎麼看都覺得這就是遺書。

慎一在讀日記時，老婆婆依然繼續說著：

「我希望那孩子能回到神的身邊，雖然我這樣祈求，卻還是沒辦法說出真相。上週做完了兩週年法會，我終於下定決心，從抽屜拿出收藏很久的浩明的日記，我越看越搞不懂自己到底想要保護什麼，我甚至懷疑那孩子其實是被我害死的。我也是在那時看了你寄來的郵件，以及幸乃小姐寄給你的信……對不起。我真的覺得很震撼，我知道自己沒有資格哭，但我看到信的時候還是淚流不止。」

此時慎一的胸中充滿了安心感。他轉頭望向窗外，銀杏的葉子在路燈的照耀下搖晃，想必再過一陣子就會出現滿樹的金黃，到了春天就會開花，到時櫻花大概已經落光了。

「能請妳跟我走嗎？」慎一緩慢而堅定地說。

他們總算趕上了，明年春天他們一定能一起賞櫻，一定能從山手的山丘一起俯瞰橫濱，一定能把某些東西找回來。

看到老婆婆毅然地點頭，慎一握緊拳頭。他決定不再讓自己失去重要的東西。

「我想，會有很多人的人生因此改變，或許大部分的人不希望看到這種結果，甚至連妳和幸乃也是。但我還是要帶妳去找警察，這件事必須解決。或許正義不是只有一種，但真相確實只有一個。」

老婆婆把手從腿上移到地上，深深低下頭，像是在跪拜。

慎一望向牆上的月曆，像是要把這一天烙在心中。

九月十五日，命運的星期四……

喔，對了。慎一終於想到了。今天是他的生日，難怪自己會對這個日期有印象。

徵求老婆婆同意之後，慎一拿起手機，從電話簿裡找到「丹下翔」的號碼，一邊想像著不久之後就會加上「田中幸乃」的號碼。

「真的趕上了。」他不自覺地喃喃說道。

這下子終於能去見她了。不，到時就是在監獄外相見了。

慎一用力握緊手機。如果不這麼做，他恐怕會全身癱軟。

終章　「判處死刑……」

田中幸乃的死刑執行命令，是在東京受到十幾年不見的強烈颱風襲擊的九月十二日發下來的。

這命令太令人震撼，我的腦袋轉不過來，也沒辦法立刻開口回應，我的頂頭上司看守組長對我點點頭，心情沉重地說：「關於這點，我有一件事要拜託妳，佐渡山小姐。我只是奉上級命令行事，請妳不要埋怨我。」

話都說到這個分上了，我還是沒有會意過來。

這是我當獄警的第六年，我被分發到東京拘留所的處遇部門，負責女監的看守。我已經送走過一個死刑犯了，雖然不是朝夕相處。

我每天都在想像田中幸乃的那一天到來的畫面。

她沒有申請重審，也沒有懇求赦免，所以執行命令隨時都有可能來到。雖然我理智上明白，但心裡還是覺得太過突然，因為我一直覺得春天更適合為她送行。

組長注視著我，輕嘆一口氣，「不好意思，我還是想拜託妳送她去。」

「咦？」

「對不起。這是上級的命令。」

我全身的血液都發出了轟隆聲，接著我意識到自己的臉漲紅了。

「等、等一下。送她去是什麼意思？」

「就是字面上的意思。我希望妳把田中幸乃從房間裡帶出來。」

「怎麼會這樣？為什麼要我去？我是……」

我是女人耶……？我在最後一刻勉強吞下了這句話。

組長垂下眼簾，點頭說：「我明白，我也提過反對意見，不過上級對上次的事似乎很介意。」

「上次的事？」

「就是光山愛那件事。上級對那種事很敏感。」

我忍不住皺起眉頭。

為了獲得保險金而毒殺了四個男人的光山，是一年前執行死刑的。當時由男性獄警負責押送，聽說她在去刑場的途中，以及站在死刑臺上，都不斷地叫喊著「有人偷摸我！」。

刑場裡的事本該是最高機密，但光山的事在拘留所內傳得沸沸揚揚，甚至傳到外界。她過人的美貌對拘留所是件不幸的事，有些週刊見獵心喜，大肆宣揚此事來勾起讀者興趣，也難怪上級會變得那麼敏感。

「當然，我不會只讓妳一個人去，我們也會陪在旁邊。我要妳做的只有把田中幸乃從房間帶出來，還有陪在她身邊以防萬一。我不會叫妳陪同行刑的。」
組長說得很誠懇，我並不想抱怨他。如他所說，這是上級的命令，但我沒辦法什麼都不說。
「就算是這樣，為什麼要我去？不是還有其他的女看守嗎？」
我反對的理由不只是因為我是女性。雖然沒有明確規定，但慣例一向是由資歷超過十年的老鳥負責的。
「我能信賴的只有妳了。」
「怎麼可能？那香山小姐呢？還有水口小姐。」
「這件事還沒公開，但其實香山小姐已經懷孕了。妳也知道水口小姐的父親在春天才剛過世，總不能叫她在服喪期間帶囚犯去行刑吧？」
「可是，還有其他人啊，像是……」
「事情是不會改變的，佐渡山小姐。上級也是經過深思熟慮才選擇妳的，妳可以把這件事當成正在推行的拘留所改革的一部分。這對妳來說也是個好機會。」
看守組長強調了「機會」，像是把這個詞彙當成王牌。為了應付逐漸增加的女性凶惡罪犯，要比過去更積極地運用女獄警……看到現任法務大臣扛著「拘留所、刑務所改革」的大旗做出這種要求時，我並不驚訝，而是苦笑。
我真想問，難道女獄警的工作看起來輕鬆到必須推行改革嗎？但當時的我完全沒想到，這種改革有一天也會落在自己頭上。

「妳和田中幸乃很親近嗎？」看守組長彷彿想要改變氣氛，歪著頭問道。

「沒有，算不上親近。」

「既然如此，妳就好好地看著她到最後吧，以後妳會遇上更多這種情況。如果妳想在這裡出人頭地，就要不為所動地認真做下去。」

這次我感受到的毫無疑問是憤怒，但這憤怒是針對誰，是從何而來，連我自己都搞不清楚。

這一晚，我和男友新田春樹約在湯島酒吧。

春樹曾經用看透一切的表情指出「妳心情好的時候就會來我家，心情不好的時候就會去湯島」。雖然我不喜歡被他看穿，但我現在的確不想去他住的代代木。

還好酒吧裡沒有其他客人。老闆原本在看綜藝節目，一見我走進來就開始找遙控器，我向他說道：「沒關係，我正在等人。」

春樹大概三十分鐘之後才到，他的神情和平時一樣輕鬆，但顯然是匆匆趕來的。

「發生什麼事了？妳的臉色不太好。」

「沒有，沒什麼。你那邊怎樣？一定有什麼重要的工作吧？」

聽到他的問法像是一口咬定我有狀況，我忍不住冷冷地回應。我沒辦法向春樹說出拘留所裡的事。

我和春樹在法庭認識以來已經過了八年，他辭去了東京都公務員的工作、開始做環境相關的風險投資也已經三年了，這些年來他提過幾次結婚的事，但我都只是聽聽就算。

他會提到結婚都是在我工作遇到困難的時候。每次沉浸在幸福的氣氛之中，我都會想起和我年齡相近的死刑犯。很少笑的田中幸乃，她的笑容不知為何總會掠過我的心頭。

春樹和老闆一起看著電視大笑，而我撐著下巴，無意識地在沾溼的杯墊寫下兩個名字。

佐渡山瞳。

新田瞳。

只要我點頭，就能擺脫這個從小到大都很討厭的冗長名字。我有一種錯覺，覺得光是這樣就能讓我展開新的人生。

我帶著些許的厭惡感望著「新田瞳」那個名字。春樹輕輕笑了一聲。

「在想田中幸乃的事？」

他突然提到這件事，讓我忍不住皺起臉孔。杯子裡的冰塊發出碰撞的聲響。春樹確認似地點點頭。

「如果猜錯了真是抱歉，但我一看就知道妳不太對勁。」

「沒這回事，我只是累了。」

「是嗎？那就好。那就好。」春樹嘴上這樣說，但眼中還是帶著懷疑的神色。

「妳就當作我是在討論一般情況吧。如果妳收到了無法承受的命令，打從心底不願遵從，我覺得妳大可不用顧慮，直接拒絕就好。就算被人覺得是在逃避也無所謂，如果有人批評妳，妳當作沒聽到就好了。」

春樹一口氣說完後，窗外傳來強勁的風聲。我突然有種衝動，想把一切都告訴他，如果這樣能讓我的心情稍微平復，應該無可厚非吧。我軟弱地如此想著。

但我什麼都說不出來。我考慮到的是我跟春樹之間的關係。如果他知道我陪同過死刑執行，他還能像從前一樣對待我嗎？一定會變得不一樣吧。

還有另一個理由。

她一輩子都渴望「和別人產生連結」，如果這份渴望因為被我透露給別人而變淡了，我也沒臉自顧自地放鬆。

「那我也以一般情況的角度回答吧。就算我收到不願接受的命令，我也不想逃避，因為我覺得只有扛到最後才算是盡了對那個人的責任。我覺得那人一直被別人逃避著，因為那人的身邊沒有像我們這種關係的人。」

春樹沒有開口，過了一陣子才理解地點頭。

「我可以再問妳一個問題嗎？也是一般狀況。」

「嗯，什麼問題？」

「有什麼方法可以躲避死刑？」

春樹果然猜到了原因是幸乃的死刑執行命令。他問得很直接，我一聽就知道了。

「你是說已經發下執行命令的情況？」

「是啊。」

「不可能的，上級的命令不能不遵從。所內的紀律非常嚴明，像我這樣的小人物完全沒有發話權。」

「這樣啊，真是不值呢。公家機關本來就是這樣吧。不過對那人來說，或許乖乖伏法還比較乾脆。」春樹一臉憂鬱地說道。

此時窗外傳來驚天動地的雷聲。老闆開門看看外面，風雨立刻吹進店裡，溫暖的空氣包圍了我被冷氣吹得冰涼的身體。真希望這場暴風雨能把拘留所吹倒。

我知道自己的想法很愚蠢，但我只能想到這種辦法。雖然希望死刑停止執行，但我實在無能為力。

「啊，不過……」我脫口說道。

真的沒有辦法嗎？這種想法當然很不實際，但辦法還是有的。我確實知道有個方法可以救她。

春樹目不轉睛地盯著我，我發現他在看，就用笑容糊弄過去。我勉強自己露出笑容，藉此壓下那突然浮現的離譜念頭。

我盡力從腦海抹去幸乃展露過的苦悶表情，還有與之相反的幸福表情。

我沒告訴任何人執行死刑的事。

度過完全睡不著的幾天之後，終於到了九月十五日星期四的早晨。颱風已經離開，天空晴朗無雲，空氣冷冽清澈。這美麗的天空只讓我感到諷刺。

我在早上五點多走出公務員宿舍，拖著比平時沉重的腳步走向拘留所。所內的氣氛也和平時不同，全體職員像是承擔著相同的罪過，眼神黯淡又毫無生氣，連打招呼都不太起勁。

簡單的晨會結束時，看守組長叫了我。會議室的沉重門扉打開時，以所長為首的所有幹部，包括在執行死刑之前，負責運送囚犯和警備的獄警都準備妥當了。

值夜班的年輕獄警報告了幸乃今天早上的情況，聽起來沒有問題，早餐也全吃完了。我能感受到會議室裡瀰漫著消沉的氣氛。

如果想躲過今天的死刑，現在是最好的機會。依照刑事訴訟法四七九條，如果死刑犯處於心神喪失的狀態，就得停止執行死刑。就算沒有心神喪失，依照慣例，若死刑犯罹患重病也會停止執行。

只要突然病倒就好了。

不，公家機關最討厭突發狀況，就算她真的病倒，也不能保證一定會停止執行。可是，總不會真的把她拖上死刑臺套上繩索吧？

快到八點了，所長發出最後指示，「那就請各位在十分之前到達各自的崗位，絕對不要出錯。」

相關人員隨即分散到所內各處。

我立刻找了一個能獨處的地方。腦袋呼呼發熱。窗外民宅的屋頂被前幾天的暴風雨淋溼，反射著早晨的陽光。街上的塵埃也被洗滌一空，這清淨的感覺再次令我感到諷刺。

「喔喔，妳在這裡啊。」

回頭一看，那是和我一起負責帶幸乃出來的獄警。

「時間快到了，該走了。」

那堅強的男人也顯得眼神黯淡。我的心臟狂跳，同時硬逼自己拿出決心。

「是的。」

我只能做自己該做的事。不是為了獄警的義務，而是身為和田中幸乃有關的人，我想要看著她到最後。

我告訴自己，無論發生什麼事，都不能轉開目光。

到了九點多，我在兩位男獄警的陪同下，走進關著女性未決犯和十幾個死刑犯的南監舍。在我們要去的個人房裡，幸乃跪坐在榻榻米上，右手不知為何拿著一個信封。

「一二〇四號，出來吧。」

彷彿要打破緊張的氣氛，其他房間傳出了不知是哭還是笑的聲音。

幸乃呆呆地看了我們一眼，立刻把手上的信紙放回信封，有淺粉紅色的紙片從中飄落，幸乃把那東西撿起，背對著我們，像是要朝向太陽似地把東西朝著霧玻璃窗舉起。

「田中小姐，動作快，我們要帶妳去事務所。」我忍不住叫道。

但幸乃依然看著紙片，過了一會兒才回答「好的」，並轉過頭來。她一定知道即將發生什麼事，但表情卻沒有半點陰霾。幸乃注視著我，左手握住紙片，我發現她的動作，但我什麼都沒說。

走出監舍時，和我並肩走著的幸乃問道：「今天不是節日吧？」

在門外等著的男獄警們頓時緊張起來，我回頭看他們一眼，點頭示意沒問題。

「為什麼這樣問？」

「九月十五日已經不是敬老日了吧？今天是我朋友的生日，那是一位很重要的朋友。」

幸乃露出溫柔的笑容，我盯著她的側臉，試圖猜測她的想法。我聽前輩說過，無論是多麼不想活的死刑犯，要被帶去行刑時都會驚慌失措，但幸乃卻沒有一絲驚慌，她沉著冷靜的表情甚至比平時更顯得清澈。

「以前是這樣沒錯，但現在已經改了。」

這件事讓我覺得很詭異，也很不滿。能平靜地離開人世當然比較好，我的大腦可以理解，心底卻不願接受。我希望幸乃更慌張一點，我想看到她對於活著的執著。

但幸乃的臉色卻沒有變，她微笑著說「這樣啊」，就不再開口了。

在走廊上行進時、搭電梯到地下時，幸乃都沒有變化。這是要死的人該有的表情嗎？我心中不為人知的想法好像就要被推翻了。
幸乃一直凝視著前方。
她在陽光照不到的走廊上默默地走著，但是來到能看見刑場大門的地方，我發現她的呼吸開始紊亂。幸乃臉色發白，偷偷地調整呼吸。我意識到這一刻真的到來了，不禁握緊拳頭，指甲深深陷入肉中。
我以前也看過她有類似的反應。
第一次是和那位律師老朋友見面的時候。聽到朋友說「不要逃避自己的罪過」，幸乃很少見地表現出憤怒。
我對她那位朋友充滿期待，我期待他能打開幸乃封閉的心，就算是用強硬的手段也無所謂，而他確實達成了我的心願。幸乃努力裝得平靜，簡短地回答：「請你以後不要再來了。」
但是她朝朋友鞠躬、走出會客室之後，就壓抑不住地哭倒在地。她越哭越大聲，我想摸摸她的肩膀，但她推開我的手，無力地坐在地上，而我在幸乃身邊坐下，摸摸她的背。
她一臉難受地喘氣，看起來很不尋常，一旁的看守急忙去找醫生，而我一直叫她的名字。幸乃艱辛地搖頭，試圖開口說話。
但我聽不到她的聲音。
幸乃好不容易擠出「那、那個……」，然後就閉上眼睛，靠在我身上睡著了。她的睡臉看起來毫無戒心，像個稚嫩的少女，讓我不禁忘了驚慌，緊緊抱住那纖細的身軀。

在我的懷中，幸乃一臉幸福地睡著。

第二次是在她自己的房間裡。那時她正背對著我，讀著檢查過的信件，這次她同樣渾身顫抖，我發現狀況不對，喊了一聲「田中小姐？」，她轉過頭來，一副快要哭出來的樣子，說著「那個，我、我……」，然後脖子一歪，幾秒之後就帶著微笑睡著了。

把幸乃送到醫務室之後，我把房間裡的信撿起來看，裡面寫的全是關於花的事，只有最後幾句不一樣。那死板的文字說得好聽點是認真，說得難聽點是神經質，但其中確實充滿了感情。

『無論如何我都相信妳。我需要妳。我一定會把妳從那裡帶出來。所以，到時希望妳可以原諒我。』

這些內容沒有讓我感到意外，只是恍然大悟。這應該就是我懷抱許久的疑問的答案吧。我呆呆注視著她那位律師朋友提過的名字「佐佐木慎一」，默默地點頭。

我被分發到拘留所而不是刑務所，而且是處遇部門，雖是命運的安排，但我認為這不是碰巧。並非從報紙或電視看到報導，也不是從別人那裡聽到閒話。這五年半以來，我一直用自己的眼睛看著田中幸乃這個女人，當初我在充滿激情的橫濱法院裡感到的異樣感越來越強烈。

幸乃在拘留所裡還是不為自己的人生辯護，她從不曾像其他死刑犯一樣歇斯底里地大叫自己是無辜的，也不曾失控地發狂，更大的不同是，每天早上巡邏，其他囚犯沒被叫到號碼都是一臉安心，只有她發出失望的嘆息。

但她也不是靜靜地接受命運。

回顧自己的作為靜靜地過活的那種人，會對自己罪行深感後悔，對受害者充滿歉意，或是開始虔信宗教，但幸乃並沒有這些反應。她不怨天尤人、不寫信，也不要求見律師，她甚至不要求重審，也不懇求赦免，她一心期盼著被處刑，每天等著那一刻的到來。

當時幸乃從醫務室回來後，看了我一眼，不好意思地鞠躬說：「我從小就是這樣，只要興奮起來就會昏倒。讓妳添麻煩了真是不好意思。」

「妳的身體沒事了吧？」

「沒事，只要睡一下就好了。這是已經過世的媽媽遺傳給我的。或許妳不相信，其實昏倒時還挺舒服的，雖然我常常被罵，說我是因為沒毅力才會昏倒。」

「田中小姐……」此時我想到的是信中的一句話。

「我一定會把妳從那裡帶出來」那句話像是有了自己的意志，正在對我傾訴。我壓抑著雙手的顫抖，看著幸乃的眼睛。

「其實妳沒做過那件事吧？」

「咦？」

「抱歉。我看了這個。」
我把藏在背後的信遞給幸乃，她無力地睜大的眼睛突然浮現怒氣。她驚慌地把信搶過去的那一瞬間，我長久以來的疑問變成了確信。
這個人沒有犯罪。她只是個想死的女人，又正好得到了機會。
她對生活絕望，想服藥自殺卻失敗了，之後她得到另一種結束生命的方法。她非常害怕給人添麻煩，一心期盼著那一天的到來。
這樣一想我就明白了，一切的疑問都有了解釋。
當然，我並沒有確切的證據，也不知道自己能為她做什麼，幸乃自己都不想活了，我又能做什麼呢？
當時的我完全想不出來。
走到刑場的鐵門前，幸乃的呼吸明顯變得粗重，這和她那兩次昏倒時的情況很像，我不禁想起她那句「只要興奮起來就會……」
此時浮現在我腦海中的，是刑事訴訟法的那句條文。處於心神喪失的狀態……處於心神喪失的狀態……我不斷在心中念著。
我輕輕垂下眼簾。
冷冽的空氣和線香的味道讓我的焦急攀升到最高點。
「那粉紅色的紙片，妳打算拿到什麼時候？」刑場大門打開，眼前出現十幾階樓梯時，我無意識地說道。
以固定速度前進的幸乃停下了腳步，她眼中浮現不安，慘白的臉朝我轉過來。
幸乃的呼吸更亂了。我緊接著說下去，「我說的，是妳握在左手的東西。妳想帶著什麼祕密進墳墓？妳覺得自己可以就這麼一死了之嗎？我實在是看不過去，有句話想對妳說。」
我的眼中只有幸乃，甚至忘了背後那些看守的存在，就連有人問「怎麼了，佐渡山小姐？」我都沒聽見。
幸乃用雙手摀著耳朵，搖頭表示不想聽，然後蹲在地上。
我也跪在冰冷的地板上，假裝要攙扶她。
幸乃閉著眼睛努力調整呼吸，我抓住她的右手，慢慢從她的耳邊拉開。然後我貼近皺著臉孔的幸乃耳邊，控制住自己的情緒，低聲說道：
「妳太自大了。明明有人需要妳，妳卻死都不肯接受，真是太自大了。」
昏倒吧，昏倒吧，昏倒吧，昏倒吧……我不斷地在心中祈求，這等於是在祈求「活下去吧」。幸乃更用力地搖頭，用求饒的眼神看著我。
就算躲得過一時，也不可能永遠躲掉死刑，而且我這種行為一定會引起上級注意。我對這些事心知肚明，但我還是想讓她躲過眼前的死刑。
我非得讓她活久一點不可，她的朋友此時一定正在為她奔走。我不認為信上那些話只是隨便寫寫。只有先逃過眼前這一刻，我們每個人才會有未來。

幸乃的呼吸變得非常沉重，額頭冒出汗水。她脆弱的表情，以及我現在的行為，都讓我害怕得想要退縮，但我還是告訴自己「再一下，再一下……」，奮力抵抗心中的恐懼。

不知過了幾秒還是幾十秒，我和幸乃凝視著彼此。

幸乃用力吞下一口口水，逃避似地轉開目光。就像她之前那兩次昏倒一樣，她張開嘴巴，好像想說什麼。她的嘴脣微微地顫抖。只要再一下。我可以清晰地想像出之後的畫面。

當我說著「田中小姐」，想要扶住那纖細的肩膀時，當我下定決心要給幸乃最後一次打擊時，有人從背後架住我，我的嘴被人摀住，耳朵聽到怒罵聲。只有我和幸乃的世界突然闖進了幾個男人。

我注意到幸乃的臉上短暫地露出了安心的神色。在那隻帶著菸味的堅硬手掌下，我不斷地大叫，但我的聲音再也無法傳到幸乃的耳中。

獄警急忙去攙扶幸乃，她抬手示意不要碰她。幸乃已經放棄開口說話，趴在地上努力地調整呼吸，慎重地，更慎重地。

年輕的獄警向上級請示該怎麼做，上級小聲回答：「稍等一下。」

大概有幾分鐘之久，現場只能聽見幸乃的呼吸聲。在六年的拘留所生活中，她第一次表現出抗爭的態度，圍繞在旁邊的人只能屏息看著她。這很像我期望看到的畫面，但她對抗的東西卻不符合我的期望。

幸乃的情況時好時壞，但終究漸漸恢復了鎮定。她的臉色變得紅潤，呼吸的節奏也逐漸穩定。

我彷彿看到了不可挽回的畫面，眼前漸漸模糊，但我還是堅持不轉開目光，我非得看到最後不可。

我要將她為了求死而努力生存的模樣，深深地刻劃在心底。

最後幸乃發出呻吟般的聲音，直起上身，像是在確認自己所在環境似地眨眨眼，放開了握緊的拳頭。她盯著手中的東西好一陣子，像是想起了什麼，然後露出微笑。

幸乃站了起來，先向長官鞠躬道歉。

「非常抱歉，我已經沒事了。」她用清澈的聲音說道，眼睛望向天花板。猶豫片刻之後，她又轉頭看著我。

「我真的很怕。佐渡山小姐。」

她的聲音慢慢滲入我的全身。

「如果真的有人需要我，我很害怕會被他拋棄。」

然後她微笑著轉開視線。

「比待在這裡幾年還可怕，甚至比死還可怕。」

如此說著的她美到令人心驚。

如果將來有人問我這一天的事，我一定會這樣說：幸乃快要實現心願的時候真的很美。我不合時宜地這麼想著。

就像在輸送帶上一樣，一群人機械式地前進。幸乃踩著穩健的步伐走上樓梯，進入教誨室，幾位在外面等待的獄警擋住了我的視線，我沒辦法從走廊看到室內的情況，但我可以想像幸乃用毅然態度對應的模樣。

過了一陣子，我聽到和尚念經的聲音，那是對她毫無意義、無法帶來任何救贖的聲音。過了幾分鐘，幸乃走出房間，看起來和先前一模一樣，表情依然平靜。

回到刑場走廊後，幸乃的眼睛筆直望向前方。她沒再看我一眼，一副凜然的模樣，彷彿和我不曾相識，但她仍然緊握著左手，像是在保護某個重要的東西。

所長帶領其他幹部在稱為「前室」的房間裡等著。

「二二〇四號，田中幸乃，法務大臣下令執行妳的死刑。很遺憾要在這裡跟妳道別，妳有什麼遺言嗎？」

「不，沒有。」

「妳想寫信給家人也行，我記得妳有一個外婆。」

「不用了，我該對她說的都已經說了，我也沒有其他能寫信的對象。」

接著房間裡就沒聲音了。

前室和執行室之間只隔著布簾。幸乃不會再出現在我面前了。

此時非常安靜，走廊上聽不到任何聲響。我慢慢閉起眼睛，彷彿要逃開這份寂靜。

我的腦海中想像著幸乃在房裡的身影，她任人遮住眼睛、戴上手銬，與執行室相隔的布簾輕輕打開，但她只能聽到聲音。

獄警帶著幸乃走向執行室，她被帶到一平方公尺大小、畫有紅框的踏板上。負責的人員緊緊捆住幸乃的雙腳時，她嘆息似地抬頭仰望。當然，她不可能看到任何東西，但她卻自豪地挺起胸膛，努力忍住不露出笑容。

繩索套上她細細的脖子。我想像中的幸乃露齒而笑。終於來到這一步了，終於等到這一天了，那清澈的笑容像是在這麼說。

就像要打碎這甜美的想像，室內傳出一聲巨響，其中隱含的意義貫穿了我的全身。這不是我想像中的聲音。明白這一點之後，我張開眼睛，把手貼上前室的門。負責警備的獄警按住我的肩膀。我壓抑著喊叫的衝動，推開他的手。

我衝進房間，看到已經開啟的踏板，掛在鐵圈上的粗繩索垂在那邊，發出野獸咆哮般的嘎嘎聲。我恍惚地朝那邊走去，又立刻被人抓住。我頓時全身虛脫。我想咬緊牙關，但是一點力氣都沒有。

繩索的聲音越來越小，象徵著幸乃的生命正在消逝。等到房間完全恢復寧靜之後，我才意識到有個女人從這世上消失了。

看在旁人眼中，什麼都沒改變，冷冽的空氣和線香的味道依然如舊，但是她已經不在了。那個深恐給人添麻煩的女人在最後一刻還是一樣鎮定，被她不願麻煩的人們執行了死刑。

周遭漸漸喧鬧起來，我也鞭策著顫抖的雙腿，走向執行室下方的房間。

我沒直接去看躺在棺材裡的幸乃，而是先找尋那個東西。但是無論我怎麼找、怎麼看，都沒發現那粉紅色的紙片。

幸乃是握著那東西離開人世的嗎？我想一定是這樣。就在此時，我突然聞到一陣花香。

我想起了以前看過的信件中的一段文字，腦海浮現了盛開在山丘上的櫻花。我終於知道那紙片是什麼了，我終於知道幸乃在最後一刻依靠的是什麼了。

我慢慢走向棺材，往裡面一看。

幸乃的胸前被放上一束菊花，但我覺得一點都不適合，最適合的是她握在左手的花，盛開的櫻花。

躺在棺材中的幸乃臉上沒有一絲陰霾，想要活下去的微薄渴望被想要死去的強烈心願壓過。

看著像少女一樣笑著的她，我該說什麼呢？「辛苦了」，還是「再見」？

我知道自己應該說「恭喜妳」，但我卻吞下了那句話。

◆

上級注意到了我那些行為，訓斥我要謹言慎行，不過當晚我就拋開待在宿舍的命令，跑到了湯島酒吧。

老闆和幾天前一樣看著綜藝節目，我也和幾天前一樣說了「不用轉臺，我在等人」。我不是很會喝酒，卻點了春樹上次喝過的威士忌。

大概過了一個小時，店門發出軋軋聲，穿著精緻西裝的四十多歲男人帶著一個年輕女人走進店裡，那卿卿我我的兩人明顯是不同世界的人，一眼就能看出他們在搞婚外情，但他們對此卻渾然不覺。

看到老闆拿起遙控器，那男人說：「電視開著沒關係，但可不可以轉到NHK？」老闆用無助的眼神看著我。法務大臣今天傍晚會發表田中幸乃已經執行死刑的消息。我對老闆點點頭，我也想知道電視會不會報導幸乃的事。

九點的新聞開始播報時，春樹也來了。他看到電視正在播新聞，敏感地皺起臉孔。

「怎麼辦？要換地方嗎？」春樹問得很小聲，似乎不想讓那對情侶聽見。

我輕輕搖頭說：「不用，沒關係。對了，你的工作怎麼樣？」

「今天真是亂成一團，我很久沒有全程用英文跟人溝通，腦漿都快燒乾了。果然還是要雇用懂英文的人才行啊，多益六百多分實在不堪用。」

春樹刻意表現得很開朗，接著又說：「對了，妳小時候是不是待過國外？」

「只到五歲為止，而且我去的是法國。順帶一提，我多益只有五五〇分。」

「也行啦。妳來我們公司吧。」

「聽起來挺不錯的，這樣就是夫妻共事了。」

這明明是春樹主動提議的，他聽到我表示同意卻訝異地皺起眉頭。

我回答之前沒有多想，但這個念頭並不是假的。我對自己的工作已經沒有任何執著了，幸乃在我心中留下了很深的傷痕，同時也給了我強烈的解脫感。

除此之外，我今天又多了一個辭職的理由。不對，正確的說法應該是「非辭職不可的理由」。

「我有一件事必須告訴某人，雖然我不認識那個人，也不知道他住在哪裡。我只聽過他的名字，但我有件事非得告訴他不可，我如果繼續當獄警就不能說了。」

我一邊說，一邊清晰地在心中描繪出那個男人的容貌。

幸乃躺在棺材時臉上那抹溫柔笑容我以前也曾看過，不是在她那兩次昏倒的時候，而是更早之前，她在橫濱地方法院被判死刑的那一天。

退庭的時候，幸乃彷彿被什麼東西吸引，回頭望向旁聽席，然後她望著人群中的某人，露出安心的微笑。那天我不知道她在看誰，但現在的我已經明白了。

那個男人就是「阿慎」。他鐵定就是佐佐木慎一。

用口罩遮住臉孔的慎一怯懦地望著幸乃，兩人散發出的氣氛完全一致。我可以輕易想像出他們兩人站在櫻花盛開的山丘上的畫面。

我說得很含糊，別人大概聽不懂吧，但春樹卻深深地點頭，開玩笑地說：「原來如此，那妳這幾天就去面試吧。」

他沒有多問，悠哉地把視線移到電視上。

幸乃的事沒有報導出來。相較於層出不窮的重大案件，過去引發過熱烈討論的人是生是死或許一點都不重要吧。

天氣預報結束，另一位播報員開始報導體育新聞時，我滿腦子想的都是幸乃的事。第二杯酒也喝光了。我看著空酒杯，深深嘆了一口氣。

心中的傷痕，解脫感。除了這兩種情緒之外，我的心中還有著一如既往的憤怒。但我不明白這種情緒的由來。我到底是對什麼事、對什麼人感到憤怒？是真凶嗎？警察嗎？司法體系嗎？死刑制度嗎？幸乃那些終究救不了她的朋友嗎？還是對幸乃本人呢？

這些全部都是，但我又覺得好像每個都不太對。

我能確定的事只有一件，無論我把憤怒的刀刃丟向哪裡，最後它都會像迴力鏢一樣回到我身上，因為我也曾經認定幸乃是凶惡的罪犯。

我覺得好像快要摸清該仇視的對象，就在此時，看著新聞的老闆露出緊張的神色。

「現在插播一條報導。」

我繃緊全身，以為要播的是幸乃的新聞，但出現在螢幕裡的是一片陌生的田園景色，還有一輛倒在水道旁的腳踏車。播報員神情僵硬地解釋著埼玉縣發生了綁架案，先前為了避免觸犯法規所以無法報導出來，還有凶手已經被逮捕的事。

畫面大大地打出了女性嫌犯的照片。

她帶著黑眼圈，嘴唇發白，一臉不幸的樣子，頭髮毛躁，臉上刻劃著深深的皺紋。她的名字後面用括號標註「四十四歲」，但外表看起來比實際年齡更蒼老。

「一看就知道不是好人。」

經過短暫的沉默，和我們隔了兩個空位的那對情侶之中的男人嗤之以鼻地說道，女人發出粗俗的笑聲。
「之前好像也發生過類似的事吧。是說你看過這女人嗎？」
「天曉得。總之她就是這種類型。」
「哪種類型？」
「該怎麼說呢……她看起來就像是會做出這種事的人。」
聽到這句似曾相識的發言，我全身的汗毛都在顫動。我懷著強烈的敵意，轉身朝向那兩人。可是我什麼都說不出口，只是輕輕地嘆了一口氣。那女人訝異地瞪著我看，我甩甩頭，不理會她的注視。結果刀刃還是回到了我自己身上。
「搞不好完全相反。」我小聲地說道。我知道自己說的話很沒道理，但我卻停不下來。
「我也有過那種『看起來就像怎樣』的念頭。明明什麼都不知道，卻又妄自論斷。」等那對情侶離開之後，我這麼說道。春樹不解地歪著頭，但我沒有理會。這次憤怒的刀刃明確地朝向了我自己。
「又不一定是婚外情。他們說不定是夫妻，說不定是情侶，說不定是父女，說不定是兄妹。我明明不知道事實，卻自己胡亂猜測。太糟糕了，一點都沒有長進。」
我懺悔似地喃喃說著，然後看著一臉愕然的春樹。
「明年春天去面試如何？」
「春天？」

「嗯，櫻花綻放的季節。我想去橫濱，我想看看山手。我從來沒去過那裡。」

春樹的表情並非訝異，而是不滿。我被他的表情逗樂了，在今晚第一次露出笑容，心思頓時飛到春天的橫濱。

在我的想像中，山手的山丘上遍布著慎一在信上描述的景色，低矮的山上開滿櫻花，粉紅色的花瓣如雪片般漫天飛舞，在粗大的櫻花樹之間還有幾棵銀杏樹。

我和春樹的身邊有兩個孩子在玩耍，那是個嬌小的女孩，還有看似懦弱的男孩。我不知道他們是誰，但我可以確定，那些孩子一定有著光輝燦爛的未來。一定不會錯，他們絕對不會走上歪路。

兩個孩子手牽著手跑進櫻花隧道，一邊歡欣地笑著，彷彿沒有絲毫不安。隧道的盡頭是陽光照耀的蔚藍海洋。他們兩人爭先恐後地朝著隧道的盡頭奔去。笑聲逐漸遠去，兩條人影完全融入光中。花朵發出溫柔的聲音。

春風吹著上方的櫻花，彷彿祝福著那兩人的未來。

我突然回過神來，看到電視上出現幸乃的黑白照片。女播報員用不帶感情的語氣念著：

『死刑犯田中幸乃生於橫濱，今年三十歲。她因前男友要求分手，情緒失控地在前男友一家人住的公寓縱火，前男友的妻子和兩名幼童葬身火海。二〇一〇年秋天，她被橫濱地方法院判處死刑之後，在拘留所裡懺悔自己犯下的罪過，靜待死刑的到來……』

主要參考文獻

《橫濱壽町的菲律賓人》，Ventura Rey 著，森本麻衣子譯，現代書館出版。
《重生的文字——壽町的識字學校》，大澤敏郎著，太郎次郎社 Editors 出版。
《紅鬍女勞工鎮純情——橫濱壽町診所日記》，佐伯輝子著，一光社出版。
《獄中結婚　奇特的情書》，石原伸司著，恆友出版。
《橫濱壽町與外國人》，山本薰子著，福村出版。
《赤裸的流浪者——橫濱勞工鎮紀實》，中村志郎著，MARGE 社出版。
《神奈川的記憶》，神奈川新聞編輯局編著，神奈川新聞社出版。
《宅間守精神鑑定書》，岡江晃著，亞紀書房出版。
《滿不在乎製造冤罪的人們》，井上薰著，ＰＨＰ新書出版。
《冤罪與審判》，今村核著，講談社現代新書出版。
《冤罪是這樣造成的》，小田中聰樹著，講談社現代新書出版。
《死刑與正義》，森炎著，講談社現代新書出版。
《死刑絕對肯定論》，美達大和著，新潮新書出版。
《自白的心理學》，濱田壽美男著，岩波新書出版。

《問案的陷阱——足立事件的真相》，菅家利和、佐藤博史著，角川 one thema 21 出版。
《如何懲罰少年》，宮崎哲彌、藤井誠二著，講談社＋α出版。
《判死刑就好了——孤立導致的兩件殺人案》，池谷孝司編著，共同通信社出版。
《絞首刑》，青木理著，講談社出版。
《抗爭非我所願——洗清禁藥冤罪的我那霸和樹及支持者》，木村元彥著，集英社 international 出版。
《那時校車是停著的》，山下洋平著，SB Creative 出版。
《冤罪　某天，我被當成了罪犯》，菅家利和著，朝日新聞出版。
《我突然被當成殺人犯》，菊池聰著，竹書房出版。
《將刀子藏在心中》，奧野修司著，文藝春秋出版。
《我不希望處刑——呼籲廢除死刑的受害者哥哥》，福田ますみ著，現代書館出版。
《反冤罪》，鎌田慧著，創森社出版。
《狹山事件》，鎌田慧著，草思社出版。
《被審判的是我——袴田巖案審判長第三十九年的真相》，山平重樹著，雙葉社出版。
《如同硬塞進褲子的死刑判決——檢驗袴田巖案》，袴田巖案辯護團編，現代人文社出版。
《死刑》，森達也著，朝日出版社出版。
《前獄警揭露死刑的一切》，坂本敏夫著，文春文庫出版。

《講座社會學2　家庭》，目黑依子、渡邊秀樹編，東京大學出版會出版。
《家庭成癮症》，齋藤學著，新潮文庫出版。
《媽媽這種病症》，岡田尊司著，poplar 社出版。
《Poison Mama》，小川雅代著，文藝春秋出版。
《SIGHT Vol. 46》，Rockin' On 出版。
《冤罪 File No. 11》，宙出版。
《懸案檔案　向真凶宣告！》，週刊朝日 MOOK 出版。

※感謝三宅・山崎法律事務所、中山達樹律師等人接受採訪及諮詢。

解說

辻村深月

《無罪之日》出版的那年，我在很多媒體上看到這本書的書評。因為本書含有推理成分，所以大家提及故事內容時都很小心，但每個人都提到這本書描述了一個女人的淪落，她因犯下重大罪行而將被判處死刑。

除此之外，大家也提到了這本書是作者早見先生的新嘗試，和他之前的《一百零八》（ひゃくはち）和《我們的家族》（ぼくたちの家族）那種青春小說或家庭小說是截然不同的風格。但每篇書評都表現出不尋常的激情，那是積極推薦大家去看這本書的激情。由於這份激情的感染，我也讀了這本書。

田中幸乃。

早見先生筆下的女孩。依照她的年齡，稱為「女性」或許比較合適，但我還是想稱她為「女孩」。

她的故事從序章「主文：被告……」展開，然後在清澈湛藍的天空下，她即將要被處死，之後的敘事結構很獨特。

她縱火燒死了前男友的妻子和一歲大的雙胞胎，是被媒體稱為「整形灰姑娘」的凶惡罪犯。法官在審判中念出判決理由。之後每一章都用判決書中論及她成長背景和犯罪經過的一句話做為標題來講述「她的歷史」。

她那些只用簡單一句話來總結的歷史究竟是什麼情況？文中藉由她身邊人們的視角，講述了他們親眼看到的「真相」。

讀者很快就會發現，田中幸乃是一個細膩脆弱又溫柔，不太精明又很容易隨波逐流的普通女孩。事實和判決理由的落差之大令人震驚，讓讀者迫不及待地想快點讀下去。

這女孩為什麼會落到這種處境？是什麼人用了什麼方法把她逼到這種處境？她為什麼會縱火？這真的是她做的嗎？本書用大量疑點勾起讀者的閱讀興趣，獲得了第六十八屆日本推理作家協會賞。

本書的魅力自然是推理小說的易讀性，也就是讓人渴望發掘真相，但我認為還有其他更重要的動機讓讀者想讀下去，那就是「想要相信田中幸乃」的心情，在閱讀過程中，這種心情會越來越強烈，越來越希望她能得到救贖。

※接下來會提到故事結局，請先讀完本書再看下去。

這個故事出版後得到的不只是讚譽，也有人評論這本小說「很黑暗」、「沉重」，或是「絕望」。

剛讀完本書、正在讀這篇文章的讀者之中，或許也有人是這麼想的。我不難想像，讀者懷著想要相信、想要救贖的心情而讀到最後，看到田中幸乃終究還是逃不過死刑，一定會大受震撼吧。

但是，請先等一下。在我看來，這本小說並不「絕望」。

相反地，我認為自己一路讀著田中幸乃的故事，就是為了在她死亡時深受震撼的這一瞬間，所有謎底都在此解開了。

所以這本小說確實可以被稱為「推理小說」。

幸乃溫柔體貼，就算受到傷害也不願傷害別人，她接納一切、包容一切、忍受一切，從某個角度來看，她似乎從不敢為自己的人生負責。她很少表現出「想要什麼」的慾望，只會遵從身邊人們的想法和立場。

她一輩子都像是別人的鏡子，但是到了最後一刻終於找回自己的模樣。

幸乃在關鍵時刻都會出現呼吸方面的症狀因而昏厥，這種病症甚至令她變成了「凶惡罪犯」，但她到了最後卻趴在地上奮力抵抗。

抱著「想要求死」這份明確的意志力。

從不怨天尤人的她，有生以來第一次為了自己的意志而活。

「我非得看到最後不可。我要把她為了求死而努力生存的模樣，深深地刻劃在心底。」

看到這句話時，我的心中非常有共鳴，受到極大的震撼。

我繼續讀下去，吸了一口氣，深深感到作者用整本書來敘述她的故事就是為了這一刻。

讀者的心情或許就像一路看著她的那位女獄警。覺得田中幸乃一心求死、不顧大家試圖救她，實在是太自大了。但是「希望她活下去」又何嘗不是另一種自大呢？

一直抹殺自我、像幽靈一樣沒有實體的她，第一次表現出自己的意志，第一次試圖反抗，就算動機是為了求死，又有誰能說她錯了呢？

看到幸乃的表現，我不禁這樣想。

就算她懷著如此巨大的絕望，但她抗拒發作、堅定求死的身影是很美的，雖然令人心痛欲裂，卻又令人深受感動。我無法轉開目光，想要為她加油，期盼著她第一次展露的意志能實現。這不代表我希望她死，我當然強烈地希望她能活下去，卻還是不禁想要支持她。

她反抗的行動是為了邁向冰冷黑暗的死亡，所以用感動一詞似乎不太妥當，但我當時受到的震撼只有用感動一詞才能形容。

這本小說、這個故事描述的感情和事態，不能簡單地用「感動」或「失望」、「光明」或「黑暗」、「幸福」或「不幸」這些詞彙來概括。早見先生想要描寫的「東西」，或許超越了這些評論萌生的瞬間，甚至凌駕於單純直白的「得救」。

在本書的最後，我看到了幸乃身後的「什麼」。

不只是我，相信還有很多人也看到了，所以當年才會有那麼多激情洋溢的書評。小說不能光用一句「得救」或「黑暗」來總結，正如每章標題那一句簡單的判決理由無法盡述田中幸乃的人生。

本書當年出版時，書腰上寫了這句話：「只有一個男人始終站在她那邊。」

看完本書的讀者一定都知道這個「男人」是誰，而且或許還會這樣想：始終看著田中幸乃、始終站在她那邊的人，或許就是作者早見和真。

早見先生描繪的幸乃的結局是如此強而有力，讓我們讀者從中看到了「什麼」。

作者一定從來沒有用簡單的「淪落」一詞來總結田中幸乃的人生。即使她的一生都伴隨著誤解和惡意，但作者的筆尖清楚表達出他從未想過要貶低她，也從未想要令她不幸。

作者陪伴著田中幸乃這個女孩，鼓勵她，在自己也受了傷害的情況下把她牽引到故事的最後一刻。他從來沒有放開過她的手。

他在超越了「光明」或「黑暗」、「幸福」或「不幸」這些概念的層面努力試著拯救她，持續地支持她。我認為，作家的這份忠實和激情正是支撐著《無罪之日》這部作品的骨幹。

早見先生作品的魅力就是激情。我至今讀過早見先生的青春小說、家庭小說、職業小說，每一本書都有這種激情。

從各方面來看，這本書都是早見先生的新嘗試，但書中人物仍然懷有不變的激情。激情並非全是火熱的，也有悲哀、憤怒，甚至是類似絕望、既平靜又淒絕的激情。每次想起《無罪之日》，我都會這麼覺得。

二〇一六年十二月

本作在平成二十六年八月由新潮社出版

國家圖書館出版品預行編目資料

無罪之日 / 早見和真作 ; HANA 譯 . -- 一版 . -- 臺北市：
城邦文化事業股份有限公司尖端出版：英屬蓋曼群島
商家庭傳媒股份有限公司城邦分公司尖端出版發行，
2022.03
面；　公分
譯自：イノセント・デイズ
ISBN 978-626-316-488-8（平裝）

861.57　　110022836

逆思流
無罪之日
（原名：イノセント・デイズ）

著　　者／早見和真
榮譽發行人／黃鎮隆
執　行　長／陳君平
協　　理／洪琇菁
總　編　輯／呂尚燁
譯　　者／HANA
美術總監／沙雲佩
美術編輯／方品舒
執行編輯／丁玉霈
企劃宣傳／楊玉如、施語宸、洪國瑋
國際版權／黃令歡、梁名儀
文字校對／施亞蒨
內文排版／謝青秀

出　　版／城邦文化事業股份有限公司 尖端出版
台北市中山區民生東路二段一四一號十樓
電話：（〇二）二五〇〇—七六〇〇
傳真：（〇二）二五〇〇—二六八三
E-mail：7novels@mail2.spp.com.tw
發　　行／英屬蓋曼群島商家庭傳媒股份有限公司城邦分公司 尖端出版
台北市中山區民生東路二段一四一號十樓
電話：（〇二）二五〇〇—七六〇〇（代表號）
傳真：（〇二）二五〇〇—一九七九
中彰投以北經銷／楨彥有限公司（含宜花東）
電話：（〇二）八九一九—三三六九
傳真：（〇二）八九一四—五五二四
雲嘉經銷／威信圖書有限公司 嘉義公司
電話：（〇五）二三三—三八五二
傳真：（〇五）二三三—三八六三
客服專線：〇八〇〇—〇二八—〇二八
南部經銷／威信圖書有限公司 高雄公司
電話：（〇七）三七三—〇〇七九
傳真：（〇七）三七三—〇〇八七
香港經銷／城邦（香港）出版集團有限公司
香港灣仔駱克道一九三號東超商業中心1樓
電話：（八五二）二五〇八—六二三一
傳真：（八五二）二五七八—九三三七
E-mail：hkcite@biznetvigator.com
新馬經銷／城邦（馬新）出版集團 Cite（M）Sdn. Bhd.
E-mail：cite@cite.com.my
法律顧問／王子文律師　元禾法律事務所
台北市羅斯福路三段三十七號十五樓
二〇二二年三月一版一刷